PILOTO
PLAYBOY

Autoras Bestseller do N...

PENELOPE WARD
VI KEELAND

1ª Impressão 2019

Produção Editorial - Editora Charme
Modelo da capa - Sahib Faber
Designer da capa - Letitia Hasser, r.b.a. designs
Fotógrafo - Greg Vaughan
Imagem Insign Piloto Playboy - Elisângela Gullo
Adaptação da capa e Produção Gráfica - Verônica Góes
Tradução - Alline Salles
Revisão - Sophia Paz e Jamille Freitas

Esta obra foi negociada por Bookcase Literary Agency e Brower Literary & Management.

CIP-BRASIL, CATALOGAÇÃO NA PUBLICAÇÃO
SINDICATO NACIONAL DE EDITORES DE LIVROS, RJ

Ward, Penelope - Keeland, Vi
Piloto Playboy /Penelope Ward e Vi Keeland
Título Original - Playboy Pilot
Editora Charme, 2019.
ISBN: 978-85-68056-87-5

1. Ficção norte-americana 2.Romance Estrangeiro
CDD 813
CDU 821.111(73)3

www.editoracharme.com.br

Editora
Charme

PILOTO
PLAYBOY

Autoras Bestseller do *New York Times*

PENELOPE WARD
VI KEELAND

" Money can buy a lot of incredible things...
But
Can't Buy Me Love" [1]
— Beatles

CAPÍTULO 1

Chris Hemsworth.

Folheei o catálogo Worldwide Destinations da American Airlines na seção da Austrália. As páginas eram cheias de fotos coloridas — cangurus, água cor turquesa, aquele edifício grande e branco que parecia um monte de velas soprando com o vento. Lindo. Mas não era no que eu estava realmente interessada.

Liam Hemsworth. Sotaques australianos. Ah, meu Deus. Dois deles.

A página seguinte tinha um mapa-múndi. Segui a rota da linha tracejada, indo de Miami a Sydney com o dedo. *Droga. É uma viagem longa de avião.*

Suspirando, virei a página. Na seguinte, Londres.

Robert Pattinson.

Theo James.

Mais sotaques sexy, com menos de um terço de tempo de voo. Dobrei o canto da página e continuei folheando.

Itália. *George Clooney.* Quem liga se ele tem praticamente idade para ser meu pai? Ele é como uma boa garrafa de Cabernet... melhora com a idade e tem que ser saboreada. Outra dobra de página.

O bartender interrompeu minhas análises de destinos e apontou para meu copo de martini pela metade.

— Gostaria de outro Appletini?

— Ainda não. Obrigada.

Ele assentiu e seguiu para a outra ponta do balcão lotado. Eu já estava na segunda bebida e não fazia ideia de quantas horas ficaria presa naquele lounge do aeroporto. Provavelmente era uma boa ideia escolher onde passaria os próximos dez dias antes que o álcool fizesse muito efeito.

Santorini. *Hummm*. As fotos eram lindas. Edifícios brancos brilhantes com portas e venezianas azul royal brilhantes. Mesmo assim... Eu realmente não fazia ideia de para onde queria ir. Nada estava atraindo minha atenção; nem uma ilha tropical estava me chamando.

Respirando fundo conforme percebia que estava quase no fim do catálogo espesso de férias, levei a bebida à boca e murmurei para mim mesma:

— Aonde no mundo devo ir?

Não estava esperando uma resposta de verdade.

— Minha casa não é longe — uma voz grave e profunda disse ao meu lado.

Sem perceber que alguém havia se sentado no banquinho à minha direita, me assustei, virando a taça de martini e derramando o que ainda tinha da bebida na minha blusa novinha.

— Merda! — Levantei, pegando rapidamente um guardanapo do bar e começando a esfregar a blusinha nova. — É uma Roland Mouret.

— Desculpe por isso. Não quis te assustar.

— Bom, então não chegue de mansinho nas pessoas.

— Relaxe. Vou pagar para ser lavada a seco. Tá bom?

— Vai ficar manchada.

— Então vou comprar uma nova para você, querida. É só uma camiseta.

Virei a cabeça de repente.

— Me ouviu dizer que era uma Roland Mouret? Custou *oitocentos dólares*.

— Por *isso*? É só uma camiseta.

— É de marca.

— Continua sendo uma maldita camiseta. Não me entenda mal. Você fica bem bonita nela. Mas foi roubada. Já ouviu falar na Gap?

— Está brincando? — perguntei antes de finalmente desistir de limpar, e olhei para o homem que estava *me irritando*.

Merda.

Ele me irritava do jeito certo.

Do jeito *alto, moreno e bonito. Lindo*, na verdade.

Me afastei por um instante para pedir informação e fui atrás de mais guardanapos. Não havia mais nenhum à vista. Quando retornei ao meu lugar, o sr. Lindo chamou o bartender:

— Ei, Louie. Me vê um copo de água com gás e alguns papéis-toalha?

— É pra já, Trip.

Trip?

— Seu nome é Trip?

— Às vezes.

— Estou em um maldito bar de aeroporto com um cara chamado *Trip*? — Não consegui evitar dar risada.

— E você é...?

Que se dane, nunca mais veria esse homem. Olhei para baixo para o catálogo de viagens que estava folheando e meus olhos pousaram na capa.

— Sou a... — hesitei, então menti. — Sydney.

— Está certo.

Engolindo em seco, precisei desviar o olhar por um instante. Mesmo com meu olhar longe dele, pude sentir o peso de seus grandes olhos cor de mel em mim. A essência pesada de sua colônia almiscarada me consumia por inteiro. Sua presença alta e autoritária na minha visão periférica me atrapalhava em focar a atenção em outro lugar.

O bartender voltou e lhe entregou um copo e um monte de guardanapos.

Trip ergueu uma sobrancelha para mim.

— Quer tirar a mancha?

Assenti, e minha pele formigou conforme ele se inclinou. Em segundos, tudo esfriou quando o susto de ser molhada me atingiu, a água gaseificada escorrendo pelo tecido da minha camiseta conforme ele a derramava lenta e diretamente no meu peito.

— Ah! Que... que porra está fazendo? — cuspi, olhando para o ponto molhado na minha blusa de marca.

— Você quer tirar a mancha, não quer? A água com gás vai fazer isso. Só precisa ficar de molho por um tempo.

— A mancha não é tão grande. Você simplesmente derramou água em toda a minha blusa!

— Não tinha como não fazer isso.

— Você poderia *não* ter feito nada!

— Não teria sido nada divertido.

Olhei para meu peito. Meus mamilos estavam aparecendo através do tecido molhado.

— Agora minha blusa está transparente!

— Estou dolorosamente consciente disso. — Ele prendeu a respiração com os olhos grudados no meu peito. — Cristo, não está usando sutiã?

— Na verdade, não.

Ele finalmente olhou para cima.

— Posso saber por que está em um aeroporto sem sutiã?

Pigarreando, eu disse:

— Queria ficar confortável no voo. Além disso... sou... ousada. Geralmente não uso sutiã. Bom, pelo menos não usava até você jogar água em mim! Não esperava que um estranho me atacasse com água.

Seus olhos desceram até meu peito de novo.

— Ousada... huh?

— Pode não me encarar assim? — Cruzei os braços à frente do peito.

— Desculpe. Não esperava que...

— Que me visse praticamente nua? Não diga...

Ele riu culpadamente.

— O que quer que eu diga? Olha, vim aqui para comer alguma coisa e ganhei mais do que pedi. Você tem peitos fantásticos. Tem razão. Eles *são* ousados... exatamente como a dona mal-humorada deles.

De repente, ele tirou sua jaqueta de couro e a colocou em volta de mim.

— Cubra-se com isto.

Era pesada e pareceu um abraço quente com o cheiro de sândalo dele. Se aquilo era bom, eu só conseguia imaginar como seria seu corpo em volta de mim.

Balancei a cabeça com o pensamento.

Olhando para baixo enquanto subia o zíper dela, notei umas asinhas de metal no peito.

— Que broche é esse? Você foi um bom menino em seu voo ou algo parecido?

Ele deu um sorrisinho.

— Algo parecido.

Quando sorri, ele estendeu a mão grande.

— Vamos começar de novo. Oi, sou Carter.

Carter.

Huh.

Ele até que parecia Carter.

Segurei sua mão e senti arrepios rolarem por mim quando ele apertou a minha com uma força poderosa. Estreitando os olhos, eu disse:

— Carter... Pensei que seu nome fosse Trip.

— Não. Você presumiu que meu nome fosse Trip porque Louie me chamou assim. Trip é um apelido.

— De onde vem?

— Longa história.

— Como eles te conhecem aqui, afinal? Você viaja muito a trabalho?

— Pode-se dizer que sim.

— Você é meio misterioso, sabia disso?

— E você é linda pra caralho. Qual é o seu nome?

— Eu te disse meu nome.

— Oh, sim. *Sydney...* e seu sobrenome é Opera-House. Sydney Opera-House. — Ele deu risada, erguendo a revista e apontando para a Sydney Opera House de verdade na capa. — Por que mentiu para mim, Ousada?

Dei de ombros.

— Não sei. Não gosto de falar meu nome verdadeiro para estranhos.

— Não é isso. Você não é tímida. Nem usa sutiã em público, pelo amor de

Deus. E demorou quase um minuto para cobrir os peitos depois de saber que eu conseguia vê-los. Não é reservada, e com certeza não está sendo cautelosa.

— Então, por que *acha* que menti sobre o meu nome?

— Acho que ficou animada ao fingir que era outra pessoa. Pensou que nunca mais me veria, então, por que não? Acertei?

— Acha que sou descuidada e gosto de emoções? Você me conhece por quanto tempo... dez minutos?

— Demora um para conhecer alguém.

— Ah, sério?

— É. É como vivo a vida... sempre em busca da próxima aventura, nunca em um só lugar. — Depois de um minuto de silêncio, ele semicerrou os olhos com um olhar examinador. — Você não sabe para onde está indo.

— Como sabe disso?

— Quando cheguei atrás de você, estava falando sozinha, pensando aonde deveria ir. Lembra?

— Oh. Verdade. É. Estou me levando para viajar... Trip.

— Está pensando em ir para onde?

— Ainda não faço ideia.

Ele me assustou ao colocar a mão em meu ombro.

— Está fugindo de quê, Kendall?

Meu coração acelerou. Me afastei um pouco dele.

— Como sabe meu nome?

Ele colocou a mão em seu bolso de trás e balançou um passaporte.

— Você realmente precisa ser mais cuidadosa ao viajar sozinha. Se afasta por um segundo, e alguém pode colocar algo em sua bebida ou roubar seus pertences.

— É meu? Como pegou?

— Quando se afastou para procurar um guardanapo, caiu da sua bolsa. Peguei e olhei seu nome. Kendall Sparks. Gostei. Você tem sorte de poder confiar em mim.

— Não tenho tanta certeza disso. — Bufei, arrancando o passaporte dele.

Ficamos ali um pouco apenas nos encarando. Sua boca se curvou em um sorriso e, pela primeira vez, notei a covinha em seu queixo.

— Eu a vi ali parada — ele disse.

— O quê?

— A música dos Beatles. *I saw her standing there.*

— O que tem? — perguntei.

— Tenho uma teoria. Se pensar bem, para quase todo momento na vida tem uma música dos Beatles que pode descrevê-lo.

— Então, essa é a música do momento?

— Exatamente. Vi você ali parada. Me aproximei e, aparentemente, atrapalhei sua tomada de decisão. Então, deixe-me te pagar outra bebida. Podemos descobrir juntos aonde você vai. Podemos fazer dar certo.

Quando ele riu, repeti suas últimas palavras na cabeça.

Podemos fazer dar certo.

Deus, ele é bem agradável.

Balancei a cabeça, desacreditando.

— *We can work it out.* Outra música dos Beatles.

— Muito bem. Você é jovem demais para conhecer Beatles tão bem.

— Minha mãe escutava. Qual é a sua desculpa?

— Simplesmente aprecio boa música, mesmo as que são de antes do meu tempo. — Ele olhou para o relógio. — Falando nisso, não tenho muito tempo. Que tal aquela bebida?

Quando ele sorriu de novo, não consegui evitar que minha decisão derretesse. Não havia nenhum mal em mais uma bebida, principalmente já que ainda não tinha decidido para onde iria.

— Claro. Por que não?

Carter me levou para uma das mesas, depois saiu para fazer o pedido no balcão.

— Espero que não se importe, pedi alguns petiscos para nós.

— Obrigada. Tudo bem.

— Então, qual é o objetivo desta viagem, Kendall?

— Tenho que pensar em algumas coisas importantes. Preciso me afastar da vida real por um tempo enquanto faço isso.

— Espero que sejam coisas boas. Você parece nervosa. É por isso que presumi que estivesse fugindo de algo.

— Só preciso tomar uma decisão importante.

— Algo com que eu possa ajudar?

Não, a menos que queira me engravidar.

Se ele soubesse.

— Não. É um problema que preciso resolver sozinha.

— Mas, sério, é muito ruim? Você é saudável, radiante... linda, e parece ter dinheiro. Tenho certeza de que tudo vai dar certo para você.

— Acha que sabe tudo sobre mim, hein?

— Você é jovem. O que quer que seja... tem muito tempo para solucionar o problema.

Queria que fosse verdade.

— Quantos anos acha que tenho?

Ele coçou o queixo.

— Vinte e dois?

— Estou prestes a fazer vinte e cinco.

Esse é o problema. Vinte e cinco.

— Ok. Bom, você parece mais nova.

— E quantos anos você tem? Dado seu gosto musical, acho que uns cinquenta e três... mas, pela sua aparência, eu daria vinte e oito.

— Chegou perto. Vinte e nove.

Um garçom trouxe nossos petiscos. Carter havia pedido uma porção de palitos de muçarela, asas de frango e ovos empanados.

Meu estômago roncou.

— Ainda bem que não estou fazendo dieta.

— É. Eles não têm muito mais coisa aqui. Tudo frito é bom.

Percebi que ele não pediu bebida.

— Não vai beber?

— Não posso.

— Por que não?

— Se me contar qual é seu dilema, vou te contar por que não posso beber.

Pegando um palito de queijo frito, mudei de assunto.

— Não há tempo para falar disso. Agora, realmente só preciso decidir para onde vou. E você? Para onde está indo?

— Só um minuto. — Ele ignorou minha pergunta, pegou o celular e começou a mexer nele.

— O que está fazendo?

— Essa é uma lista completa dos voos internacionais que sairão nas próximas três horas. — Ele me mostrou a tela.

Peguei o celular.

— Ok... Madri. Iberia Airlines, 8h55.

— Você não quer ir para a Espanha.

— Por quê?

— Estamos em julho. Está superquente lá. Vai suar pra caramba. E não pode tirar a blusa, porque não está de sutiã.

Ruborizando, olhei de volta para a lista.

— Ok... Hum... E México? American Airlines, 10h20.

— Não.

— Não?

— Tem o novo norovírus por lá.

— O quê?

— Jesus, mulher. Não vê notícias?

— Não. É muito depressivo.

— Só confie em mim. É melhor evitar a comida lá agora.

— Certo. E Amsterdã? KLM, 9h45.

— Não acho que seja uma boa escolha para você. Prostituição é legalizada lá. Se andar na cidade sem sutiã, pode ser confundida com algo que não é.

Arregalei os olhos.

— Acha que posso ser confundida com uma prostituta?

— As prostitutas são bem chiques lá, na verdade.

— E como você sabe?

— Uou... Não pago por sexo, se é aí que quer chegar. — Ele soltou uma gargalhada gutural. — Na verdade, tenho o problema oposto.

— Espere. As mulheres pagam *você* para fazer sexo? — Cobri a boca. — Oh, meu Deus. Você é um gigolô! Ou acompanhante? É isso que faz nos lounges de aeroporto?

Ele jogou a cabeça para trás e riu.

— Não.

— Então, as mulheres se jogam em cima de você. É isso que está dizendo.

— Estou dizendo que... às vezes, é divertido ser o caçador. E não preciso fazer isso há muito tempo, nem achei ninguém que *valesse* perseguir. Então, basicamente, a última coisa que precisaria fazer é pagar para transar.

Isso não me surpreendia. Não consegui nem formular uma resposta. Aquele homem era lindo e carismático. Convencido pra caramba. As mulheres adoram isso.

Quando ele pegou o celular de mim, o toque rápido de sua mão foi muito bom. *Bom demais.*

— Já foi para o Brasil, Kendall?

— Não.

— É muito legal lá nesta época do ano. É inverno. Mas ainda quente o suficiente para aproveitar. — Ele colocou o celular na minha frente. — Rio. International Airlines, 10h05.

— O que mais tem para fazer lá?

— As praias são lindas. Há também um monte de baladas e bares em Copacabana e Ipanema. É divertido pra caramba.

— É seguro para uma mulher solteira viajar sozinha?

— Você precisa usar o senso comum que usaria em qualquer lugar. Talvez comprar um sutiã.

De repente, Carter virou o celular para olhar a hora.

— Merda. Preciso ir. Estou atrasado para o trabalho — ele disse ao se levantar, jogando um maço de dinheiro na mesa.

Ele não tinha me dado a chance de perguntar no que trabalhava, ou para onde iria. Realmente ainda não sabia nada sobre aquele homem, mas uma sensação de decepção me consumia e provava que eu queria saber mais.

— Hum... ok. Bom, obrigada pelos aperitivos.

Depois de uma longa pausa, ele disse:

— Deixe o destino decidir. Mas, para constar, meu voto é para o Rio. Cuide-se, Kendall.

Quando ele começou a se afastar, percebi que ainda estava usando sua jaqueta de couro. Chamei-o:

— Espere! Sua jaqueta!

— Fique com ela. Vai aquecer seus peitos.

Aquilo foi estranhamente cativante.

— Está bem. — Dei risada e ergui a mão. — Adeus, eu acho.

— Olá, adeus.

— Quê?

— Música dos Beatles. *Hello, Goodbye.* — Ele deu uma piscadinha.

— Oh. — Revirei os olhos. — Deveria saber.

Ele sorriu, e percebi que provavelmente seria a última vez que veria aquela covinha no queixo enquanto vivesse. Conforme ele andava para longe, admirei sua bunda, para a qual ainda não tinha dado uma boa olhada até então. De repente, ele parou e se virou.

— Kendall...

— Sim?

— Se não escolher o Brasil, tenha uma boa vida.

Antes de eu conseguir responder, ele se virou de novo e seguiu em um passo mais rápido.

Um sentimento indesejado de solidão me inundou. Observei-o até ele virar em um corredor e desaparecer.

Mas aquele foi um comentário esquisito.

Se eu não escolher o Brasil... tenha uma boa vida?

Será que eu era burra de aceitar o conselho de um estranho? O tempo não estava exatamente a meu favor. Precisava escolher algo. Então... Rio de Janeiro? Se eu morresse, diria que o Rio me enfeitiçou.

Aquilo não era um filme?

Feitiço do Rio?

Comecei a suar na jaqueta dele. Deus, eu estava muito excitada e incomodada.

Feitiço do Carter.

CAPÍTULO 2

Não pude evitar me decepcionar quando a aeromoça fechou a porta do avião, mesmo sabendo que era ridículo me sentir assim. Sentada na primeira classe, em vez de beber meu champagne antes do voo e aproveitar os amendoins torrados quentes, fiquei olhando para cima, esperançosa a cada passageiro que embarcava.

Pensei, com certeza, que Carter estaria naquele voo, embora ele não tivesse exatamente dito que estava indo para o Brasil. Soou uma gravação do sistema da cabine do piloto, e uma aeromoça seguiu demonstrando como colocar a máscara de oxigênio e como apertar o cinto. Depois que a demonstração em inglês terminou, ela recomeçou, na segunda vez seguindo uma gravação em... brasileiro? Espere. Não. Não estava certo. Português? Acho que sim. *Merda*. Eu não sabia nada sobre o país para o qual estava indo e, definitivamente, não falava a língua.

Assim que decolamos, outra aeromoça veio anotar meu pedido de jantar e bebida. Estranhamente, percebi que ela lembrava a que tinha feito a mímica do cinto. Alta, magra, com um rosto bonito coberto com uma maquiagem pesada, mas teria ficado bem sem ela. Ambas tinham cabelo escuro puxado para trás e arrumado em um coque na nuca. Uma terceira aeromoça foi até a frente do avião e, pela primeira vez, reparei que *todas* elas eram iguais. Era como se alguém tivesse criado a aeromoça ideal, depois a clonado.

Após dez minutos, o avião pareceu nivelar. Já que o assento ao meu lado estava vazio, tirei minhas sandálias Tory Burch e resolvi fechar os olhos. Claro que foi quase ao mesmo tempo em que o Capitão decidiu fazer seu anúncio de boas-vindas.

— Boa noite, senhoras e senhores, aqui é o Comandante, também conhecido como Capitão Clynes. Gostaria de dar as boas-vindas aos senhores nesta noite para meu lar longe de casa neste lindo Boeing 757. Nosso tempo de voo de Miami ao Rio de Janeiro será de um pouco mais de oito horas e meia. Prevemos um tranquilo e...

Puta merda. Aquela voz. Será... poderia ser?

Só então, a aeromoça chegou com meu Appletini.

— Com licença. Saberia dizer o primeiro nome do Capitão?

— Claro. — Ela ergueu a mão e balançou os dedos, exibindo uma pedra enorme no dedo anelar, então deu uma piscadinha e se inclinou. — Eu costumava gritar o seu nome de vez em quando. Agora, noiva de outra pessoa, não faço mais isso. Mas é o Capitão Carter Clynes. Ele dá um novo significado a voar em céus amigáveis.

Capitão Carter Clynes. Tudo fazia sentido agora. As asas em sua jaqueta, tratar os funcionários do lounge do aeroporto pelo primeiro nome, até a rapidez com que ele achou a programação de voo em seu iPhone. Como não vi esses sinais? Eu sabia como. Estava distraída pelos olhos dele e sua atitude convencida.

Definitivamente não era fácil relaxar depois disso. Saber que Carter estava a bordo, que minha vida estava nas mãos dele pelas próximas oito horas, no mínimo, me deixou ansiosa. Embora não fosse o tipo de ansiedade igual a esperada na cadeira de um dentista. Era mais como uma ansiedade que tenho quando escuto a trava soltar em uma montanha-russa. Seria o passeio da minha vida, ou acabaria espatifada no chão.

Algumas horas mais tarde, veio outro anúncio. A voz de Carter era baixa e rouca ao falar.

— Aqui é o Capitão Clynes. Estamos prestes a cruzar o mar do Caribe. Vou baixar as luzes da cabine e espero que consigam dormir um pouco.

Um minuto depois, as luzes se apagaram e a cabine escureceu, exceto por luzes de leitura iluminando acima de alguns assentos. Decidindo tentar dormir, reclinei totalmente meu encosto, puxei o cobertor até o queixo e fechei os olhos. Uma música baixinha começou a tocar depois disso. Primeiro, eu não sabia de onde estava vindo. Até reconhecer a música que estava tocando — *Lucy in the sky with diamonds*. E o cantor — não era John Lennon lamentando sobre Lucy — era Carter cantando pelo sistema da cabine.

Ele era maluco mesmo. Mas, por algum motivo, não consegui parar de sorrir durante a música toda.

Fiquei momentaneamente confusa quando abri os olhos na manhã seguinte. Pelo menos eu achava que era de manhã. Demorei um minuto para perceber que ainda estava em um avião. Estava mesmo indo para o Brasil ou a noite anterior tinha sido um sonho? O assento ao meu lado não estava mais vazio. Uma aeromoça estava bebendo café e lendo um jornal. Apertei o botão para endireitar meu encosto e sorri para a mulher ao lado. Não era a mesma aeromoça que tinha me mostrado seu anel brilhante e fofocado sobre Carter.

— Bom dia. Espero que não se importe que eu esteja sentada aqui. Fazemos turnos em nossos intervalos e é muito mais confortável sentar em uma dessas poltronas macias do que naquele assento dobrável.

— Imagino. — Hesitei antes de fazer a pergunta que estava pensando, pois ela poderia me achar meio louca. — Posso te fazer uma pergunta?

— Claro.

— Para onde estamos indo?

Ela ergueu as sobrancelhas falsas.

— Rio de Janeiro. Não é para onde você precisa ir?

— Não. É. É que fiz uma mudança de planos no último minuto ontem à noite, e pensei que estivesse sonhando que estávamos indo para o Brasil.

— Não. Devemos chegar em uma hora. Foi bom você dormir.

Assenti. Como ela já achava que eu era um pouco perdida, poderia enfiar os dois pés na jaca.

— O... piloto cantou *Lucy in the sky with diamonds* ontem à noite?

Ela deu risada.

— Com certeza. Ele canta todo voo noturno. Não sei por quê.

— É meio estranho.

— Esse é o Capitão Clynes. Um pouco maluco, mas muito lindo e divertido.

— A outra aeromoça mencionou que ele era *divertido*.

— Tenho certeza de que há um monte de aeromoças que te diriam o quanto ele é *divertido*.

— Mas você não?

Ela balançou a cabeça lentamente.

— Homens assim não são meu tipo.

Me sentindo vazia, precisei concordar.

— Meu também não.

Algo na expressão dela mudou, e ela se aproximou.

— Sabe qual é meu tipo?

— Qual?

— Loirinhas com grandes olhos azuis e lábios carnudos. Teremos dois dias completos no Rio, se quiser companhia.

Senhor amado, o quê? Era todo mundo maluco naquele voo? Talvez o oxigênio estivesse muito escasso voando a onze mil metros o tempo todo.

— Humm... obrigada. Mas eu não... hummm... só não, obrigada.

Ela sorriu educada e dobrou o jornal.

— Que pena. Mas aproveite sua viagem, de qualquer forma. Preciso servir o café da manhã da classe econômica antes de pousarmos.

Quando nosso avião finalmente pousou na pista, fiquei enrolando enquanto o resto da primeira classe desembarcava, esperando a porta da cabine do piloto abrir. Nem sei por que o fiz, ou o que teria feito se tivesse aberto, mas me sentia obrigada a ver Carter pelo menos uma última vez. Será que ele não estava ao menos curioso para saber se eu estava no avião?

Aquela resposta ficou totalmente clara dez minutos mais tarde. Quase todo o avião já tinha desembarcado, e eu ainda estava sentada como uma idiota lançando olhares fugazes para a porta da cabine, que nunca se abriu.

— *O que há de errado comigo?* — resmunguei para mim mesma.

Tinha conhecido um cara aleatório no lounge do aeroporto, cujas primeiras palavras para mim foram um convite para ir para casa com ele, depois ele fez minha blusa ficar transparente e falou sobre meus peitos. Então, claro, fiz a única coisa lógica que qualquer mulher no meu lugar teria feito: comprei uma passagem de primeira classe de três mil dólares para segui-lo para o Brasil. Minhas ações combinavam bem com o estado atual fodido da minha vida. Era para ser uma viagem para encontrar minhas próprias respostas — e talvez alguns bons sapatos no caminho —, não para ser amarrada na cabeceira da cama do Capitão Amoroso, independente do quanto ele fosse lindo.

Levantando-me, peguei minha bolsa Louis Vuitton Venus, alisei a blusinha amassada e respirei fundo.

Até mais, Capitão Clynes.

Demorei mais de meia hora para achar minha mala e esperar na fila do táxi. O calor do lado de fora era sufocante, apesar de supostamente ser inverno no Brasil, e senti as gotas de suor começarem a se formar nas minhas costas. Precisava de um banho frio, um copo gigante de café gelado — baunilha ou avelã seria bom —, e possivelmente uma massagem de noventa minutos em um spa de hotel. Quando finalmente chegou minha vez na frente da fila, mal podia esperar para entrar em um táxi com ar-condicionado enquanto o motorista guardava minhas malas no porta-malas, depois veio até mim.

— Olá. Aonde gostaria de ir?

Merda.

— No habla Portuguese. — Espere... *no habla* era a mesma coisa em português e espanhol?

O motorista se virou para me encarar.

— Fala inglês, sim?

— Sim.

— Ok. Me diga aonde quer ir, entende?

— Oh. Desculpe. Espere um segundo.

Rapidamente, digitei *hotéis de luxo com spa no Rio* no Google. A conexão de internet estava lenta, mas, em certo momento, comecei a ver os hotéis, procurando uma rede com que, pelo menos, eu estivesse familiarizada. Minha busca foi interrompida pela porta do táxi se abrindo.

O motorista começou a gritar algo em português. Pelo jeito que ele estava balançando o dedo, presumi que estava dizendo à pessoa que o táxi estava ocupado. Mas o passageiro não deu ouvidos. Quando vi, estava sentada ao lado de alguém no banco de trás.

Alguém vestindo um uniforme.

Capitão Carter Clynes em carne e osso.

Ele se virou para me olhar com um sorriso malvado no rosto.

— Minha estadia acabou de ficar mais interessante.

Droga. Ele parecia ter deixado a barba crescer durante a noite.

— Como foi seu voo, Ousada? Gostou do passeio em que te levei?

— Minha blusa está seca. Acho que pode parar de me chamar de Ousada.

Seus olhos baixaram para meus seios. Claro que meus mamilos estavam completamente rígidos, já que o brilho de suor na minha pele encontrara o ar-condicionado frio dentro do táxi.

Carter esfregou as mãos no rosto.

— Caramba. Você não estava brincando com essas coisas. Não durmo há dezoito horas, e eles acabaram de me acordar. Acho que são contagiosos, e *eu estou* um puta de um ousado agora.

— Isso não é muito apropriado para se dizer para uma mulher que acabou de conhecer, sabe.

— Não acabamos de nos conhecer. Este é nosso terceiro encontro.

— Terceiro encontro?

— Paguei jantar para você em um restaurante chique em nosso primeiro encontro e te levei para um passeio de avião no segundo. Foram encontros bons pra caramba. Algumas mulheres matariam por esse tipo de generosidade. Parece adequado seguirmos para um hotel neste terceiro encontro. — Ele deu uma piscadinha.

Não sabia se era a mudança no tempo, o cansaço do sono agitado no avião ou se era possível que aquele homem dissesse *alguma coisa* que eu ficasse ofendida. *Por que não estou ofendida?*

Quando não respondi, ele continuou.

— Estou feliz por ter te visto. Não achei que fosse vê-la de novo.

— Deve ser porque não me procurou.

— Nunca pensei que fosse mesmo aceitar minha sugestão e voar para o Brasil.

— Nem eu — resmunguei.

O motorista do táxi interrompeu, olhando entre nós para perguntar:

— Vocês dividem táxi, sim?

Surpreendendo-me, Carter respondeu. *Em português*. A língua que soava agitada e frustrante há apenas dois minutos, de repente, soou sexy e romântica.

Ele se voltou para mim em inglês.

— Em que hotel vai ficar?

— Estava tentando descobrir com uma ajudinha do Google. Você recomenda algum?

— Confia em mim para escolher um para ficar esta noite?

Pensei em sua pergunta por um minuto. Era ilógico, eu sabia, mas confiava *mesmo* nele para escolher meu hotel. Só Deus sabe por quê.

— Acho que sim.

Aquela resposta me fez ganhar outro sorriso sexy que me deixou mais empolgada do que estive o ano anterior inteiro.

Quase meia hora mais tarde, finalmente saímos de uma estrada e passamos pelo que parecia um bairro residencial.

— Barra de Tijuca. — Li a placa da rua em voz alta.

— Muito bem. É melhor eu alertá-la. Provavelmente não é o tipo de hotel com que está acostumada.

— Como assim?

— Você parece ser do tipo de mulher que vai em redes luxuosas com spa, só isso.

Embora fosse exatamente isso que eu tinha digitado no Google, quando ele colocava daquela forma, soava como uma coisa ruim. Me fez ficar na defensiva.

— E o que tem de errado com um hotel luxuoso? Às vezes, uma mulher precisa de uma massagem e um banho de uma boa banheira enquanto viaja.

— Bom, com certeza você não terá nenhum desses dois aonde estamos indo. — Carter me olhou no olho. — A menos que seja eu quem faça a massagem, aí, sim.

Ruborizei, o que fez Carter rir.

— Você é muito linda mesmo. Não sei o que é mais sexy, o fato de você aceitar que eu te leve nessa pequena aventura, ou de você secretamente gostar de me imaginar te fazendo massagem.

— Eu não! — Minha resposta rápida e na defensiva só confirmou que ele tinha razão.

Ele se inclinou para mim.

— Gosta, sim.

— Você está doido.

— É uma pena. Me disseram que sou muito bom com as mãos.

Ele ergueu-as diante de si, analisando-as. *Mãos grandes.* Mãos que pareciam que ele usava para trabalho braçal quando não estava pilotando um avião.

Droga.

Eu precisava retomar o controle do meu corpo e daquela conversa.

— Na verdade, soube que você era bom... *com as mãos.*

Carter franziu a testa.

— Sua tripulação. Podem ter mencionado algo.

— O que mencionaram?

— Não é importante.

Carter estava prestes a insistir para ter mais informação, quando o táxi parou. Olhei em volta.

— Onde estamos?

Ainda estávamos no meio de um bairro residencial.

— Hospedaria Maria Rosa.

— Que tem cama e café da manhã?

— Está mais para cama e jantar. Maria Rosa normalmente não se levanta antes do meio-dia. Mas ela faz a melhor feijoada do sul do Equador.

Ele saiu do carro e me surpreendeu ao oferecer a mão.

— Fei... o quê? — perguntei quando ele me ajudou a sair do táxi.

— Acredite em mim. É bom pra caralho. Fico duro só de pensar nela.

— Você é um porco, não é?

— Ousada, não faz ideia. Estava me contendo, tentando ser um cavalheiro já que você parecia um pouco mais refinada do que estou acostumado.

Carter entregou um maço de dinheiro para o motorista e colocou minha mala de mão em cima da sua mala com rodinhas e andamos pelo caminho. Depois que ele tocou a campainha e que estávamos esperando na porta, o táxi foi embora. Foi nesse instante que ele decidiu me inteirar com um pouco de informação.

— Não deixe Maria Rosa te assustar. Ela não é tão louca quanto parece.

Carter era mentiroso.

— Meu filho americano! — Maria estava usando um vestido colorido e pegou o rosto de Carter com as duas mãos, beijando suas bochechas. Um cheiro de açafrão e outras ervas e especiarias preencheu o ar.

Carter me apresentou.

— Maria, esta é a minha amiga, Kendall.

Deus, ele soava sexy. Mesmo que a única coisa que eu tenha entendido foi meu nome. Ele até usara um sotaque para dizer *Kendall*, demorando-se no L do fim.

Maria me olhou de cima a baixo, um bigode fino escuro expandindo seu lábio superior conforme sorria.

— Aha! Você nunca trouxe uma amiga antes...

Me virei para ele.

— O que ela disse?

— Ela está falando que eu nunca trouxe uma amiga aqui.

— Exatamente com qual frequência você fica aqui?

— Às vezes, quando venho para o Rio. Este lugar parece um lar longe de casa para mim.

Um barulho de animal, de repente, soou. Antes que eu visse, um peso pousou em minhas costas, quase me fazendo tropeçar com o impacto. Depois, senti um esguicho de líquido quente no pescoço.

Enrijeci e abanei as mãos, desesperada.

— O que é isso em mim? Tire de mim! — gritei. — Tire de mim!

A criatura soltou vários gritos altos conforme suas unhas começaram a me arranhar. Carter estava rindo histericamente ao tirar a coisa das minhas costas.

Quando olhei, descobri que o animal era um pequeno... macaco. Maria Rosa estava balançando a cabeça quase que desdenhando, e dizendo algo em português.

Carter não conseguia parar de rir.

— Maria se desculpou. Macacos capuchinhos, às vezes, mijam nas pessoas para marcar território.

O macaco soltou um grito agudo como se concordasse com Carter.

— Eu tenho mijo de macaco escorrendo por minha Roland Mouret. Isso é simplesmente fantástico.

— A camiseta precisava ser lavada, de qualquer forma. Não se preocupe. Vou limpar bem você mais tarde.

As palavras dele me fizeram arrepiar. Por mais que aquela situação estivesse me assustando, não conseguia evitar a atração enquanto Carter estava ali parado ao meu lado, ainda vestido com seu uniforme de piloto. O macaco agora estava confortavelmente empoleirado no ombro dele.

Quando Carter sorriu para mim, de novo, reparei na covinha em seu queixo, e meu comportamento ficou mais tranquilo.

— Como ele não está mijando em você, Capitão?

— Porque somos velhos amigos. Não somos, Pedro?

O animal mostrou os dentes. Podia jurar que ele deu risada antes de ir para o outro lado do cômodo.

Maria parecia chateada com alguma coisa ao conversar com Carter.

— O que ela está dizendo?

— Ela não sabia que eu traria convidado, queria se certificar de que eu soubesse que o único outro quarto está ocupado. Disse que vamos ter que dividir um.

— Não concordo com isso.

Ele sussurrou:

— Vamos dar um jeito.

— Não há nada para dar um jeito, Carter.

— Vamos só ir até o quarto e relaxar um pouco. Preciso tirar este uniforme e cochilar. Depois, quero te mostrar a praia antes do jantar.

— Isso não vai dar certo... dividir um quarto. Preciso encontrar um hotel.

— Ousada... você não me seguiu até o Brasil para me abandonar agora. Pode falar que vai para um hotel, mas o fato que importa é que você não quer ficar sozinha. Não estaria aqui se quisesse. Agora, acalme seus peitos e venha comigo para o nosso quarto. Acredite, mesmo que eu *quisesse* me aproveitar de você neste instante, não durmo há dezoito horas. Preciso cair na cama.

Enquanto o seguia em silêncio pelo corredor até o quarto do canto, amaldiçoei minha incapacidade de retrucar. Ele havia pilotado com segurança aquele avião gigante até o Brasil. Minha vida estivera em suas mãos o tempo todo. Ele tinha razão; precisava dormir. Sinceramente, eu também estava cansada do voo, e nem tinha pilotado o avião.

O quarto era pequeno, mas charmoso. Uma colcha vermelha brilhante com flores roxas bordadas feitas de tecido estava estendida na cama queen. Uma única janela deixava a brisa fria entrar e tinha uma bela vista da água ao longe.

Havia um banheiro fora do quarto com uma banheira antiga de cerâmica, e flores frescas na beirada da pia junto com uma variedade de sabonetes.

— Que fofo. Como encontrou este lugar? É realmente fora do padrão.

— Eu estava dirigindo um dia, explorando o Rio. Saí do carro para dar uma caminhada e senti o cheiro da comida da Maria pela janela. Basicamente, segui meu nariz. Quando descobri que ela alugava quartos, cancelei minha reserva no outro lugar e fiquei aqui. Escolheria aqui sempre em vez de um hotel.

— Você disse que só fica aqui metade do tempo. Das outras vezes, escolhe um hotel grande?

Ele hesitou.

— Venho aqui quando estou sozinho. Vou ao hotel quando...

— Deixa quieto. — Ergui a mão. — Entendi.

O hotel era onde ele transava, provavelmente com a comissária de bordo da semana. Não queria mais ouvir.

— Por que *me* trouxe aqui, então?

— Queria te mostrar a parte autêntica do Rio. Me sinto responsável por você estar aqui. O mínimo que posso fazer é ser um bom guia turístico.

— Quanto tempo vai ficar até voar de novo?

— Dois dias.

Meu estômago embrulhou. Não era muita coisa.

— Então vai voar para onde?

— Não sei. Não olhei o itinerário.

— Dois dias aqui... — repeti.

— É. Então vamos aproveitar.

Carter começou a desabotoar sua camisa branca de capitão e pendurou-a no pequeno armário. Seu peito nu era tão perfeito quanto eu imaginava. Tive o desejo repentino de lamber uma linha reta de seu peito até a virilha e até o caminho da felicidade que levava para dentro da calça preta. Ele era maior do que a maioria dos caras que eu saíra. Podia apenas imaginar como seria a sensação do peso do seu corpo em minha estrutura pequena. Eu queria sentir o peso dele em mim, e não era ali que minha mente deveria estar. Havia quase me esquecido de que o objetivo daquela viagem era tentar endireitar minha vida, não complicá-la mais ao me apaixonar por alguém com quem não poderia ficar. Não seria possível ficar com *nenhum* homem no futuro próximo se eu seguisse com meus planos.

Carter ergueu uma sobrancelha, um conhecimento silencioso de que ele percebeu minha análise. De repente, desviei o olhar, embora ele já tivesse me flagrado no ato.

— Vamos trocar essas suas roupas — ele disse.

— Como disse?

— Já volto.

O quê?

Ele voltou ao banheiro e fechou a porta. Eu conseguia ouvi-lo fazer xixi. Depois, a água do banho correu por muito tempo. Sentada na cama com as costas ainda molhadas de mijo de macaco, imaginei por que ele estaria demorando tanto.

A porta se abriu. Carter saiu, ainda sem camisa e agora descalço, usando nada além da calça preta. Tinha deixado-a aberta em cima.

Tão incrivelmente gostoso.

Pigarreei.

— Você tomou banho?

— Não, estava preparando o seu. O que quer que esteja te incomodando está escrito no seu rosto. Está muito tensa. Está assim desde que te conheci. Você precisa de um banho mais do que eu agora. — Devagar, ele se aproximou e colocou a mão em meu ombro. — Vamos só esquecer nossos problemas por uns dias. Pare de pensar nesta situação do quarto. Tem minha palavra de que vou controlar minhas mãos. Não vou tentar nada, se está preocupada com isso... a menos que peça. Até lá, nada de descabelar o macaco. Bom, não no sentido figurado pelo menos. *Haverá um macaco de verdade de vez em quando.*

Caí na risada. Foi bom. Como essa situação se tornou minha vida?

— O que me diz? Vai simplesmente curtir comigo, Kendall?

Deus, eu queria muito simplesmente relaxar e curtir aqueles dois dias.

Pela primeira vez, olhei para a banheira e realmente vi o que ele tinha feito. As bolhas de espuma estavam na superfície. Carter acendera duas velinhas e as colocara no peitoril da janela acima da banheira. Ele podia ser um conquistador — fodedor de aeromoças —, mas era bem tranquilo... e fofo.

Sem dizer mais nada, ele caiu de bruços na cama. Meus olhos grudaram na bunda dele conforme ele moeu contra o colchão, praticamente fazendo amor com ele.

— Porra, esta cama é boa — murmurou.

Abrindo os braços na forma de T, suas costas subiam e desciam conforme ele relaxou no travesseiro.

Aproveitei para admirar suas costas esculpidas, percebendo o quanto eu queria deitar nele como uma montanha-russa conforme descia e subia.

Quando presumi que ele estivesse seguramente dormindo, virei para a parede e tirei a camisa suja por cima da cabeça, jogando-a no chão. Fui de ponta de pé ao banheiro e me despi.

Imergindo na água quente, fechei os olhos e respirei o vapor. Parecia que tinha sido transportada para outro mundo. Acho que isso *tinha* acontecido... um lugar estranho com um homem desconhecido. E um macaco. Embora não conseguisse explicar, de algum jeito, estar ali naquele momento parecia certo.

Tinha deixado a porta aberta porque achei que Carter estivesse dormindo. Então, quando escutei sua voz sonolenta, senti um frio na espinha.

— Fico feliz que tenha escolhido o Rio, Ousada.

CAPÍTULO 3

Carter

Tenho quase certeza de que meu pau me acordou, como se dissesse: "Cara, olha o que está perdendo".

A cortina estava fechada, o quarto estava escuro, e eu, excitado pra caralho.

Que horas eram?

O relógio mostrava quatro e meia da tarde. Dormi por duas horas. Quando olhei para minha esquerda, o motivo da minha excitação dolorosa ficou totalmente claro. Meu cérebro poderia estar dormindo, mas meu corpo estava completamente consciente do fato de que a bunda firme de Kendall estava plantada na minha lateral depois que ela deitou curvada na cama.

Porra.

Ela esteve deitada ao meu lado esse tempo todo. Talvez confiasse em mim, afinal de contas. Provavelmente esse era seu primeiro erro. Dois dias com aquela garota, e eu tinha prometido ser bonzinho? Que esperto.

Não sabia nada sobre ela e, mesmo assim, desde que a conheci, só conseguia pensar nela. Pode parecer difícil de acreditar, mas nunca realmente peguei uma mulher no aeroporto. É, tinha fodido minha cota de colegas de trabalho, mas isso era meio que parte da carreira de piloto. Os membros solteiros da tripulação transavam uns com os outros, simples e claro. Sair com aeromoças durante as escalas parecia empolgante no começo. Porém, com o tempo, tornara-se velho e monótono. Era tudo fácil demais. Eu gostava de um desafio, e Kendall era a primeira mulher, em muito tempo, que estava sendo dura de conseguir. Isso *me* deixava duro.

Fiquei surpreso ao vê-la no aeroporto. Pensei nela o voo todo, secretamente esperando que estivesse a bordo, mas nunca realmente acreditando que estava. Com certeza, não pensei que acabaria na cama com ela.

Kendall Sparks.

Quem é você?

Por que preciso tanto saber?

Ela era complexa; isso era certeza. Logo quando a julguei ser uma riquinha séria, ela anunciou que raramente usava sutiã. Quanto mais ela falava, menos eu sabia o que pensar dela. Tudo que eu sabia era que estava incrivelmente atraído por ela e feliz demais por ela ter me dado a chance de vê-la de novo.

Meus olhos desceram por seu corpo macio. Deus, como eu queria aninhar o rosto na nuca dela e enterrar o nariz em seu cabelo. Mas precisava me livrar daquela dureza antes que ela acordasse.

Em silêncio, me levantei da cama e fui para o banheiro bater uma. A primeira coisa que vi foi sua calcinha branca jogada no chão.

Porra.

Peguei-a e segurei por alguns minutos. Era pequena e delicada como ela. Não consegui evitar cheirá-la. Inspirando bastante seu cheiro, não estava preparado para minha reação. Seu cheiro era viciante e só aumentou o desejo crescendo em mim descontroladamente.

Abri a água e enchi a banheira. Deitado de costas na banheira, coloquei a calcinha dela no rosto e imaginei sua boceta ali. *Não me julgue.* Segurei meu pau e comecei a me acariciar. Se aquilo era errado, eu não queria estar certo.

Inspirei fundo de novo para sentir seu cheiro doce feminino enquanto me manipulava mais forte.

Será que eu era um doente?

Não me importava.

Dizendo a mim mesmo que ninguém estava sendo prejudicado naquele processo, continuei, necessitando me livrar da frustração sexual que começara a se formar desde que vi seus mamilos ousados no aeroporto.

Só demorei alguns segundos. Gozei por todo o meu corpo, arfando ao me recostar ainda mais na banheira.

Após alguns minutos, ainda não conseguia me mover. Foi quando ouvi sua voz.

— Carter?

Me assustei e joguei a calcinha do outro lado do banheiro.

— Estou terminando! Quero dizer... já vou. Só preciso tomar um banho rápido.

Depois disso, me lavei o mais rápido que consegui.

Kendall estava sentada na cama quando voltei ao quarto. Senti um pouco de culpa pelo que tinha feito, mas faria tudo de novo.

Segurava a toalha enrolada na cintura para impedir que caísse.

— Está pronta para explorar a praia? É melhor irmos antes que o sol se ponha. — Não consegui evitar perceber a forma como ela estava me olhando.

Isso, caralho. Talvez haja esperança.

— É. Adoraria ir para lá.

Kendall entrou no banheiro para se trocar e colocar o biquíni. Quando saiu, estava usando um vestido casual de algodão por cima da roupa de banho.

Eu tinha colocado meu short e uma camiseta branca.

Quando saímos do quarto, precisamos passar pela sala de estar principal de Maria Rosa para chegar à porta da frente.

Quando Pedro pulou na minha direção, Kendall desviou instantaneamente. O macaco subiu em meu ombro e começou a morder meu cabelo para depois praticamente voar de novo.

Kendall foi pega de surpresa quando Maria, de repente, levou-a pela mão a uma mesa no canto da sala.

Ah, merda.

Nunca vamos sair daqui agora.

— O que está havendo? O que ela está dizendo? — Kendall perguntou.

Sem querer assustá-la ainda mais quando chegamos, escolhera não contar a Kendall que Maria, na verdade, era psíquica e vidente. A maior parte de sua renda vinha de pessoas que entravam para se consultar. Traduzi o que Maria estava tentando dizer para ela.

— Maria é psíquica. Disse que está sentindo uma energia negativa em volta de você.

Kendall engoliu em seco. O medo em seus olhos era palpável.

Nós dois observamos Maria pegar as mãos de Kendall. Os olhos da idosa estavam fechados conforme ela se concentrava. Continuei a traduzir o que ela estava dizendo o melhor que podia.

— Maria diz que está vendo um bebê... e que ele tem duas cabeças.

Kendall virou rapidamente a cabeça para mim.

— O quê?

Me esforcei para entender os murmúrios de Maria, que foram um pouco fragmentados.

— Colocaram uma maldição em você, uma da qual poderá não se livrar sem a ajuda dela. Ela diz que há algo acontecendo envolvendo um bebê, e que o bebê ou você pode estar em extremo perigo se a maldição não for removida. Não entendi o que ela quer dizer com as duas cabeças.

Eu precisava confessar, por mais que amasse Maria, que aquela merda que ela fazia sempre me assustava pra cacete. Certa noite, eu estava me preparando para partir para o aeroporto, quando ela me encurralou e disse que havia uma garota morta do outro lado que estava fazendo a passagem e queria falar comigo. Fiquei tão assustado pensando que fosse Lucy que quase deixei de ir lá. Felizmente, Maria nunca mais fez isso depois daquele dia.

Resolvi fazer uma brincadeirinha para dissuadir Kendall de ficar muito aterrorizada.

— Ela disse que, para retirar a maldição, você precisa me beijar.

— Está falando sério?

Minha expressão me entregou, e ela revirou os olhos.

Escutei Maria mais atentamente.

— Ok... Acho que estou traduzindo errado. Ela não vê um bebê com duas cabeças. Ela vê um bebê, mas a cabeça do bebê, na verdade, é uma moeda com duas faces, cabeças e rabos. Isso faz sentido para você?

Kendall ficou pálida. Ou Maria a estava assustando, ou algo sobre aquela maluquice, na verdade, fazia sentido para ela.

Continuei traduzindo.

— Isso representa uma decisão relacionada a dinheiro que também pode envolver uma criança no futuro.

Kendall colocou a cabeça nas mãos. Isso a estava magoando. Eu precisava tirá-la de lá.

Virei para Maria.

— Vamos à praia. Podemos terminar mais tarde? — Virei para Kendall. — Venha. Está escurecendo. Acabei de falar para ela que estamos indo para a praia.

Ela ficou quieta durante a curta caminhada descendo a colina que levava até a água. Precisava fazê-la se abrir um pouco ou pelo menos relaxar.

Brincando e puxando seu rabo de cavalo, perguntei:

— Você está bem?

Ela forçou um sorriso.

— É. Estou bem.

— Aquela besteira que Maria estava dizendo... fez algum sentido para você?

Para minha surpresa, ela fez que sim com a cabeça.

— De certa forma.

— Quer conversar sobre isso?

— Não. Não quero mesmo. Só quero tentar me divertir um pouco enquanto estamos aqui.

— É justo.

O sol começava a se pôr. Estava ficando muito tarde para realmente aproveitar a praia. Quando chegamos perto da areia, as pessoas à nossa volta começaram a aplaudir.

— O que está acontecendo?

— Não estão aplaudindo a gente. — Dei risada. — É uma tradição aqui que, quando o sol desaparece no horizonte, todo mundo para, se levanta e aplaude.

— Que legal.

— Seria bom se as pessoas apreciassem mais a vida e a natureza assim, não é?

— Seria. — Ela sorriu. — Definitivamente.

Ela olhou em volta, maravilhada, e eu realmente adorei observar sua expressão conforme ela admirava aquilo pela primeira vez.

Um local familiar no outro lado da praia me chamou a atenção.

— Venha. Sei exatamente o que vamos fazer.

Uma plaquinha em um pauzinho na areia tinha escrito *Samba na água*.

— O que é isso?

— Eles dão aula de samba na praia no pôr do sol. Aceitam gorjeta, mas é grátis. Uma noite, eu estava andando por aqui e fiquei enrolado em uma dança com uma mulher mais velha. Quer tentar?

O sorriso de Kendall iluminou sua expressão.

— Claro.

O que sobrou do sol parecia brilhar em seus olhos verde-azulados. Vê-la sorrindo assim me fez perceber como ela era naturalmente linda e como era bom pra caramba fazê-la feliz. Eu não sabia muito bem por que fazê-la feliz era tão importante para mim, considerando que mal a conhecia. Mas havia uma voz torturante dentro de mim que parecia sussurrar *"Preste atenção. Essa moça é importante"*. Não conseguia explicar e também não iria pedir que Maria investigasse.

As aulas de samba não foram exatamente como eu esperava. Estava pensando que as usaria como desculpa para fazer contato físico com Kendall, mas eles a colocaram para dançar com um instrutor idoso. Isso não me deu opção a não ser dançar com a parceira dele. Provavelmente fazia sentido, já que nem Kendall nem eu sabíamos o que estávamos fazendo. Mesmo assim, gostei de vê-la tropeçando no próprio pé e rindo ao me ver fazendo a mesma coisa.

Rápido. Rápido. Devagar.

Rápido. Rápido. Devagar.

Mesmo do outro lado da areia, estávamos conectados de algum jeito naquela experiência. Uma emoção me tomou quando percebi que iria dormir ao lado dela de novo naquela noite. Então, rapidamente me dei um tapa na cabeça mentalmente por ficar empolgado com uma mulher que nunca mais veria depois daquela viagem... e na qual eu tinha jurado não tocar.

Rápido. Rápido. Porra, vai mais devagar, Carter.

Teríamos mais o dia seguinte inteiro antes de eu ter que ir para o aeroporto na noite seguinte. Percebi que nem sabia onde ela morava. Era hora de tomar o soro da verdade. No Brasil, isso era mais conhecido como caipirinha.

— O que tem aqui? É forte... mas é bom.

— Tem limão, açúcar e cachaça.

Kendall deu risada.

— Fale de novo.

— Cachaça. — Sorri.

— Adoro quando você fala português, Capitão.

— Vou me lembrar disso.

Tínhamos parado em um barzinho na praia. Depois de alguns drinques ali, pegamos a última rodada em copos de plástico e continuamos nossa festa sentados na areia.

— Então, Kendall Sparks, você adora quando falo português. Do que mais gosta? Preciso saber mais sobre minha companheira de viagem.

— O que quer saber?

— Para começar, nunca me disse de onde é, no que trabalha.

— Moro no Texas. Venho de uma família de magnatas do petróleo. Trabalho no negócio da família, mas não tenho uma carreira muito clara.

— Foi tão difícil falar?

— Não gosto muito de contar às pessoas sobre minha família. Há muitas ideias preconceituosas sobre pessoas de origem rica.

— Seu status econômico não define quem você é mais do que meu emprego me define.

— Por que não me contou que era piloto quando nos conhecemos?

Enfiei o pé na areia e pensei na resposta.

— Não estava tentando esconder, de verdade. Só não tive a chance de falar. Teria te contado se ficássemos mais tempo juntos. Eu estava, secretamente, esperando que escolhesse o Rio, para que pudesse te surpreender. Falando nisso, por que fez isso?

— Escolhi o Rio?

— É.

— Eu precisava decidir.

— Não tinha uma parte de você que pegou aquele voo porque pensou que eu estivesse nele? Obviamente, eu estava tentando te dar sinais.

Mesmo que estivesse escuro, ainda consegui ver sua face ruborizar.

— O que quer que eu diga? Que estou atraída por você e voei ao redor do mundo porque me deu sua jaqueta?

É.

— Se essa é a resposta sincera, então, sim. O que tem de errado em simplesmente ser sincera? As pessoas passam metade da vida mentindo. Por que não podemos ser diretos um com o outro?

Dei risada internamente. É, tá bom. Então por que não conta que estava se masturbando com a calcinha dela na cara?

Algumas coisas *são* melhores se ficarem em segredo.

— Vai, me pergunte o que quiser. Não vou mentir para você, Kendall.

Ela terminou sua bebida.

— Qualquer coisa?

Olhando no fundo dos olhos dela, repeti:

— Qualquer coisa.

Ela olhou para o céu.

— Com quantas comissárias de bordo você dormiu naquele voo?

— Todas, menos uma. — Engoli em seco.

— Todas, menos a lésbica.

— É.

— Isso é nojento.

— Por que é nojento? Porque sou um solteiro que transa? É só sexo entre adultos que têm um estilo de vida parecido. Sou responsável. Uso proteção. Não prometo nada que não posso dar. Na maior parte do tempo, elas que chegam em mim.

Percebi que tudo aquilo me fazia parecer frio, mas era a verdade.

— Você não quer mais do que isso? Uma conexão mais profunda com alguém?

— Eu não disse isso. Mas é simplesmente como as coisas foram até agora. — Pegando seu copo de plástico vazio e empilhando dentro do meu, perguntei: — E você? Não tem namorado?

— Não. Não no momento.

— Por quê? Tenho quase certeza de que poderia ter qualquer cara que quisesse.

Parecendo em conflito, ela pausou antes de responder:

— Estou em uma época de transição.

— Por isso está fugindo. Tem a ver com homem?

— Não tem, não.

— Pode conversar comigo sobre qualquer coisa. Não vou te julgar.

— Não pode prometer se não sabe o que é.

— Quão ruim pode ser? Envolve assassinato?

— Não.

— Então, tudo bem.

Ela deu risada, tão linda com a brisa do oceano soprando seus cachos loiros.

— Eu mal te conheço. Não posso me abrir sobre o que está acontecendo comigo depois de te conhecer por menos de um dia.

— Aposto que eu só precisaria de um minuto para saber tudo que preciso sobre você, Kendall.

— Como assim?

— As questões importantes na vida de alguém podem ser resumidas em menos de um minuto. A maioria das coisas mundanas que acontecem no meio-tempo são insignificantes. — Peguei meu celular e entreguei a ela. — Quer testar? Vá ao cronômetro e comece a contar. Vou te contar tudo sobre mim em trinta segundos.

Ela abriu o cronômetro.

— Ok. Vai — ela disse, apertando para iniciar.

— Carter Clynes. Também conhecido como Triplo C, que significa Capitão Carter Clynes, às vezes, reduzido para Trip. Quase trinta anos. Cresceu em Michigan. Palhaço da turma. Família católica. Pais ainda casados. Duas irmãs. Uma namorada. Parti o coração dela antes de ir para a faculdade. Universidade de Michigan. Passei o rodo. Abandonei o curso. Fui para a escola de aviação. Voo o tempo todo agora. Me sinto solitário às vezes. Amo pizza e todo tipo de música. Com muito tesão. Sentado na praia no Rio.

Era basicamente isso. É engraçado como uma vida pode ser banalizada a simplesmente alguns detalhes. Claro que havia uma coisa que decidi deixar de fora. Não que não contaria a ela, mas não era a hora nem o lugar certo para falar sobre Lucy, então escolhi omitir o único detalhe não tão pequeno que tinha basicamente me transformado em quem eu sou.

— Uau. Foram exatamente trinta segundos.

— Agora você sabe quase tudo que precisa saber.

Ela apertou os olhos.

— Quase?

Ignorando sua pergunta, peguei o celular para contar o tempo.

— Sua vez.

— Espere. Tenho que pensar.

— Não. Isso acaba com o objetivo. Não é para pensar. Simplesmente diga as primeiras coisas que vierem à mente. Serão os detalhes mais significativos.

Ela respirou fundo, e eu iniciei a contagem.

— Ok. Kendall Sparks. Dallas, Texas. Vinte e quatro. Filha única de pais ricos que gastaram a maior parte do dinheiro. Cresci em uma fazenda. Líder de torcida no Ensino Médio. Meu pai morreu. Minha mãe é alcoólatra. Fugi da universidade. Trabalhei de vez em quando no negócio da família. Vida encantada por fora, mas não tanto por dentro. Incerta de onde é meu lugar no mundo. Com medo do futuro. Sentada na praia no Rio.

Quando ela desviou o olhar de mim, coloquei a mão em seu queixo, fazendo-a olhar para mim.

— Mas essa última parte é boa, não é? É o que temos em comum.

Fechando os olhos por um breve instante, ela disse:

— Preciso dizer que... é.

— Obrigado por compartilhar esse tempo comigo, Ousada.

Eu me levantei, e ela me seguiu enquanto voltávamos na direção da casa de Maria Rosa.

— O que vamos fazer amanhã? — ela perguntou.

— Essa é a beleza das férias, não é? Não precisamos decidir.

— Acho que sim.

Antes de subir a colina, paramos em uma galeria comercial. Vi uma loja de lingerie e tive uma ideia. Estava hesitante em deixá-la sozinha, mas também não queria que ela visse o que eu estava fazendo.

— Fique bem aqui. Já volto.

Quando voltei com uma sacolinha, ela estava sorrindo de orelha a orelha.

— O que você fez?

— Te comprei um presente. — Entregando a ela, eu disse: — É para amanhã.

— Posso abrir agora?

— Eu insisto.

Ela balançou a cabeça quando olhou dentro e viu o sutiã branco que comprei. O tecido era totalmente opaco. Era o sutiã menos sexy que eu já tinha visto.

— Isso me lembra do sutiã enorme que minha avó usava.

— Acertei seu tamanho?

— Na verdade, chegou perto. Sou 34B, e este é 36B. Vai caber. — Ela o colocou na frente do peito. — Bom, definitivamente não tem como ver nada através deste tecido.

— Exatamente. Se preciso ser bonzinho, eles não podem me cumprimentar a cada segundo do dia. É muito tentador.

— Eu tenho sutiã, sabia? — Ela deu risada. — Só não uso. Mas vou usar este, se estou te distraindo.

— É mais uma brincadeira do que qualquer coisa. Mas deveria considerar usar um quando viajar sozinha.

Uma sensação ruim na boca do meu estômago se formou ao pensar que ela continuaria aquela viagem sozinha. Eu, definitivamente, não estava pronto para deixá-la no dia seguinte.

— Obrigada por cuidar de mim, Capitão.

— Por nada.

Estávamos quase na casa de Maria, quando eu disse:

— Kendall...

— Sim?

— Quero segurar sua mão. — Minha boca se curvou em um sorriso.

Ela imediatamente entendeu.

— *I want to hold your hand.* A música dos Beatles. Pensei, por um segundo, que estivesse falando sério.

Rindo, eu disse:

— Na verdade, estou falando sério. Muito sério. Posso? — Estendi a mão.

Ela me deu a dela.

— Pode. — Seus dedos pareciam tão pequenos entrelaçados com os meus grandes.

Não soltei no caminho inteiro de volta. A verdade era que eu queria fazer muito mais do que dar a mão para ela... Queria envolver todo o meu corpo em volta dela.

Que pena que não havia uma música dos Beatles chamada *Eu quero você inteira.* Teria sido uma forma muito mais adequada de expressar como eu me sentia no momento.

CAPÍTULO 4

Carter

Se eu seria um porra de cheirador de calcinha, poderia também me inscrever para o título de maior merdinha do ano. Tinha acabado de dar a comprida mijada da manhã e precisei, praticamente, me inclinar na privada para abaixar meu pau o suficiente e conseguir mirar a água. Kendall ainda estava dormindo na cama, e meu autocontrole estava desaparecendo. Não que eu tivesse passado boa parte da vida praticando o autocontrole. Mas aquela garota me fazia querer me controlar.

Na noite anterior, quando chegou a hora de dormir, vi que ela estava desconfortável. Eu também estava bem desconfortável, mas mais porque estava com o pau duro e tentando desanimá-lo por, no mínimo, uma hora depois que ela vestiu uma camisola que parecia um papel e shorts curtos. Então, sendo o cavalheiro que normalmente não sou, insisti em dormir no chão. Agora minhas costas estavam me matando, e vi que não haveria mal, ou infringiria algo, se deitasse na cama e dormisse algumas horas no colchão. Eram 4 da madrugada, e ela não descobriria até de manhã. Então seria tarde demais, de qualquer forma. Assim, ergui o lençol e, com delicadeza, deitei na cama, tomando cuidado para não balançar muito o colchão.

Kendall estava virada para o outro lado e, quando a velha cama de madeira fez barulho, ela se virou dormindo. Congelei e esperei para ver se ela abriria os olhos. Depois de um minuto, ela ainda estava na terra dos sonhos, então aproveitei para analisá-la abertamente. Foi quando notei que o primeiro botão de seu pijama, que só tinha botão depois de um decote em V, estava aberto. E todo o seu peito esquerdo estava à mostra. *Caramba, aquelas coisas eram ousadas.* E não apenas o seio. O mamilo, que era um bom tamanho para um seio que não era mais do que uma mão cheia, estava totalmente ereto. Apontando para mim. *Me desafiando.* Me convidando.

Poooorra.

Minha boca estava salivando. Eu queria chupar aquele mamilo mais do que alguma vez quis tocar uma mulher.

Só uma lambidinha.

Ela poderia nem acordar.

Meus olhos subiram para os dela. Ela estava dormindo profundamente. Eu duvidava que ela sentiria em seu estado atual. Eu conseguia ser gentil. Só passaria a língua no amiguinho inchado, o suficiente para provar o gosto.

Só uma provadinha.

Uma lambidinha.

Poooorra. Minha cabeça se aproximou do seio dela. Eu era um merda e tanto. Tenho quase certeza de que tive um lapso momentâneo de sanidade, porque poderia jurar que havia um diabinho sentado em meu ombro direito. Conseguia realmente escutá-lo, vê-lo claro como o dia. Claro que meu diabinho não era careca, ameaçador, pintado de vermelho com rabo. Não, *meu diabinho* era uma morena alta com o cabelo puxado para trás em coque, uma aeromoça com um uniforme mínimo e chifrinhos fofos na cabeça. Ela deu uma piscadinha para mim e sussurrou em meu ouvido. *Vá. Faça isso, seu covarde. Ela quer, afinal.*

Minha consciência respondeu. *Ela confia em você. Não seja um babaca a vida toda. Controle-se, cara. Encontre outra calcinha, seu porco nojento.*

Kendall se mexeu dormindo, desta vez, erguendo um braço acima da cabeça. Então todo o seu seio ficou à mostra. Sua pele era cremosa, e seu mamilo, de um tom escuro de rosa; era uma visão realmente magnífica.

O que há de errado com você, seu covarde? Chupe agora. A diabinha tinha dobrado de tamanho.

Esfreguei as mãos nos olhos para clarear a mente. Não ajudou. Nem um pouco. Minha diabinha estava desabotoando a própria camisa no ombro de Kendall.

Porra. *Fiquei louco, com certeza.*

Do nada, bloqueando todos os pensamentos pecaminosos que eu estava tendo, uma música dos Beatles surgiu em meu cérebro. *You're going to lose that girl*[2]. A letra começou a tocar em minha mente, e a diabinha estava sorrindo e rebolando com a batida.

---

2   Você vai perder essa garota (tradução livre).

Maldição, porra de John Lennon.

Ele tinha razão. Ele *sempre* tinha razão.

Tirando o lençol de mim antes de poder mudar de ideia, peguei meus tênis de corrida e um boné de beisebol e saí.

Kendall não estava na cama quando voltei ao quarto duas horas mais tarde. Eu tinha corrido uma hora e, depois, sentado na areia para ver o sol nascer. O problema era que eu desejava que uma mulher que mal conhecia estivesse sentada ao meu lado vendo o sol subir pelo oceano, quase tanto quanto queria aquele mamilo suculento mais cedo.

Eu estava ficando mole.

Embora normalmente ficasse duro perto dela.

Sentei na cama e comecei a tirar os tênis quando Kendall saiu do banheiro.

— Ei. Para onde foi tão cedo?

— Fui correr.

— Deveria ter me acordado. Eu teria ido com você.

Eu queria te acordar, acredite.

— Você estava tão fofa dormindo, sorrindo com uma mão na calcinha. Não quis arruinar isso para você — menti e dei uma piscadinha.

Ela arregalou os olhos.

— Está mentindo.

Dei de ombros.

— Talvez.

Ela socou meu abdome e deu risada.

— Cuidado, mocinha. Não quer quebrar essa mãozinha frágil no meu abdome duro com seis gomos.

— Você é tão convencido.

Ela sorriu e balançou a cabeça ao ir até a cama. Subindo, ela se sentou em estilo indiano e pegou um livro da mesinha de canto. *Eyewitness travel: Top 10 Rio de Janeiro.*

— Onde achou isso?

— Estava na mesinha de canto.

— Está em inglês?

— Não. Mas estava olhando as fotos.

Ela é tão fofa.

— Qualquer coisa chama sua atenção, Sparks?

Seu rosto se iluminou ao falar de novo.

— Tudo! Para ser sincera, minha ideia de viajar geralmente é encontrar os poucos quarteirões de lojas chiques e fazer compras o dia todo. Depois, ir a um restaurante chique para exibir o que comprei. Minha mãe me treinou bem. A única diferença entre nós é que eu normalmente não bebo oito doses de uísque e enfio a cara no espaguete à bolonhesa. Não conheço este lugar. Talvez seja porque estou aqui na Maria Rosa, mas quero ver tudo. — Ela pausou e começou a folhear as páginas que tinha marcado. — O bonde para o Pão de Açúcar, a estátua do Cristo Redentor, a Floresta da Tijuca... as cachoeiras gigantes, as favelas... Quero ver tudo!

— É um plano terrível para um dia.

Seu sorriso brilhante diminuiu.

— Queria que ficássemos mais do que um dia.

Não havia nada no mundo que eu negaria para aquela mulher para fazer seu rosto se iluminar daquele jeito. Cocei o queixo.

— Quer saber? Tenho uma ideia.

— Qual?

— Acho que precisa ser surpresa.

— Adoro surpresas!

Talvez eu não devesse ter saído de manhã, então.

— Certo. Confia sua vida em minhas mãos por hoje?

— Ficou nas suas mãos a viagem toda de avião. Então não vejo por que não.

Não era a hora para mencionar que eu era muito mais imprudente quando não estava no céu.

— Ok. Vista-se. E vou precisar que use algo justo. Sem roupas soltas. Se tiver algum daqueles shorts de bicicleta e blusinha colada, vai ser melhor.

— Ok.

— Vou para a cozinha fazer ovos picantes e salsicha.

— Humm... parece delicioso.

— É. Você vai adorar minha salsicha. — Dei uma piscadinha e a deixei sozinha.

Maria Rosa tinha um Jeep velho, gasto e aberto que pensionistas poderiam usar por setenta e cinco reais por dia, quase vinte dólares. Eu o adorava, e Kendall também parecia que sim. Ela não tinha parado de sorrir assim que colocou os olhos na lata velha. Certa vez, eu alugara um Mustang conversível enquanto estava de folga em Barcelona e havia planejado passar o dia com uma das aeromoças que fora para minha cama na noite anterior. Ela me fez colocar o teto para não bagunçar o cabelo dela. Foi a última vez que me incomodei em tentar fazer algo além de transar enquanto ficava em um hotel. Mas Kendall, a mulher com uma camiseta mais cara do que meu guarda-roupa inteiro, simplesmente pegou um lacinho da bolsa e amarrou o cabelo para trás sem nem pensar na bagunça que o vento poderia causar. Deixou-a muito mais sexy para mim.

— Quanto tempo ainda falta? Vamos ver o Cristo Redentor primeiro?

Estivemos dirigindo lentamente por uma estrada sinuosa na montanha nos últimos dez minutos, então o palpite dela foi bom. Embora ela ainda não soubesse, era mais provável que estivesse rezando para Cristo salvar sua pele em alguns minutos, em vez de tirando fotos dele para o Instagram.

— Estamos quase lá. Não decidi o que vamos ver primeiro. Mas veremos a estátua em algum momento.

Ela franziu o rosto.

— Como não decidiu nossa primeira parada se estamos quase lá?

— Ah... é uma charada. Eu sei e você tem que descobrir, minha amiga ousada.

Ela revirou os olhos, mas eu tinha certeza de que estava se divertindo, apesar de ainda não termos chegado na parte divertida. Quando estávamos a um ou dois minutos de onde partiríamos, ela percebeu que eu não estava usando roupas justas, mas tinha lhe dito para usar.

— Cadê seus shorts de bicicleta?

— Não tenho.

— Você não precisa de roupas justas?

— Não.

— Por quê? Me disse que eu precisava delas para o que faríamos hoje.

— Na verdade, não disse. Eu disse que *eu* precisava que você usasse roupas justas. Mas nunca mencionei que era para o que faríamos hoje.

— Não entendi.

— Só queria te ver em roupas justas.

Seus olhos ficaram ardentes. Mas, em vez de ficar brava, ela jogou a cabeça para trás, dando risada.

— Você é tão pervertido.

— Gosta de pervertidos? — perguntei, soando como um completo pervertido.

Ela suspirou.

— Acho que estou começando a gostar.

Estacionei em uma clareira de terra no meio de um campo no topo da montanha. Havia alguns carros estacionados, mas ela não conseguia ver a principal atração porque precisávamos descer uns cem degraus para chegar à ribanceira de onde partiríamos.

— Chegamos.

Ela olhou em volta.

— Chegamos onde? O que vamos ver?

Peguei uma mochila de trás do Jeep e dei uma corridinha para abrir a porta para ela. Estendendo a mão, eu disse:

— Não vamos ver nada aqui. Vamos fazer.

Com cuidado, ela saiu.

— O que vamos fazer exatamente?

Não poderia ter planejado melhor do que aconteceu. Assim que ela terminou de fazer a pergunta, algo voou acima da beirada da montanha. Era uma asa-delta, igual ao que iríamos fazer. Apontei, apesar de ela já ter visto.

— Aquilo.

CAPÍTULO 5

Kendall

Carter era louco. Eu suspeitara que ele tivesse alguns parafusos soltos, mas pensar que eu iria sair voando de um precipício com algumas barras de metal e uma peça frágil de poliéster confirmava que ele era maluco.

— Eu vou ver você fazer.

Estivemos parados ao lado do Jeep nos últimos dez minutos, discutindo.

— Você é uma daquelas, hein?

— O que quer dizer?

— Você é uma secundária.

— Explique.

— Senta na segunda cadeira e observa sua vida acontecer. Se não jogar, não se machuca. Os espectadores ficam seguros.

— Neste caso, prefiro a segurança a me jogar para minha morte prematura aos vinte e quatro anos.

Carter esfregou a nuca e me encarou por um instante.

— Todo espectador que observa um acontecimento está assistindo porque quer *ser* o jogador. Mas não tem o talento ou a coragem.

— Bom, eu, com certeza, não sei como voar nisso. Então, nesse caso, tem razão. Não tenho talento.

— Você não *precisa* de nenhum talento para isso. Voa em dupla, com um instrutor treinado e experiente. Não precisa de talento. Sabe o que isso significa?

— O quê?

— Que você é uma espectadora porque não tem coragem.

— Eu tenho muita coragem. — Endireitei a coluna.

— É? Quando foi a última vez que se arriscou?

— Diria que dois dias atrás quando embarquei em um avião para o Brasil sob a recomendação de um maluco que conheci em um bar.

— Tudo bem. Admito que essa é uma. Precisou de coragem. Mas quando foi a última vez que sentiu adrenalina de verdade? Do tipo que corre por suas veias de maneira tão poderosa que te faz pensar que você não estava realmente vivendo antes disso?

Eu sabia a resposta para isso. Quando *você* entrou no táxi ontem. Só que não tinha *coragem* de falar.

— Não lembro.

— É uma experiência da qual nunca esquecerá. Juro.

— Você faz isso sempre?

— Asa-delta? Não muito mais. Costumava fazer o tempo todo.

— Não quis dizer asa-delta. Falei de coisas que te dão adrenalina.

— Ainda sinto isso toda vez que decolo. Quando estou endireitando o avião para sair da pista a uma velocidade de 290 quilômetros por hora e puxo o cabeçote para trás para erguer o nariz e saímos do solo... é sempre como a primeira vez.

— Então você é um caçador de emoções.

Carter deu de ombros.

— Às vezes. A vida sem um pouco de emoção é um tédio, linda.

Gosto muito quando ele me chama de linda. Não conseguia acreditar que estava pensando mesmo em fazer aquilo. Mas ele estava certo. Os últimos anos da minha vida *tinham* sido bem entediantes. E aquela viagem era para me conhecer. Obter respostas. Ele percebeu que eu estava pensando.

— Venha voar comigo. — Ele estendeu a mão.

— Isso é Frank Sinatra, não Beatles.

— Eu sei, mas pensei que seria mais convincente no momento do que *In spite of all the danger*[3]. — Ele sorriu, e eu realmente senti os pelinhos dos meus braços se arrepiarem quando peguei a mão dele.

---

3   Apesar de todo o perigo (tradução livre).

O treinamento necessário antes de voar durou uma hora e meia. Meu instrutor parecia saber do que estava falando, e isso me tranquilizou. Bom, o máximo de tranquilidade que é possível quando se está prestes a pular de uma montanha. E quero dizer *pular*. Provavelmente, foi melhor eu não saber que literalmente *correríamos* para fora da montanha para decolar quando concordei com aquela maluquice. Estava prestes a assistir à corridinha quando Carter veio e se sentou ao meu lado. Ele não tinha precisado fazer a aula de treinamento, já que fora ali várias vezes.

— Nervosa?

— Estou com medo de as minhas pernas não se mexerem quando chegar a hora de correr na plataforma.

Ele sorriu e colocou a mão na minha coxa.

— Vão se mexer. Você consegue.

Eu *realmente* gostava da mão dele ali, então sorri de volta. Juntos, nos sentamos em um gramado a uns nove metros de duas pessoas que iriam saltar. Quando elas correram os sete passos e literalmente pularam da montanha, desapareceram de vista imediatamente. Me levantei para olhar o que tinha acontecido. Carter deu risada.

— Eles vão aparecer em um minuto. Relaxe. É assim que acontece.

Trinta segundos depois, os dois estavam voando alto acima de nossas cabeças. Meu instrutor me chamou, acenando para irmos.

— Vem aqui, mulher bonita. Venha.

— Está pronta? — Carter perguntou com um tom inesperadamente sério.

Inspirei fundo e expirei.

— É agora ou nunca.

Ele sorriu.

— Essa é a minha garota.

E pegou minha mão para ir até a área de preparação. Naquele instante, percebi, com Carter segurando minha mão e me chamando de sua garota, que não havia muita coisa que eu não faria. O pensamento era reconfortante, mas ainda assustador pra caramba ao mesmo tempo.

Em vez de o instrutor me ajudar a me vestir, Carter o fez. Me ajudou a colocar os apetrechos e verificou as conexões do meu traje, puxando-as algumas vezes. Então, ele se vestiu.

— Quem de nós vai primeiro?

Carter franziu a testa.

— Quem vai primeiro? Vamos ao mesmo tempo!

— *Você* é o meu piloto? — Tinha pensado que o instrutor que fez meu treinamento fosse voar comigo. Havia casais no ar ao mesmo tempo, mas sempre com um instrutor.

Ele fez continência na testa.

— Capitão Carter Clynes, ao seu dispor.

— Mas... mas... você tem bastante experiência?

— Sou muito experiente. — Ele mexeu as sobrancelhas.

— Sério. É da minha vida que estamos falando.

— E você está prestes a colocá-la em minhas mãos. É uma moça sortuda.

Quase entrei em pânico.

— Carter. Fale sério por um minuto. Você é treinado para voar nessa coisa? Já voou sozinho?

Ele colocou as mãos em meus ombros e falou para os meus olhos.

— Eu nunca deixaria nada acontecer com você. — Então me surpreendeu me puxando para seu peito para um abraço demorado. Depois de a minha respiração se acalmar por estar em seus braços, ele falou. — Tudo bem?

— Acho que sim.

Ele beijou minha testa.

— Vamos voar, baby.

Minhas pernas ainda estavam correndo, embora não houvesse mais chão debaixo dos meus pés. Quando mergulhamos e começamos a perder altitude, cravei as unhas tão fundo em Carter que devo ter furado sua pele.

— Carter!

— Estou aqui. Segure firme. Lá vamos nós.

E, simples assim, exatamente como o instrutor havia explicado, pegamos uma rajada de vento e começamos a voltar para cima. Meu coração estava batendo descontrolado, e eu prendia a respiração. Meu cinto estava apertado um pouco mais alto do que o de Carter, então eu estava me inclinando um pouco nas costas dele e apoiando nele enquanto ele segurava a barra comprida de metal.

Depois de alguns segundos, inspirei um pouco de ar, pois precisava, e Carter começou a nos fazer circular, voando cada vez mais alto acima da montanha da qual tínhamos acabado de decolar. Desapertei um pouco o corpo dele quando começamos a planar. Pegando pequenas rajadas de vento, voamos suavemente.

— Ah, meu Deus, Carter. Estamos voando! Estou me sentindo um pássaro.

O rosto todo dele sorriu para mim.

— É incrível, não é?

— É!

Era uma sensação indescritível. Olhar para o Atlântico turquesa brilhando, quilômetros de costa de areia, e as montanhas verdes exuberantes à nossa volta era totalmente impressionante. Fiquei feliz por Carter ter me convencido a fazer aquilo. E ainda mais em êxtase por estar fazendo aquilo *com* Carter.

Conforme voávamos, Carter assobiava. Embora estivéssemos perto um do outro, às vezes, era difícil escutar por causa do vento em nossos ouvidos. Mas, depois de um tempo, identifiquei a música que ele estava assobiando. *Lucy in the sky with diamonds*.

— Você cantou essa música no voo, pelo sistema de som, depois de apagar as luzes. Quase esqueci. É sua música de voo ou algo assim?

— Algo parecido.

Por mais de duas horas, voamos no céu do Rio de Janeiro. Acho que o enorme sorriso em meu rosto não desapareceu sequer uma vez. Vimos tudo que eu queria ver: o Pão de Açúcar, o Cristo Redentor, a Floresta da Tijuca, as cachoeiras gigantes, as favelas, praias e as paisagens extraordinárias. Não *vimos* o Rio, experimentamos a cidade. Senti que, se tivesse uma tela diante de mim, conseguiria sangrar a beleza das minhas veias. Foi a experiência mais incrível e revigorante da minha vida.

Quando vimos tudo que eu queria ver e mais, o vento começou a diminuir, e Carter disse que era hora de pousar. Aterrissamos em uma praia apenas com alguns solavancos. Minhas pernas estavam trêmulas quando tentei me mexer na areia.

— Cuidado. Está com pernas de ar. Espere um ou dois minutos para recuperar seu equilíbrio vertical.

Uma equipe de homens da empresa nos desconectou e, então, fizeram bebidas para nós na praia.

Eu ainda estava sorrindo enquanto bebia minha caipirinha em um abacaxi oco.

— Tenho que admitir que definitivamente consigo ver como pode se viciar nessa sensação. É isso que sente toda vez que está sentado na cadeira do piloto?

— É diferente, mas ainda é adrenalina. Hoje senti essa adrenalina de sempre. Mas... — Ele hesitou e pareceu repensar o que iria dizer. — Fiquei feliz que tenha gostado.

— O que ia falar?

— Nada.

— Mentiroso.

Carter estreitou os olhos e me encarou, como parecia gostar de fazer. Depois, bebeu todo o conteúdo de seu abacaxi em um gole. Quando terminou, aproximou-se.

— Eu ia dizer que hoje foi melhor do que todas as outras vezes para mim. Que eu gostei pra caralho de seus braços estarem em volta do meu corpo o tempo todo, e do que senti quando suas unhas cravaram na minha pele e seus peitos pressionaram minhas costas. Que ver seu sorriso, sabendo que tive algo a ver com colocá-lo nesse lindo rosto, foi muito melhor do que simplesmente erguer o bico de um avião ou voar sozinho em uma asa-delta.

Engoli em seco. Nossos olhares travaram, e Carter estava procurando algo no meu. Depois, ele desviou o olhar.

— Está pronta para pegarmos, Amelia Earhart?

— O que disse?

Carter deu risada.

— Acho que escolhi mal as palavras. Quis dizer, está pronta para pegarmos a estrada?

— Oh. Sim. Estou pronta.

A viagem de volta a Maria Rosa foi silenciosa. Carter parecia estar pensativo, e eu estava me tranquilizando da adrenalina que foi voar como um pássaro. Não conseguia me lembrar da última vez que me sentira tão livre. Tinha que ser quando era adolescente, cavalgando com Emilio. Rapidamente, parei de pensar naquilo, focando, então, em perceber que Carter e eu só tínhamos mais meio dia no Rio. Na manhã seguinte, Carter voaria para outro destino exótico, e eu não conseguia parar de pensar se ele ficaria em hotel ou um lugar como o que ficamos naquela noite. Sabendo o que significava ficar em hotel, ficava magoada só de pensar nisso.

E em mim. Tinha que voltar para a realidade. Minha realidade. A que estivera temendo nos dois últimos anos, e agora havia apenas oito dias para decidir que caminho minha vida seguiria. Eu estava diante de uma bifurcação na estrada e ainda não estava pronta para escolher. Sinceramente, não sabia se um dia estaria. Mas esse era o problema. Se eu não escolhesse na semana seguinte... meu destino não seria escolhido por mim, como sempre. Não podia mais fazer isso. Minha vida inteira tinha sido uma série de caminhos seguidos porque alguém os escolheu para mim. Era hora de eu escolher o meu próprio, independente de qual fosse.

Quando dirigimos pelo bairro residencial, Carter deve ter percebido como eu estava quieta.

— No que está pensando? Está totalmente diferente.

— Só na vida. Em geral, acho.

— Algo que queira compartilhar?

— Não, na verdade.

Ele assentiu.

— Pensou no que vai fazer depois de eu ir embora amanhã? Vai ficar na Maria Rosa?

Meu coração afundou. *Ele realmente ia partir na manhã seguinte.*

— Não. Mas acho que deveria ir embora da pousada. Não falo português e não sei me virar. Sem você lá, acho que me sentiria desconfortável.

Os olhos de Carter miraram os meus e, então, de volta à estrada.

— Tem um Westin não muito longe do aeroporto. É bom, limpo e tenho certeza de que tem spa. Podemos dividir um táxi de manhã, se quiser.

Assenti.

Quando chegamos à pousada, Carter desligou o carro, depois se virou para mim.

— Tem alguma coisa que queira ver esta noite? Algo que queira que eu te mostre antes de ir embora amanhã?

— Não. Acho que só gostaria de jantar e passear, se não tiver problema.

— Perfeito. É exatamente o que eu gostaria de fazer também.

O clima tinha definitivamente mudado desde a tarde. O jantar estava bom e, embora Carter e eu tenhamos falado o tempo todo, parecia que havia um elefante enorme na sala que nenhum de nós estava mencionando. Quando acabamos, Carter perguntou se eu queria caminhar na praia.

Nós dois tiramos os sapatos e os deixamos perto do calçadão que levava do estacionamento à areia. Realmente gostei de Carter segurar minha mão quando começamos a andar.

— Sabe para onde vai voar amanhã?

— Dubai. Vi minha agenda enquanto você estava no banho.

— Eles não falam até alguns dias antes?

— Não. Eles planejam meses antes. Eu que não gosto de saber.

— Não gosta de saber para onde vai?

Ele deu de ombros.

— Alguma hora, fico sabendo. Digo, tenho que saber antes de chegar na cabine. Acho que não há motivo para ver antes.

— Nunca quer fazer planos antecipados ao saber que está indo para uma certa cidade?

— Não muito.

— Isso é estranho, Carter. Sabe disso, não é?

— Nunca disse que era normal.

Andamos por mais quinze minutos e, em certo momento, passamos por duas cadeiras aleatórias colocadas à beira do mar. Não havia ninguém por perto. Carter puxou minha mão até elas e reposicionou-as para que ficassem uma de frente para a outra.

— Estavam arrumadas para observar a água.

— Eu sei. Mas por que eu olharia para a água quando posso olhar para você?

Nós dois nos sentamos. Primeiro, nossos pés estavam próximos na areia. Mas, quando começamos a conversar, Carter passou os pés nos meus. A planta do pé dele massageou meu tornozelo. Foi muito bom, então retornei o favor. Nossos pés ficaram entrelaçados conforme conversávamos.

— Então, me conte, Kendall Sparks. Por que fez essa viagem? O que está tentando encontrar?

Eu estava com vergonha de admitir a verdade. Não queria que Carter soubesse como eu era superficial e estava desesperada. Quanto o dinheiro controlava minha vida.

— Se eu te contasse, você pensaria que sou horrível. Que preciso de terapia para o que provavelmente eu faria.

— Tenho certeza que não.

— Pensaria, sim.

— Não pensaria.

— Todos nós estamos fodidos de algum jeito. Temos segredos para guardar e cruzes para carregar na vida.

Bufei.

— Talvez. Mas sou mais fodida do que a maioria.

— Duvido.

— Bom, sou bem mais fodida do que você. Você tem um ótimo emprego, uma casa na Flórida e sabe como aproveitar a vida.

— É isso que pensa? Que sua história é mais fodida do que a minha e você vai parecer pior?

Assenti.

— Talvez.

Carter olhou para o céu por um tempo e, então, começou a falar baixinho.

— Eu tinha dezesseis anos quando conheci Lucy Langella. Ela tinha um cabelo comprido escuro, grandes olhos azuis e escrevia poesia. Estávamos juntos há mais de dois anos. Foi minha primeira e, por um bom tempo, realmente pensei que seria minha última. Pensei que estivesse apaixonado. Até disse que a amava.

"Durante nosso último ano no Ensino Médio, ela começou a mudar. Nunca queria sair, e dormia muito. Era o último ano... Festas, amigos, esportes, viagens... Eu queria fazer tudo. Por um tempo, consegui levá-la para fazer as coisas comigo, mas ficou cada vez mais difícil conforme os meses passaram. Ela começou a ter um humor maluco também. Chegou ao ponto em que eu não fazia ideia de qual Lucy encontraria quando chegasse na casa dela. Então, diminuí as idas à sua casa. Basicamente, tinha dezoito anos e pensava que ela estava ficando entediante. Ela era melhor aluna do que eu e, quando começamos a namorar, conversávamos sobre nós dois nos inscrevermos na universidade de Michigan. Quando chegou a hora de enviar as inscrições para a faculdade, ela nem enviou. Quando nos formamos, ela raramente saía, e estar com ela era bem deprimente.

"O verão antes da faculdade começou, e eu sabia que precisava terminar antes de me mudar para três horas dali. Quando o fiz, ela chorou por uma semana. Me senti um merda porque tudo que ela ficava falando era '*Você disse que me amava. Disse que me amava.*'"

Carter parou de falar por um minuto. Depois, pigarreou e continuou.

— No primeiro dia de faculdade, eu tinha acabado as aulas e levei uma menina que havia conhecido na orientação para o meu quarto. Acabamos na cama, e meu celular ficou tocando enquanto eu estava transando com uma garota que tinha acabado de conhecer. Pensei que a faculdade fosse a melhor coisa do mundo naquele dia. — Ele bufou e balançou a cabeça. — Na manhã seguinte, olhei meu celular e vi que todas as ligações tinham sido de Lucy. Não liguei de volta para ela. Outro dia se passou, e estava na cama com minha nova garota quando começou a acontecer de novo. Meu celular não parava de tocar. Porém, quando o nome apareceu na tela, vi que era minha mãe. Eu sabia que, se ela ligou tantas vezes, tinha acontecido algo. Então atendi. Ela estava chorando histericamente. — Carter parou de novo, encarando nossos tornozelos entrelaçados na areia. — Lucy tinha cometido suicídio. O que pensei que era tédio era, clinicamente, depressão.

Arfei.

— Oh, meu Deus, Carter. Você não poderia saber.

— Enfim. Hoje me perguntou o significado da música que canto toda vez que decolo. *Lucy in the sky with diamonds*. Canto Beatles para minha ex-namorada morta toda vez que começo a voar. E acha que *você é* a fodida?

— Sinto muito. Foi horrível ter passado por isso.

— Obrigado. Mas não te contei essa história para ter pena de mim. É sua vez, Ousada. Aposto que vai te fazer sentir melhor compartilhar seja lá o que está te incomodando. Além disso, quero escutar como minha linda garota se ferrou tanto para estar viajando para outros países com tipos como eu.

— Não vai me enxergar diferente depois que eu te contar? — Embora tivéssemos menos de doze horas juntos, o pensamento me chateava.

— Nem um pouco.

— Ok. — Respirei fundo e comecei do início. — Meu avô, Rutherford Sparks, era um homem muito rico. Também era autoritário, excêntrico, racista, homofóbico e controlador. E bem chauvinista. Felizmente para ele, teve dois filhos e nenhuma filha. Mas o primeiro filho morreu aos quatro anos de pneumonia. O segundo foi meu pai, que era Rutherford Sparks, o Terceiro. Devo ressaltar que Rutherford Sparks Jr. era o irmão mais velho do meu pai que morreu antes de nascer.

"Meu pai morreu cinco anos atrás de infarto. Então meu avô, basicamente, enterrou seus dois filhos, ambos seus homônimos. Embora eu tivesse apenas dezenove anos quando meu pai faleceu, meu avô começou a me pressionar para ter filhos. Ele literalmente começou a insistir comigo no funeral do meu pai, exigindo que eu tivesse um filho assim que possível... um menino, claro... para que ele pudesse se certificar de que seu precioso nome vivesse. Eu não tinha interesse em ter filhos, então continuei ignorando-o, embora ele basicamente patrocinasse meu estilo de vida ostentador desde que nasci.

"De qualquer forma, sem entediá-lo com todos os detalhes, meu avô morreu há dois anos. Tenho um fundo fiduciário que paga todas as minhas despesas, mas será cortado quando eu fizer vinte e cinco anos. Há um segundo fundo de segurança, que vale milhões de dólares, que também foi deixado para mim. No entanto, meu avô colocou uma pequena condição para ele. Para eu receber os fundos, preciso ter um filho homem quando fizer vinte e seis anos. Oh... e o filho deve se chamar Rutherford Sparks."

— Essa merda é legal?

— Aparentemente, sim. Pedi para meus advogados verificarem. É comum haver restrições em fundos. A única hipótese de a corte derrubar uma restrição é se for ilegal ou contra a política pública.

— Obrigar alguém a ter um filho não é contra política pública?

— Parece que não.

— Então está pensando em ter um filho e é por isso que fez essa viagem?

— Na verdade... essa é a parte em que ganho a competição de quem é mais fodido. Descobri uma pequena brecha no testamento do meu avô. Tenho que dar à luz um herdeiro homem, mas não preciso *ficar* com a criança. A maioria das pessoas normais presumiria que está implícito que, quando você tem um filho intencionalmente, vá ficar com ele. Não estou pronta para ter um filho. Mas há muitos casais gays que *estão* prontos para terem filhos e não podem. Então, tenho uma consulta, em nove dias, com um casal gay casado na Alemanha. Faria inseminação com o esperma de ambos os homens, que seria geneticamente modificado para garantir que fosse um menino. Depois de dar à luz, o pequeno Rutherford Sparks seria deles. Países estrangeiros são menos restritivos com modificação genética em embriões pré-implantados. É por isso que vou fazer fora dos Estados Unidos.

Carter balançou a cabeça para cima e para baixo algumas vezes e sorriu.

— Merda. Não pensei que um dia diria isso, mas está bem perto. Não sei quem ganha a competição.

Estranhamente, por mais que eu estivesse enojada de mim mesma e com vergonha do que estava pensando em fazer, senti um peso sair dos meus ombros ao contar para Carter. Ele não parecia me julgar também. Ficou apenas encarando a água.

— No que está pensando agora?

Ele riu.

— Se te contar, posso virar a competição a meu favor.

— Me conte.

— Estava te imaginando grávida e pensando que você vai ficar gostosa pra cacete com uma barrigona e peitos inchados.

— Claro que você pensaria nisso.

Nós dois gargalhamos por um tempo depois disso. Carter até parecia um pouco mais leve depois da nossa conversa.

— Certo. Mais alguma coisa que eu deveria saber sobre você, Sparks?

— Eu contei uma coisa. Você contou uma coisa. Estamos quites, Capitão.

— Quero saber mais.

— O que quer saber?

— Tem certeza de que não tem um namorado em casa?

— Tenho.

— Teve muitos namorados?

— Não, sérios, não.

— Nunca se apaixonou?

Olhando para as ondas, uma velha dor familiar apareceu em meu peito. Era a segunda vez no dia que eu tinha pensado em Emilio. Finalmente, respondi.

— Uma vez.

— O que aconteceu?

Fazia anos que eu não abria essa ferida. Aquela noite estava ficando muito profunda para eu suportar. Mesmo assim, queria contar tudo a Carter que havia para saber sobre mim; não entendia de onde vinha essa necessidade.

— Emilio era um caubói que trabalhava em nossa propriedade quando eu era adolescente. Começamos a passar muito tempo juntos, particularmente quando meus pais não estavam em casa. Cavalgávamos, conversávamos sobre coisas normais de adolescente... nossas esperanças e sonhos. Era tão divertido estar com ele porque nenhuma das nossas conversas envolvia dinheiro ou o estilo de vida aristocrático que tinha sido jogado na minha cara desde que nasci. Com Emilio, eu era simplesmente Kendall... não uma garota com dinheiro e milhares de expectativas nas costas. Conversar com ele e cavalgar ao vento... são algumas das melhores lembranças da minha vida. Quando estava com ele, sentia que eu era verdadeira. Me sentia livre.

— Pelo seu olhar agora, estou sentindo que as coisas não acabaram bem.

Balançando a cabeça, continuei:

— Emilio não era exatamente legalizado. Ele e a família tinham fugido do México. Em certo momento, descobri que ele estava ajudando a cuidar de uma amiga doente da família, que também era ilegal. Nunca me pediu ajuda, Carter. Tive que implorar para ele me deixar ajudá-lo.

— O que você fez?

— Ela era uma mulher de meia-idade. Seu nome era Wanda, e sofria de doença renal policística, necessitando de constantes diálises para viver. Estava ficando cada vez mais fraca. Tínhamos uma velha casa para hóspedes na propriedade. Eu a coloquei lá, basicamente lhe dei comida e abrigo, e tentei cuidar dela o melhor possível. Mas ela realmente precisava de um rim. Tinha um membro da família que estava disposto a doar um, porém, eles não podiam pagar a cirurgia.

— Foi muito legal da sua parte cuidar dela assim.

— Bom, me fez sentir que tinha um propósito, pela primeira vez na vida. Sem contar que eu estava me apaixonando por Emilio e teria feito qualquer coisa por ele naquele momento.

Quando comecei a chorar, Carter colocou a mão no meu rosto.

— O que aconteceu, Kendall?

— Meus pais chegaram em casa mais cedo de uma viagem em um fim de semana e me flagraram na casa de hóspedes com Wanda e Emilio. Implorei e pedi para meu pai. Em certo momento, minhas emoções me tomaram, e estupidamente disse que estava apaixonada por Emilio. Meu pai ameaçou mandar prendê-los para serem deportados.

Carter se encolheu.

— Ele fez isso?

— Quando descobriu sobre a doença de Wanda, se acalmou um pouco. Mas não aceitaria minha união com Emilio. Ele negociou comigo. Disse que pagaria o transplante de rim de Wanda e cuidaria para que Emilio e Wanda nunca mais colocassem os pés na propriedade, mas eu nunca mais veria Emilio.

Ele soltou o ar.

— Acho que sei aonde isso vai chegar.

— É. Então... Eu não podia, em sã consciência, negar a Wanda sua vida pela minha necessidade egoísta de estar com aquele menino. Emilio e eu concordamos que era assim que tinha que ser. Meu pai fez todas as negociações, Wanda fez a cirurgia, e eu nunca mais vi Emilio.

— Você fez a coisa certa, Kendall.

— Tentei encontrá-lo depois disso, mas, por causa de seu estado ilegal, não havia registro real dele ou de sua família. Eu tinha um endereço que sabia que era onde ficavam, mas, quando fui lá alguns meses depois da cirurgia, estava abandonado. — Olhei para o céu. — É assim que a história acaba.

— Sinto muito, Ousada. Obrigado por compartilhar comigo.

— Bom, toda essa experiência definitivamente causou um enorme impacto na minha vida, me fez ter medo de me abrir para alguém de novo, por medo de magoar a pessoa ou ser magoada. A partir dali, simplesmente aprendi a suprimir meus sentimentos e seguir com o fluxo.

— Bom, diria que você fez um ótimo trabalho se abrindo esta noite, mas acho que precisamos de uma pausa. — Em certo momento, ele se levantou e me ofereceu a mão. — O que me diz de enchermos a cara?

— Acho que seria uma conclusão perfeita para nossa noite de confissões.

Nós dois estávamos muito bêbados quando chegamos ao quarto. Carter estava deitado na cama com as mãos unidas atrás da cabeça quando saí do banheiro depois de me trocar.

— Vou dormir no chão esta noite — eu disse.

— Estava pensando que poderíamos dividir a cama. Vou me comportar. Juro. Mas quero te abraçar enquanto dormimos. Nem me importo se pareço um babaca falando isso. Porque é a verdade.

Nem precisava pensar nisso.

— Adoraria.

Carter abriu os braços para mim, e eu subi na cama e deitei em seu peito. Ele me apertou e abraçou bem forte, e eu grudei nele. Foi muito bom ser abraçada por ele. Mas meus sentimentos estavam em conflito. O pensamento de ir embora na manhã seguinte me causava uma dor no peito. Tive que conter as lágrimas enquanto percebia como era bom o toque dele. Nenhum de nós disse uma palavra depois disso, e parecia certo ficar deitada em silêncio em nossa última noite juntos. O batimento dele, em certo momento, me ninou para dormir.

Na manhã seguinte, dormimos até tarde. Correndo e trombando um no outro, tomamos banho rápido e fizemos as malas. Carter tinha que estar no aeroporto às nove, e já eram oito horas, e demorava uma hora para chegar lá. Em vez de arriscar e esperar um táxi, Maria Rosa nos levou para o aeroporto.

Quando chegamos ao terminal, eu mal conseguia conter as lágrimas. *Então era isso.* O pensamento de nunca mais ver Carter era doentio. Tinha passado apenas dois dias com ele e, mesmo assim, sentia que ele me conhecia melhor do que muitas pessoas. Saí quando ele o fez para poder me despedir. Ele disse algo em português para Maria e, então, deu dinheiro a ela.

Depois de descarregar a bagagem dele, nós dois ficamos nos encarando atrás do Jeep.

— Maria vai te levar para o Westin. Ela sabe onde é. Enquanto você estava no banho, peguei seu celular e gravei o número dela. Se precisar de alguma coisa, ligue para ela. É um pouco maluca, mas é boa gente.

— Ok.

Ele segurou meu rosto.

— Não saia sem sutiã e não fale com homens brasileiros nos bares. Entendeu?

Assenti.

— Agora me dê um maldito beijo. Fui bonzinho por dois dias. Não vou mesmo deixar você ir embora da minha vida sem provar seu gosto.

Antes de conseguir falar alguma coisa, o que obviamente teria sido *sim, por favor*, a boca de Carter esmagou a minha. Meus joelhos ficaram completamente fracos. Meu pulso acelerou quando ele me puxou forte contra seu corpo. Ele gemeu quando o abracei tão forte quanto ele estava me segurando. Nossas línguas colidiram freneticamente, nenhum de nós disposto a perder outro segundo antes que fosse tarde demais. Nós *precisávamos* provar um ao outro, *sentir* um ao outro, *dizer tudo* com aquele único beijo. Quando começamos a afastar a boca, eu gemi e o beijo se intensificou de novo. Ainda mais faminto desta vez. Eu não fazia ideia do quanto durara, só sabia que, quando acabasse, eu estaria devastada.

Carter apoiou a testa na minha.

— Obrigado por tudo, Ousada.

— Você cuidou de mim por dois dias. Eu que deveria agradecer.

— Não precisa me agradecer. Foi meu prazer. Ficaria aqui com você se pudesse. Odeio ter que te deixar. Principalmente depois desse beijo.

Uma lágrima escorreu por minha face, e Carter a enxugou com o polegar.

— Independente da decisão que tome, será a certa. Não deixe ninguém te convencer do contrário. Me prometa isso.

— Eu prometo.

Nós nos beijamos mais algumas vezes.

— Preciso voar, linda. Cuide-se.

— Você também.

Observei-o ir até a porta. Ele se virou e acenou uma última vez, depois desapareceu lá dentro. Então chorei como um bebê.

CAPÍTULO 6

Carter

Quase que imediatamente depois de passar pelas portas automáticas, pareceu simplesmente errado — e não natural — ter me despedido dela.

Seu babaca idiota.

Vi alguns membros da minha tripulação se aproximando; suas malas de rodinha soavam como unhas contra uma lousa. Duas das aeromoças estavam conversando em outro canto. Uma delas piscou para mim, e eu assenti levemente.

Olhei em volta para as filas de pessoas. Uma sensação de vazio me consumiu. Pela primeira vez em anos, eu não queria estar ali. Não queria voar. Não queria fugir para o próximo destino. Tudo que eu queria era voltar para o carro, dirigir de volta para Maria Rosa e abraçar Kendall de novo. Mesmo depois daquela merda chocante sobre herança que ela confessara, ela era tudo que eu queria no momento.

Já sentia sua falta, e não tinham se passado nem cinco minutos. Tinha gravado o número dela em meu celular mais cedo, então, impulsivamente, liguei. Não houve resposta.

Assim, com meu coração acelerado, enviei uma mensagem.

Me lembre por que acabamos de nos despedir.

Enviei outra.

Porque juro que não consigo pensar em um maldito bom motivo.

Outra.

O que você diria se eu te contasse que ainda não estou pronto para te deixar?

Depois de muitos minutos, ainda não houve resposta. Suando em meu uniforme de poliéster, resolvi fazer algo arrojado.

Fui até o balcão de passagens e comprei um assento para ela no meu voo.

Nem tinha o e-mail dela, então enviei o e-ticket para o e-mail do site psíquico de Maria Rosa. Foi um risco grande. Quase não havia chance de ela voltar ali do hotel a tempo de embarcar. Mas eu não teria me perdoado se nem ao menos tentasse.

Não faço ideia se vai receber isto a tempo, mas acabei de comprar uma passagem para você embarcar no meu voo. Peça que Maria verifique a conta de e-mail dela. Está lá. Vamos partir em pouco mais de uma hora. Você precisaria pegar suas coisas e voltar rápido para cá. Sem pressão, mas eu gostaria de continuar nossa pequena aventura. Se a resposta for não, vou entender.

Dei risada da minha tentativa de parecer casual. *Sem pressão.* O que eu realmente queria dizer era: *"Kendall, volte logo aqui porque não consigo imaginar como vou respirar nessa porra de voo sem você".*

De novo, não obtive resposta quando tentei ligar para ela uma última vez.

Segui para o lounge do piloto para fazer o check-in, ver a previsão do tempo e verificar os detalhes do voo. Ainda nada de Kendall. Não havia escolha a não ser manter o itinerário porque aquele avião não iria voar sozinho.

Verificar meu celular constantemente enquanto encontrava a tripulação estava começando a me fazer sentir que simplesmente não ia acontecer de Kendall pegar aquele voo. Em uma última tentativa de enrolar, fiz o que nunca pensara em fazer em toda a minha carreira: causei um atraso propositalmente.

Como primeiro oficial, era minha responsabilidade inspecionar o avião quando ele chegava. Criei uma preocupação falsa de que um dos instrumentos na cabine não estava calibrado adequadamente e precisava ser analisado. Isso resultou em chamar um engenheiro para fazer alguns testes nele. Embora a inspeção tenha atrasado o voo por mais de uma hora, foi tudo em vão. Nada de Kendall.

Finalmente, fechei as portas da cabine e, quando minha papelada pré-voo estava completa, tive que seguir em frente e aceitar.

Dez minutos depois, ergui o avião em uma decolagem suave enquanto imagens de cabelo loiro, olhos azuis sinceros e o sorriso mais lindo que eu já tinha visto apareciam em minha mente. Imaginei se cruzaríamos nossos caminhos de novo.

Assim que estávamos na altitude de cruzeiro, resolvi usar meu último vislumbre de esperança. A passagem que eu tinha comprado para Kendall era para o assento 12C. Às vezes, alguns retardatários embarcavam no último minuto. Será que eu não a tinha visto?

Quando uma aeromoça entrou com água, perguntei:

— Há alguma chance de ter alguém sentado no 12C?

— Deixe-me verificar — ela disse.

As vidas de quase duzentas pessoas estavam em minhas mãos, e isso não me deixava nada nervoso. Esperar que a aeromoça voltasse com a resposta? Era uma tortura.

A porta se abriu.

— Na verdade, Capitão, não. Esse assento está vazio.

— Obrigado, Cammie.

Com a confirmação de que Kendall definitivamente não estava em meu avião, soltei a respiração que estivera prendendo e peguei o comunicador para fazer o que sempre fazia quando estava me sentindo para baixo.

Mas, desta vez, era para ela.

CAPÍTULO 7

Kendall

Tentei relaxar em meu assento, embora estivesse uma pilha de nervos.

A aeromoça fez o anúncio de desligar todos os aparelhos com wireless, mas não era necessário no meu caso, já que tinha acabado a bateria do meu celular. Em minha pressa para me preparar para aquela manhã, tinha esquecido meu carregador plugado na tomada do quarto na pousada.

Pouco depois de deixar Carter no aeroporto, tive o que pareceu ser um ataque de pânico no carro de Maria Rosa. O pensamento de continuar a viagem sozinha parecia insuportável.

Estávamos quase no hotel quando, de repente, tudo ficou claro.

Eu nem sabia falar português, então pensei em como transmitir meus pensamentos para Maria.

Apontando na direção contrária à nossa, eu disse:

— Aeropuerto!

Ela assentiu e continuou dirigindo para o Westin.

— Maria, *I need to go back to the airport.*

Ela deve ter me entendido porque, de repente, fez uma curva fechada em um retorno, passando por cima do canteiro. Então, finalmente estávamos seguindo para o aeroporto. Meu coração estava batendo a um quilômetro por minuto durante a viagem de volta.

Quando ela estacionou na área de embarque, dei um grande abraço nela.

— Muchas gracias!

Percebi imediatamente que aquilo era espanhol, mas simplesmente não tinha tempo suficiente para corrigir e agradecê-la. Mais tarde, enviaria uma mensagem de agradecimento traduzida junto com dinheiro para retirar a aparente maldição sobre mim.

Passando correndo pela porta para o balcão da International Airlines, quase tropecei na minha própria bagagem.

— O voo para Dubai já saiu?

A atendente clicou em alguns botões.

— Na verdade, está atrasado devido a alguns problemas técnicos.

Obrigada, Jesus.

— Ainda há tempo de embarcar nele?

Ela fez uma ligação antes de responder.

— Você vai ter que correr, mas os alertei para te esperarem no portão. Me dê seu cartão de crédito, e vou te liberar o mais rápido possível.

Ela imprimiu minha passagem, e corri o mais rápido que consegui até a área de segurança. Felizmente, não tive problema ao passar por eles, e consegui entrar no avião.

Ele não tinha me pedido para ir com ele. Era um risco enorme.

Apesar da minha crescente insegurança, guardei na memória seu olhar quando ele se virou para acenar para mim pela última vez. A expressão dele parecia cheia de arrependimento e dúvida. Ele parecia igual a como eu me sentia.

Seriam catorze horas até eu descobrir se tinha sido um grande erro ou não. A cabine já tinha sido fechada quando entrei pelos fundos do avião.

Agora, eu tentaria simplesmente relaxar. Bom, o melhor que poderia, sabendo que a maioria, se não todas, as morenas pernudas andando por aqueles corredores tinham, provavelmente, dormido com Carter.

Conforme o avião taxiou pela pista, fechei os olhos e me deixei sentir sua presença em cada movimento da aeronave conforme subiu na direção do céu. Lembranças do nosso passeio de asa-delta vieram à minha mente. Pensar que Carter estava controlando aquela aeronave era tão reconfortante quanto era uma excitação enorme. Não tinha nada mais poderoso do que ter dúzias de vidas nas mãos. Ele era um herói, na minha opinião.

Assim que o avião nivelou, meu coração quase parou com o som de sua voz grave e calma pelo comunicador.

— Boa tarde, senhoras e senhores, aqui é o seu Comandante, mais conhecido como Capitão Clynes. Gostaria de aproveitar para dar as boas-vindas aos senhores nesta tarde para minha casa longe de casa aqui neste lindo Boeing 757. Nosso tempo de voo do Rio de Janeiro até Dubai é de longas catorze horas. Alertamos que haverá algumas turbulências nos primeiros quarenta minutos ou mais, porém, depois disso, o voo deve ser tranquilo. De novo, bem-vindos a bordo do voo da International Airlines 237 para os Emirados Árabes Unidos.

Então, sem avisar, Carter começou a cantar. Enquanto todos os passageiros pareciam gostar, as aeromoças, que claramente estavam acostumadas com ele cantando, estavam totalmente neutras.

A música dos Beatles que ele tinha escolhido, dessa vez, foi *Ticket to Ride*. Fiquei confusa com duas coisas: o fato de que a música era sobre uma garota negligente que estava indo embora e o fato de que ele a cantou, em vez de *Lucy in the Sky with Diamonds*. Ele tinha substituído sua música característica por uma que eu tinha quase certeza de que era para mim.

Se você me queria aqui, não teria me pedido?

Eu não conseguia imaginar qual seria a reação dele quando me visse em Dubai.

O dia pesara sobre mim. Normalmente, eu não conseguia dormir bem em um avião, mas Carter estar no comando me fez sentir segura. Acabei dormindo por algumas horas.

Quando acordei, foi de maneira rude. Algumas aeromoças estavam fofocando na cozinha. Meu assento era na última fileira e localizado bem diante da área onde elas preparavam a comida.

Tentei bloquear o som ao redor para me concentrar no que elas estavam dizendo.

— Você e Trip dormiram juntos no Rio?

— Não. Não estamos mais juntos. E não venha me dizer "eu te avisei".

— Sinceramente... você durou mais tempo com ele do que qualquer uma que já o vi ficando.

— Dois meses inteiros. — Ela deu risada. Eu me virei para dar uma olhada em quem estava falando. Era uma que se chamava Jolene. Morena alta. *Que choque.*

— Dois meses são uma vida para *Trip*. Eu estava esperando que desse certo para vocês dois. Mas eu deveria saber... por experiência própria, infelizmente.

— Deveria ter te escutado.

— Às vezes, precisamos descobrir as coisas sozinhos.

— Desculpe quase ter arriscado nossa amizade para ficar com ele.

— Quando você me contou que estava dormindo com ele, eu estava feliz com Brian. Algum dia, você vai conhecer um cara bom também. Foda-se Carter.

— Esse é o problema. Já conheci. Agora, só preciso superar.

Não conseguia mais ouvir. Colocando os fones de ouvido, aumentei a música.

Será que eu estava maluca?

Havia simplesmente muitos motivos para eu estar potencialmente delirante. Aquele cara tinha um histórico provado de ser um cretino com mulheres. Mulheres *atraentes*. De repente, eu que o mudaria? Uma mulher que provavelmente estava prestes a engravidar de outro homem?

Sem saber se ria ou se chorava, me senti presa. Ambos literalmente naquele voo longo e, figurativamente, por meu próprio coração idiota. Porque, por mais que eu soubesse que deveria sair dessa situação, meu coração não me deixaria.

E se...

E se...

E se...

E se o que temos for diferente?

Quando Jolene veio para anotar meu pedido de jantar, não consegui me conter.

— Posso te perguntar uma coisa?

— Claro. — Ela sorriu, mostrando seus dentes brancos perfeitos. Deus, ela poderia ser o mais oposto de mim fisicamente? Ela era como uma amazona. Todas elas eram. O que ele queria comigo, se gostava delas?

— Percebi que o piloto gosta de cantar músicas dos Beatles. Eu estava em outro voo com ele, e ele cantou *Lucy in the Sky with Diamonds*.

— Aham. Geralmente, ele só canta essa. Por algum motivo, ele fez diferente hoje.

— Meu pai costumava cantar a música da Lucy para mim — menti. — Há uma história para ele cantar essa música em particular?

Sem hesitar, ela balançou a cabeça.

— Acho que não. Ele me disse uma vez que só gosta da música.

Analisei sua expressão em busca de qualquer sinal de desonestidade.

— Ok. Obrigada.

Eu sabia que ela estava dizendo a verdade porque não tinha motivo para protegê-lo àquele ponto. No mínimo, provavelmente ela teria o prazer de contar o segredo dele. Ele não tinha lhe dito o significado por trás da música.

Enquanto Jolene anotava meu pedido, meu coração fazia um tipo de dancinha feliz. O fato de que ele saíra com ela por dois meses e nunca se abriu como fez comigo me dava um pouco de esperança. Meu lado cínico, no entanto, rapidamente concluiu que, talvez, ele se abriu para mim porque pensou que nunca mais me veria.

Passei o resto do voo ruminando. Pedi para Deus me dar um sinal de que eu estar ali não era um enorme erro. Em certo momento, consegui dormir de novo.

Quando acordei, desta vez, o sol brilhava pelas janelas do avião, e estávamos quase em Dubai. Eu não fazia ideia de que horas eram.

Percebi que o homem sentado do outro lado do corredor tinha um carregador. Felizmente, ele me emprestou para carregar meu celular.

Quando a voz de Carter soou pelo comunicador, fiquei arrepiada, não somente porque não a ouvia há um tempo, mas porque ele soava para baixo e cansado.

— Senhoras e senhores, estamos nos aproximando do Aeroporto Internacional de Dubai. Agora, aqui, é um pouco depois da uma e meia da tarde. Esta é a época mais quente no ano nos EAU. A temperatura atual está de um calor de quase 34 graus. Fiquem frios e obrigado, de novo, por voarem pela International Airlines. Esperamos vê-los de novo em breve.

Fechando os olhos, fiz uma breve oração para uma aterrissagem suave. Meus ouvidos taparam quando o avião perdeu altitude. Meu coração começou a bater descontrolado com a ansiedade de me revelar para Carter.

A aterrissagem foi o mais tranquila que poderia ser. Quando os motores foram desligados, liguei meu celular, surpresa ao ver que havia várias mensagens não lidas — todas de Carter.

Ah, meu Deus.

Ele tinha comprado uma passagem para mim.

Ele me queria aqui.

Ele deve ter pensado que eu o estava ignorando.

O suor começou a me cobrir. Parecia que meu coração ia explodir.

Incapaz de ver além da fila de pessoas aguardando para sair da aeronave, estiquei o pescoço para procurá-lo.

Lá estava ele, em pé e alto na frente do avião com uma mão cruzada sobre a outra conforme as pessoas lhe agradeciam por aterrissar o avião de maneira segura.

Ele não parecia com o Carter que eu conhecia. Seus olhos estavam sombrios e vazios enquanto ele assentia para elas, acompanhando o movimento.

Pareceu uma eternidade chegar até a frente. A cada passo, meu coração acelerava mais. Apenas mais alguns passos até ele.

Alguém tinha lhe feito uma pergunta e, no meio da resposta, ele parou na metade da frase quando, finalmente, se virou e me viu ali parada. Por alguns segundos, ele congelou em uma surpresa aparente. Seu peito estava subindo e descendo conforme sua respiração acelerava. Então, a aparência anterior taciturna na sua expressão lentamente deu lugar a um sorriso enorme.

Aquela era uma das vezes na vida em que as palavras não eram necessárias. Carter balançou a cabeça devagar, sem acreditar, parecendo loucamente feliz. Eu ainda tinha dúvidas das intenções dele? Sim. Mas ele, com certeza, não poderia ter fingido a expressão de felicidade genuína naquele instante.

Simplesmente ficamos ali encarando um ao outro por muitos segundos. Todos os passageiros tinham saído do avião, mas a tripulação ainda estava por ali.

Carter se inclinou e sussurrou:

— Vejo que recebeu minhas mensagens.

— Não.

— Não?

— Não. A bateria do meu celular acabou logo depois de te deixar. Só vi as mensagens agora. Acabei voltando e comprando minha própria passagem.

Os olhos deles estavam se movendo de um lado a outro enquanto processava isso.

— Ousada... — Ele pausou.

— O quê? — Sorri.

— Não sei o que é isso.

— Nem eu. Eu...

— Deixe-me terminar — interrompeu. — Não sei que porra está acontecendo aqui, mas, quando pensei que você tinha ficado, me senti bem pior do que deveria depois de só ficar com alguém por dois dias. Então, não sei o que é. Só sei que quero mais disso.

Ele olhou em volta, depois colocou a mão na minha cintura, levando-me à cabine e fechando a porta.

— Não consigo acreditar que você veio mesmo. — Em um instante, eu estava contra a parede enquanto ele pressionava firmemente seus quadris contra mim e gemia na minha boca. Abri para ele e saboreei o gosto que só tinha sentido uma vez — que eu tinha pensando que nunca mais provaria. Nossas línguas se exploraram desesperadamente conforme passei os dedos por seu cabelo e o puxei.

Ele se afastou primeiro.

— Eu precisava muito disso.

Arfando, eu disse:

— Foram longas catorze horas.

Ele colocou uma mecha do meu cabelo atrás da orelha.

— Olha, parte do motivo de eu ter acabado de te atacar como se fosse minha última refeição... é por causa de onde estamos, ok?

— Não entendi.

— Assim que sairmos deste avião e em público, não podemos nos tocar.

— Como assim?

— As coisas são diferentes em Dubai. Não podemos mostrar afeto em público. Poderíamos literalmente ser presos. Até pessoas casadas só podem dar as mãos. Beijar ou até abraçar, para eles, é considerado indecente.

— Está de sacanagem comigo?

— Também não pode xingar em público. É uma ofensa criminosa.

— Jesus, preciso de uma bebida.

— Isso é outra coisa. Só podemos beber em hotéis e clubes aqui. — Ele me olhou de cima a baixo. — Precisamos te cobrir antes de sairmos também. Espero que tenha trazido aquele sutiã que comprei para você.

— Está na minha mala.

Ele tirou a jaqueta.

— Use isto por enquanto. Temos que sair daqui.

Carter colocou a mão na minha lombar e me levou para fora da cabine.

— Para onde vamos?

Ele deu uma piscadinha e abriu um sorriso misterioso.

— Talvez eu conheça um pequeno esconderijo.

CAPÍTULO 8

Carter

Meu esconderijo de sempre estava ocupado. Amari tinha me oferecido o sofá de graça até um de seus três quartos liberar na manhã seguinte. Se eu estivesse sozinho, teria aceitado, sabendo que iria deitar e dormir quando chegasse lá, de qualquer forma. Mas Kendall merecia coisa melhor do que dividir um sofá enquanto estranhos aleatórios entravam e saíam. Além disso, só de pensar em alguém olhando-a enquanto dormia em sua camisolinha fina me irritava. Pensando ser melhor do que arriscar tentar algum lugar novo em uma cidade como Dubai, reservei um quarto no hotel em que a companhia aérea colocava a tripulação. Com certeza não era o ideal, mas era seguro, e eu precisava dormir um pouco.

Fora do aeroporto, guiei Kendall para longe da van de funcionários da companhia aérea que teria nos levado para o Hilton Dubai Jumeirah Resort com o resto da tripulação. Não queria expô-la ainda mais a minhas indiscrições passadas do que ela já estava. Na fila do táxi, conseguimos encontrar uma van compartilhada sem esperar demais. Kendall e eu nos sentamos no banco de trás, e as outras fileiras foram preenchidas por pessoas falando algo que pensei ser persa.

A parte de trás do banco diante de nós tinha um bolso de plástico cheio de panfletos de *Leis Locais de Dubai* em diferentes línguas. Eu as tinha lido antes e pensei que Kendall poderia querer ler. Pegando a versão em inglês, segurei e apontei para a primeira regra: *Sem demonstrações de afeto em público. Inclui beijar, abraçar e dar as mãos.* A mão dela estava apoiada no assento. Verifiquei que ninguém estava prestando atenção e, depois, coloquei a mão sobre a dela, entrelaçando nossos dedos. Ela me deu uma olhada demorada com um brilho nos olhos.

Mantendo a mão esquerda entrelaçada na minha, ela esticou a direita e pegou o panfleto de leis da minha mão. Ela o colocou no assento e, em silêncio, apontou para a segunda lei: *Vestuário deve ser conservador. Mulheres devem evitar vestir roupas transparentes, decotadas ou curtas. Barriga, ombros e costas devem estar cobertos. Homens precisam cobrir o peito e não devem mostrar sua roupa de baixo.* Ela olhou diretamente para a frente, certificando-se de que ninguém nas fileiras à frente estivesse nos olhando, então, lentamente, começou a subir a saia do vestido que estava usando. Sabendo que era ilegal, e seguindo o movimento lento e sensual da mão dela conforme ela erguia pouco a pouco, precisei de toda a minha força para conter um gemido. Quando ela chegou à parte superior da coxa, precisei me mexer no assento. Eu a tinha visto na porra de um biquíni, mas aquilo... fazer isso enquanto as pessoas estavam bem ali era puramente erótico.

De mãos dadas, ela entregou o panfleto para mim. Sem querer chamar atenção para nós ao agir estranho, e precisando de um minuto para diminuir a protuberância do meu pau, passei um minuto olhando para fora pela janela, fingindo estar interessado em alguma coisa além da visão das coxas dela e da sensação da minha pele na dela. Então, apontei para a regra seis do cartão: *Linguajar chulo ou gestos indecentes não serão tolerados.* Esperei até o motorista estar ocupado entrando na rodovia e a família à nossa frente estar entretida em uma conversa barulhenta. Então me inclinei e sussurrei no ouvido dela.

— Meu pau está uma pedra imaginando se você me impediria se eu puxasse sua saia mais para cima.

Ela arfou; felizmente, ninguém pareceu notar. Alguns minutos mais tarde, já estávamos saindo da rodovia, e eu sabia que não estávamos longe do hotel. Kendall virou o cartão das leis na direção dela e olhou para mim com um sorriso diabólico que dizia, *que outras regras podemos quebrar?* Ela olhou a lista mais uma vez, depois olhou para mim enquanto chupou o lábio inferior entre os dentes para depois apontar para a regra número nove: *Não é permitido sexo fora do casamento em Dubai, e é um fato de que a lei se aplica a visitantes independente de onde você é.*

Não havia uma lei naquele maldito país que eu não iria tentar ao máximo infringir enquanto estava lá.

Infelizmente, a empolgação e a excitação da van não duraram muito. O lobby do hotel Hilton estava bem vazio quando chegamos. Exceto... por algumas aeromoças que eu preferia não encontrar. Quando duas delas se aproximaram, eu quis muito puxar Kendall para perto de mim, abraçá-la possessivamente para oferecer algum tipo de garantia física, mas também não queria envolvê-la em encrenca com a lei. Aquelas pessoas de países árabes não brincavam. Alguns meses antes, dois comissários de bordo britânicos de uma companhia aérea diferente ficaram presos por noventa dias porque foram pegos mandando mensagens sexuais um para o outro. *Três fodidos meses.*

— Trip — Jolene ronronou. — Eu não sabia se ficaria aqui nessa pausa. — Parado ao lado de Kendall, estar com Jolene parecia uma eternidade atrás. Mas a realidade era que não era bem assim. Há menos de um mês, estávamos transando naquele mesmo hotel.

Kendall enrijeceu quando Jolene se aproximou de mim. Ela falou baixinho, mas alto o suficiente para Kendall e eu conseguirmos ouvir quando ela colocou o cartão da chave em meu bolso de lapela.

— Se quiser companhia mais tarde, estou no quarto 4030. Lana está no quarto ao lado do meu desta vez, então pelo menos não vamos ter reclamações sobre a bateção e os barulhos altos de novo.

Dei um passo para longe dela, e Jolene notou Kendall pela primeira vez.

— Quem é você? Oh... do avião, certo?

Kendall encarou Jolene. Primeiro, pensei que Kendall ficaria chateada. Mas, então, vi o fogo em seus olhos. *Ela estava irritada.* Embora tivesse dado um sorriso falso e estendido a mão com um sotaque pesado texano que eu nunca tinha ouvido.

— Kendall Sparks, prazer em conhecê-la.

Relutante, Jolene lhe deu a mão. Assim que Kendall deu a mão a Jolene, ela a segurou e se inclinou.

— Sou a terapeuta particular de Carter. Temo que ele esteja em um hiato de *bateção* e *barulhos altos* por um tempo. Disfunção erétil induzida por estresse. — Kendall pegou o cartão do meu bolso e o entregou a Jolene. — Ele não vai visitar o quarto 4030. — Jolene ficou boquiaberta enquanto nos afastamos.

— Sabe que minha masculinidade precisa provar que tudo que você disse ali era mentira.

— Talvez, se a mantivesse dentro da calça de vez em quando, sua masculinidade teria essa oportunidade algum dia.

— Vou cobrar isso de você, Ousada. Vou cobrar isso de você.

Minha pausa era de três noites em Dubai daquela vez, mas disse a Kendall que só pegaria um quarto para aquela noite quando fizemos o check-in. Detestei o fato de não compartilharmos um quarto como na pousada de Maria Rosa. Mas, pelo menos, aquela merda seria apenas por uma noite. Assim que chegássemos ao Amari no dia seguinte, não haveria olhos observando.

Nossos quartos ficavam no oitavo andar, três portas de distância um do outro. Chegando ao de Kendall primeiro, tentei usar meu charme para entrar.

— Obrigado por continuar esta jornada comigo, Ousada. Não tinha como eu estar preparado para te deixar. Não sei o que é, mas é a melhor coisa que tenho na vida no momento, e não quero perder.

— Também fico feliz por ter vindo.

Quando ela abriu a porta, tentei entrar no quarto, mas ela me impediu com a mão em meu peito.

— O corredor tem câmeras.

— Eu iria preso por um beijo neste momento. Poderia até cumprir muito tempo por segurar esses seus peitos.

Ela balançou a cabeça, mas sorriu.

— Você tem uma língua afiada.

Arqueei uma sobrancelha.

— Vá. Durma um pouco. Deve estar exausto. Esta noite quero que me leve para sair na cidade. Me leve para dançar.

Ela tinha razão. Eu definitivamente precisava de algumas horas de sono. Mas não haveria como eu fazer isso sem provar um pouco do gosto. Eu tinha provado duas vezes, e agora estava viciado. Entrei no quarto. Quando ela viu a determinação na minha expressão, deixou a porta se fechar.

— Carter... poderíamos nos meter em encrenca.

— Mais um motivo para fazer valer a pena.

Dez minutos depois, saí do quarto dela com uma excitação furiosa. Nem tinha percebido que estava cantarolando até tomar banho e deitar na cama. Beatles. *I Want to Be Your Man.*

Para mim, já era.

CAPÍTULO 9

Kendall

Eu estava tomando banho de banheira depois de uma longa soneca quando o telefone do quarto de hotel tocou. Convenientemente, havia um telefone com fio no banheiro, e tudo que fiz foi esticar o braço e atendê-lo.

— Tive um sonho em que você estava ao meu lado na cama quando acordei. — A voz de Carter ainda estava rouca do sono. O som viajou do receptor, através das minhas orelhas e direto para o meio das minhas pernas. — Fiquei decepcionado quando estiquei o braço e só vi uma cama vazia.

Afundei na banheira, deixando apenas os mamilos acima da água quente. Com o ar frio e a voz de Carter, eles estavam firmemente endurecidos. Joguei um pouco de água a fim de aquecê-los, mas não ajudou.

— Está dizendo que estava sonhando comigo?

— Estou sonhando com você desde que te vi no lounge do aeroporto. Embora não tenha certeza se algumas das coisas que estive pensando seriam chamadas de sonho. Estão mais para fantasias.

— É mesmo?

— É.

Enchi a mão de água e a deixei escorrer em meus mamilos enquanto falava.

— Você dormiu bem ou esses sonhos dificultaram seu sono?

— Oh, definitivamente dificultaram. Mas pelo menos consegui dormir algumas horas. E você?

— Dormi um pouco. Estava dolorida do voo longo, então pensei que tomar um banho ajudaria a relaxar meus músculos.

— Está na banheira agora?

— Humm-hummm.

Carter fez um barulho que soou como gemido.

— Está me matando pra caralho, Ousada. Finalmente consegui baixar a bola, e agora você me conta que está nua na banheira e conversando comigo?

— É tão bom. Você deveria tentar.

— Não precisa pedir duas vezes. Já vou aí.

Dei risada.

— Você tem disfunção erétil induzida por estresse, lembra?

— Vou te mostrar como é minha disfunção erétil.

— Seja gentil. Eu poderia ter dito a elas que você tem uma DST, sabe. Aí você teria problema em voltar com as vagabundas do céu, mesmo depois que eu fosse embora.

— Vagabundas do céu, hein?

Suspirei.

— Vamos falar de outra coisa. Não gosto de pensar em você assim. Você parece... tão *diferente* quando está comigo.

— Eu *sou* diferente quando estou com você.

Fiquei em silêncio por um minuto. *Será que uma pessoa pode ser duas diferentes?* Não pensava que isso era realmente possível. Era mais provável que uma das duas personalidades fosse uma atuação. Eu nem conseguia me deixar pensar nisso... talvez *eu* que não estava enxergando o verdadeiro Carter.

— Ficou quieta agora. No que está pensando?

— Para ser sincera, estou pensando qual é o verdadeiro Carter. O cara que dormiu no chão no Rio sem que eu pedisse porque sabia que eu estava desconfortável. Ou o que brinca de cabaninha com uma aeromoça diferente toda semana.

— Eu mesmo estou meio confuso sobre isso. Mas sei de qual gosto mais. *Gosto* mais de mim quando estou com você. Acho que você aflora o melhor de mim, Kendall... um lado que eu não via há muito tempo. Meio que esqueci que essa parte de mim existia até você entrar no meu avião.

— Acho que essa é a coisa mais fofa e verdadeira que alguém já me disse.

Também gosto de você, Carter Clynes.

Nos próximos minutos, nós apenas escutamos um ao outro respirar. Estranhamente, aqueles minutos relaxaram mais meus músculos do que a soneca e a banheira quente tinham feito juntas.

— Ainda quer dança esta noite? Entendo se não quiser. Voou por catorze horas e tirou só uma soneca.

— Não preciso dormir muito. Estarei pronto para ir em uma hora.

— Vasculhei minhas malas. Sinceramente, não tenho muita coisa que cubra todas as partes que exigem ser cobertas.

— Tem uma jaqueta leve?

— Tenho.

— Vista-se bem sexy. Jogue a jaqueta por cima. As regras não se aplicam a baladas licenciadas, e estou ansioso para ver um pouco de pele.

— Ok. Bom, então você verá pele, Capitão.

Esqueça Dubai, havia uma chance de eu conseguir um ingresso no Texas com aquela roupa. Virei para minha esquerda, depois para a direita, desfilando com o vestido no espelho uma última vez para garantir que todas as partes importantes estivessem adequadamente cobertas. Elas estavam... pouco cobertas. De frente, parecia um simples vestidinho preto, embora fosse bem, bem curto. Era só quando virava de lado que se conseguia ver que a lateral inteira era transparente. Uma faixa de tecido fino de vinte centímetros de largura segurava o tecido preto e mostrava que era impossível usar algo debaixo. Não usar sutiã não era incomum para mim, mas ir sem calcinha para uma balada era a primeira vez. Mas era por isso que ainda não havia usado o vestido que comprara em uma promoção há quatro meses.

Para combinar com meu look de classe alta, desfiei minhas mechas loiras para dar mais volume e maquiei os olhos em um esfumado cinza-arroxeado. Havia uma linha tênue entre sexy e prostituta, e eu esperava que estivesse pendendo para o lado certo. Quando Carter bateu, de repente, fiquei nervosa e com frio na barriga.

— Um minuto!

Dei mais uma olhada no espelho e respirei fundo antes de seguir até a porta em meus scarpins.

Aparentemente, *sensual* era um estilo que Carter realmente gostava. Seus olhos se arregalaram e ele xingou baixinho.

— Jesus, Maria e José. Você está tentando me matar.

Girei em um círculo lento para lhe dar uma visão completa.

— Gostou?

— Está sem sutiã ou calcinha ou nada debaixo dessa coisa, não é?

— Não tem lateral; não dá para usar nada. É demais?

Ele ficou na porta, segurando de ambos os lados tão forte que seus nós dos dedos embranqueceram. A forma como ele me olhava era tão intensa que fez minha pele se arrepiar.

— Você está maravilhosa, Kendall. Não é demais. Só odeio pensar em te dividir com mais alguém nessa roupa.

— Você disse que queria ver pele. Então me vesti para você.

— Obrigado. Fez meu dia. Porra, fez meu ano. Agora, pegue sua jaqueta e se cubra antes que eu faça alguma coisa que você pode não gostar.

Meu casaco estava na cama. Vestindo-o, apertei-o na cintura, e agradeci por ele ir até os joelhos. Ninguém poderia imaginar o pouco que tinha por debaixo. Carter segurou a porta para eu passar, mas parei para sussurrar.

— Não consigo pensar em nada que você faria que eu poderia não gostar.

A Boate Boudoir era mais glamorosa do que qualquer uma em que eu estivera. E isso inclui a viagem anual das garotas que eu tinha feito nos últimos anos para Nova York. Havia uma fila comprida para entrar, porém Carter me surpreendeu indo até a frente. Quando deu o nome dele, fomos escoltados para dentro. Ele tinha reservado uma mesa que vinha com uma garrafa cara de champagne.

— Que lindo.

Ele puxou minha cadeira.

— Fico feliz que gostou. Porque posso não ser capaz de pagar jantar para os próximos dias depois disso — ele disse, brincando, mas eu sabia que tinha lhe custado caro uma garrafa de American Dom e a entrada sem espera.

Compartilhamos uma mesa cheia de petiscos e bebemos a garrafa inteira de champagne enquanto observávamos as pessoas. Não demandava esforço passar tempo com Carter, independente se eu estivesse em nosso quarto na Maria Rosa ou dançando com a música na cadeira em uma balada pretensiosa no meio da chique Dubai. Quanto mais eu pensava nisso, mais percebia como a situação toda era estranha.

— Não posso acreditar que há alguns dias um macaco mijou em meu ombro em uma pensão e agora estou sentada em uma balada cheia de pessoas lindas bebendo champagne com você.

— Do que gosta mais?

— Não sei. Você ainda não me mostrou seus passos. Sabe dançar, Capitão Clynes?

Ele engoliu o resto do champagne em sua taça.

— Talvez.

Me levantei e estendi a mão.

— Me mostre o que sabe, gostosão.

Ele arqueou uma sobrancelha.

— Gostosão?

O champagne me deixou bêbada. Abracei o pescoço de Carter.

— Você é lindo, confiante, engraçado e um piloto de avião. A única coisa que pode melhorar esse pacote é se tiver ritmo.

Carter se inclinou lentamente, roçando a face na minha, e sussurrou em meu ouvido enquanto seus dedos desciam, devagar, pela lateral do meu corpo.

— Oh, eu tenho ritmo. Mas você vai ver depois em particular. Juro.

Quando ele afastou a cabeça, meus lábios estavam abertos e minha respiração, pesada. Eu o queria tanto que doía.

— Podemos pular a parte da dança?

— De jeito nenhum. Eu vou acabar com você naquela pista de dança. Vão ser suas preliminares. Porque não sei quanto terá quando eu tirar esse seu vestido mais tarde.

Carter gemeu em minha boca quando enfiei a mão no cós de sua calça, nas costas. Estávamos em um corredor ao lado do banheiro, ambos molhados de suor das horas de dança. Tínhamos dado risada e dançado, balançado em músicas lentas e nos esfregado em American R&B. *Senhor, Carter Clynes sabia dançar.* A maneira como ele mexia os quadris, empurrava sua implacável ereção em mim... eu quase podia gozar só com isso.

Mas, nos últimos dez minutos, as coisas tinham mudado. O beijo se tornou mais urgente, o desejo rolou para um nível que parecia que, se nós dois não tirássemos a roupa nos minutos seguintes, eu desmaiaria por privação de sexo.

Tocava uma música lenta de novo. Eu não sabia a letra, mas Carter cantou junto algumas partes, nossos corpos balançando conforme ficávamos pressionados um contra o outro na privacidade do corredor escuro.

— Você está me deixando louca. Precisamos ir — eu disse.

Tinha uma saída de emergência no fim do corredor. Não importava o fato de não fazermos ideia de aonde levava. Tudo que importava era que *lá fora* era um passo mais perto de voltar para nosso hotel. Puxei Carter pela mão. Ele seguiu e eu abri a porta. O ar fresco foi muito bom para meu corpo suado, provocando arrepios em todo lugar que o ar encontrava minha umidade. Não conseguia me lembrar de um dia em que me senti tão viva. Até minha pele estava empolgada. Antes que a porta da balada fechasse, Carter a segurou.

— Porra. Deixei meu cartão de crédito com o garçom. Preciso fechar a comanda e pegá-lo. Temos que voltar para dentro.

Estava a noite mais incrível de verão. Conseguia sentir o cheiro de água salgada no ar, e a brisa leve estava muito boa. A rua estava quieta e não havia ninguém por perto.

— Vou esperar aqui.

— De jeito nenhum. Não vou te deixar aqui fora sozinha.

Tirei os sapatos.

— Não posso voltar para dentro. Vá você. Vá logo.

Ele tentou protestar de novo, então abracei sua cintura e subi na ponta dos pés.

— Se não for logo... vou começar sem você.

Carter gemeu.

— Não se mexa. Volto em dois minutos.

Conseguia ainda ouvir a música de dentro mesmo depois de a porta se fechar. Cerrando os olhos, sorri, me sentindo mais livre e mais feliz do que já imaginei. A música *Dangerously in Love*, de Beyonce, tocou, e balancei o corpo com a música pensando em como eu e ela estávamos sintonizadas. Me sentia livre, embora o homem por quem eu estava me apaixonando fosse perigoso. Erguendo os braços no ar quando tocou o refrão, girei algumas vezes cantando junto *Dangerously, Dangerously in love*. Estava tão entretida, tão feliz, tão apaixonada por aquele homem, que nem estava prestando atenção ao meu redor. E foi provavelmente por isso que não percebi o carro de polícia descendo a rua até as sirenes tocarem.

O tradutor não estava fazendo sentido.

— Mas não estava no cartão das leis. Como pode ser ilegal dançar em público? Ninguém me contou? Nem estava dançando de verdade. Estava mais balançando.

— É considerado um ato de indecência. Não se preocupe, vai ficar diante do juiz e dizer que é inocente. É improvável que receba uma sentença de mais de noventa dias, já que é sua primeira passagem.

— Noventa dias? Não posso ficar noventa dias na prisão. Não fiz nada de errado. Cadê o Carter? Preciso do Carter. Ou do meu advogado. Posso ligar para o meu advogado nos Estados Unidos? Ele vai saber o que fazer.

— Depois que falar com o juiz, será levada para uma retenção. Eles vão te alojar e, então, em alguns dias, poderá fazer algumas ligações.

— Não. Não posso. Você não entende. Não fiz nada de errado. — Meu coração estava quase saindo do peito, e eu tinha uma coceira horrível no braço. Ficava coçando repetidamente, mas não sumia. Havia coceira em todo o meu corpo assim como acontecia quando era criança.

Isso não pode estar acontecendo. Como isso pode estar acontecendo? É insano!

— Senhorita. Precisa se acalmar. O juiz ficará muito incomodado se agir assim na corte. A expectativa é que permaneça em silêncio a menos que peçam para falar.

Peçam para falar. Eu não estava mais na América.

Um pouco mais tarde, meu tradutor desapareceu, me deixando sozinha em um cômodo que me lembrava uma cena ruim de interrogatório do *CSI*. Não tinha janelas, apenas duas cadeiras e uma velha mesa suja. Eu queria chorar, mas tinha medo de que, se começasse, nunca mais conseguiria parar. Entendi a realidade de onde eu estava. Uma mulher sozinha em uma nação árabe, onde eu tinha quebrado a lei da indecência. Assustada nem começava a explicar como me sentia.

Eles tinham tirado meu celular, e não havia relógio na parede, então eu não fazia ideia de quanto tempo tinha passado. Estava com a cabeça apoiada na mesa, mas era impossível dormir. Horas depois de o meu intérprete ir embora, um oficial uniformizado usando uma boina e não uma, mas *duas* armas no coldre, entrou. Ele estava carregando uma bandeja com um sanduíche e a jogou na minha direção. A louça fez um barulho alto na mesa, e eu me assustei, pulando na cadeira. Não sabia se ele não falava inglês ou se só fingia que não falava, mas ignorou toda pergunta que fiz e saiu de novo do cômodo.

Em algum momento, devo ter dormido. Um oficial diferente bateu na porta para me acordar. Limpando a baba do rosto, pulei de pé.

— Preciso fazer uma ligação.

— Vai ver o juiz agora.

— Mas ainda não falei com meu advogado nem fiz uma ligação. Não preciso fazer isso primeiro?

De novo, fui ignorada. Em vez disso, fui algemada a uma dúzia de pessoas e nós fomos guiados em uma fila reta por uma série de corredores compridos. Em certo instante, chegamos a uma porta, e fomos empurrados para dentro. Assim que entramos, percebi que o tribunal do outro lado do cômodo estava com a corte vazia. Me senti um animal em uma jaula prestes a ser julgado por um crime que não tinha cometido.

Alguns minutos depois, dois oficiais uniformizados destrancaram as portas dos fundos da corte, e as pessoas começaram a encher a sala. Segurei nas barras, freneticamente procurando pelas pessoas que entravam. *Carter! Graças a Deus.*

— Carter! — Ergui a mão para acenar, levantando o braço da pessoa ao meu lado com quem eu ainda estava algemada, sem aviso.

Ele tentou chegar perto de mim, mas um dos guardas o impediu de se aproximar.

— Não diga nada. Consegui uma advogada para você. Ela vai cuidar de tudo.

Assenti, sentindo a primeira noção de alívio desde que aquele pesadelo tinha começado. Lágrimas começaram a descer por minha face, mas eu não conseguia secá-las sem incomodar a pessoa ao meu lado. Então as deixei cair.

Um pouco depois, iniciou-se a sessão da corte. Um juiz usando um robe Kandura branco, tradicional e até o tornozelo com uma touca vermelha e branca xadrez na cabeça, assumiu o tribunal. Ele falava rápido e furioso em árabe e raramente olhava para cima.

Estavam acontecendo muitas coisas ao mesmo tempo. O juiz falava com uma pessoa enquanto outras duas ou três tinham conversas paralelas em diferentes línguas — algumas eu não tinha certeza de quais eram. Eu ficava só olhando entre a corte e Carter sentado no fundo. Era a primeira vez que via Carter de outro jeito além de seu jeito calmo, relaxado e confiante. Só isso já me assustava pra caralho.

Em certo instante, um oficial chamou meu nome. Ele soltou minha algema da cadeia de prisioneiros e me levou a um corredor onde uma mulher de terno estava me aguardando. Ela falava inglês perfeitamente, mas tinha um sotaque forte árabe. Também era extremamente linda.

— Quando o juiz falar seu nome, vou falar por você. Vamos dizer que é inocente. O oficial que a prendeu não vai aparecer para dar seu testemunho, e isso vai irritar o juiz.

— O quê? Como sabe que o policial que me prendeu não vai aparecer e por que nós queremos irritar o juiz?

Ela suspirou como se eu a estivesse irritando.

— Porque disseram para o oficial não aparecer hoje. E esse juiz defende que ouvir o testemunho é a acusação inicial. Há cinquenta por cento de chance de que isso vá irritá-lo tanto que ele vai soltá-la para provar seu ponto.

— O que acontece se as coisas forem na direção oposta? O que acontece se os outros cinquenta por cento ganharem?

— Então você vai para a prisão por, no máximo, trinta dias até dar tempo de o oficial ser localizado e aparecer.

— Mas... — Antes de eu conseguir argumentar, um oficial chamou meu nome.

— É a nossa vez. Vamos.

— Espere.

— Não. Entraremos agora.

Tudo que veio em seguida aconteceu diante de mim como se eu estivesse assistindo de longe. Estava fisicamente presente na corte, mas minha mente estava flutuando em algum lugar acima e observando tudo acontecer. Olhei de volta para Carter antes de ficar em pé ao lado da minha advogada à frente da corte. Ele estava sentado na beirada do banco e parecia tão nervoso quanto eu.

O juiz disse algumas coisas que não entendi e, então, minha advogada respondeu em árabe. Prendi a respiração, observando o juiz conforme ele ficava cada vez mais bravo a cada palavra que pronunciava. Depois de um debate caloroso, o juiz pegou seu martelo e o bateu, bravo. Pulei com o som.

— Venha comigo. — Um oficial pegou meu cotovelo e começou a me levar para fora da corte.

— Espere. Espere... O que aconteceu? — perguntei à minha advogada. — O que o juiz disse?

Ela revirou os olhos.

— Está livre. O oficial vai te levar para pegar seus pertences agora.

Carter estava aguardando nos degraus da frente da corte com minha advogada. Minha reação inicial foi correr e jogar os braços em volta dele. Mas, então, me lembrei de que foi assim que me envolvi em encrenca — sendo indecente em público.

— Você está bem? — O rosto dele estava cheio de preocupação.

— Acho que sim.

Ele se virou para minha advogada.

— Não sei como te agradecer, Serine.

Um sorriso astuto cruzou a expressão dela, e ela assentiu.

— Tenho certeza de que vai pensar em algo da próxima vez que nossos caminhos se cruzarem em um voo para os Estados Unidos, Capitão. — Ela se virou para mim. — Boa sorte com sua irmã. Tente mantê-la decente a partir de agora.

Fiquei boquiaberta enquanto ela se afastava.

— Sua irmã?

Carter tentou explicar.

— Nos encontramos algumas vezes nos voos. Pensei que as chances de ela me ajudar seriam melhores se...

Ergui a mão e o fiz parar.

— Nem quero saber.

— Sinto muito, Kendall. Eu nunca deveria ter te deixado sozinha lá fora. Deveria ter feito você ir comigo, e isso nunca teria acontecido.

— Não foi culpa sua.

Ele ergueu o queixo em direção ao estacionamento do outro lado da rua.

— Aluguei um carro. Podemos sair daqui, por favor?

— Deus, sim. Preciso muito tomar um banho e tirar essa roupa.

— Que bom. Já estou com suas malas. Pedi para a camareira abrir seu quarto. Fingi que tinha perdido minha chave.

— Minhas malas? Aonde vamos?

— Aonde eu deveria ter te levado na primeira noite.

CAPÍTULO 10

Carter

Eu tinha fodido com tudo mesmo.

Sob nenhuma circunstância deveria ter deixado Kendall sozinha. Embora ela continuasse tentando me convencer de que a prisão não tinha sido minha culpa, eu não conseguia evitar me sentir responsável por todo o acontecimento.

Ela ficou incomumente quieta todo o caminho até Amari. Meu amigo nos reservou um dos quartos em seu alojamento para os dois dias seguintes. A casa de Amari era localizada no coração do deserto, longe da comoção da cidade. Felizmente, Amari não era conservador. Contanto que fôssemos discretos, fingindo ser casados para que os outros hóspedes não percebessem, ele estava totalmente de acordo com Kendall e eu compartilharmos um quarto. Poderíamos confiar que ele não nos delataria.

Tínhamos acabado de entrar em nosso quarto quando vi que o olhar de Kendall estava pensativo para fora da janela, para o deserto arenoso.

— Você está bem?

— Só preciso de um banho — ela respondeu sem se virar para mim.

Seu tom me alarmou. Precisava consertar aquilo. Tudo que eu queria era desfazer o estrago feito pela prisão.

— Vou encher a banheira.

Apesar de ela não ter me respondido, segui para o banheiro a fim de encher a banheira com água e sabão. Ainda me sentindo ansioso por seu estado mental, voltei ao quarto e estendi a mão para erguê-la da cama.

Levei-a para o banheiro, e só queria abraçá-la na água quente.

— Tire a roupa — pedi. — Vou me virar. Mas vamos tomar banho juntos.

Aliviado por ela não ter protestado, tirei a calça, mantendo a cueca boxer, e depois entrei na água. Após ela me falar que poderia olhar, meu pau inchou ao vê-la cobrindo, com o vestido, o corpo nu. Estendi a mão para ela.

— Entre. Prometo que não vou morder.

Hesitante, ela colocou uma perna de cada vez, depois abaixou o corpo diante do meu, ficando entre meus joelhos. Com suas costas pressionadas no meu peito e sua bunda tão perto da minha virilha, minha ereção não pôde ser evitada. Felizmente, ela entenderia.

Kendall estava com o cabelo amarrado em um rabo de cavalo. Tirando o elástico, observei conforme seu cabelo loiro lindo se soltou. Pegando um pouco de água, molhei repetidamente seu cabelo, depois coloquei um monte de xampu na mão.

Comecei, lentamente, a massagear seu couro cabeludo conforme ela inclinou a cabeça para trás.

— Relaxe, baby — sussurrei. — Apenas relaxe. — Eu só queria cuidar dela naquele momento, fazê-la se sentir segura de novo.

Estava silêncio, com exceção do som baixo de homens falando em árabe no quarto ao lado. Depois de muitos minutos de quase silêncio, Kendall falou pela primeira vez.

— Sou uma boba, Carter?

Instintivamente, parei o movimento dos dedos no cabelo dela para processar a pergunta.

— Como assim?

— O que estou fazendo aqui?

Meu coração afundou. Ouvir aquela pergunta era quase como um soco no estômago.

— Se arrepende de me seguir?

Ela se sentou um pouco mais ereta e parou antes de falar.

— Você é um homem lindo... muito carismático... um espírito livre. E me faz sentir coisas que nunca senti antes. Mas acho que fiquei muito envolvida. Simplesmente não entendo como vou sair ilesa do que quer que isso seja.

— Por que está se preocupando com coisas que não aconteceram? Por que não pode simplesmente estar no presente?

— Posso pensar em muitos motivos.

— Ok... quais? Converse comigo. Além da prisão, me conte por que tudo que aconteceu antes disso a levou, de repente, a acreditar que tudo isso é um erro gigantesco.

O tom bravo da minha voz me surpreendeu. Meu corpo ficou rígido enquanto esperava a resposta.

— Não é com você. Eu estou sendo egoísta. Você queria saber por que tudo isso é fodido? Porque tem dois homens, com quem eu conversei, me esperando para encontrar em cinco dias; dois homens que estão deixando para mim a escolha de eles terem ou não uma família. Porque é para eu estar tomando vitaminas pré-natais, não bebendo. Porque ainda não decidi se vou continuar com isso. Porque escutei Jolene no avião contar a outra aeromoça, com quem você também dormiu, que você é um babaca. Porque a advogada que me tirou da prisão é outra das suas amiguinhas. Porque sinto que talvez eu seja tola por pensar que sou, de alguma forma, diferente de todas elas. Porque talvez minha prisão tenha sido um sinal de que dormir com você teria sido um erro gigantesco. Posso continuar por muito tempo, de verdade.

Aquilo foi difícil de ouvir e, sinceramente, eu não sabia o que dizer. Conseguia entender as dúvidas dela sobre mim e, não importa como eu me sentia, não seria fácil provar para ela.

Depois de um silêncio demorado, eu disse, finalmente:

— Entendo a situação em que está, e você está certa em ter essas preocupações sobre mim.

— É que tem tanta coisa em jogo, e eu poderia estar sacrificando tudo por um homem que vai me magoar. Como sou diferente delas, Carter? Me diga. Todas as outras mulheres... como sou diferente delas?

Eu sabia que era isso. Era minha única chance de responder àquela pergunta da forma mais sincera possível, ou eu iria perdê-la.

Passei as mãos molhadas pelo cabelo e soltei a respiração.

— Não me orgulho de como vivi minha vida até agora. Tudo que você escutou... é tudo verdade, Kendall, tudo mesmo. Não estou tentando esconder nada de você. Mas nada foi igual desde que nos conhecemos. Não sei como te explicar exatamente o *porquê* é diferente. Ainda é muito novo. A única coisa que continuo tendo certeza é de que quero mais tempo para descobrir, mais do que qualquer coisa.

A respiração dela se tornou mais pesada, e eu sabia que precisava olhar em seus olhos.

— Preciso que se vire e olhe para mim.

Colocando os braços à frente dos seios, ela fez o que pedi. Reposicionei minhas pernas em volta dela, travando-a.

— Este sou eu, o verdadeiro eu. Não o piloto, não o playboy ou qualquer rótulo que colocaram em mim por causa das minhas decisões idiotas. Preciso que saiba que a última coisa que quero é te magoar. Vou fazer tudo ao meu alcance para evitar isso. Mas precisa entender que não posso mudar meu passado fodido.

Os olhos dela começaram a se encher de lágrimas.

— Não é só você. Eu também sou bem complicada, Carter.

Enxuguei uma lágrima que escorreu em sua face com meu polegar.

— Nós dois somos complicados. Talvez seja isso. Talvez nos vejamos um pouco um no outro. Somos dois errados que, de alguma forma, damos certo. Separados, somos miseráveis, mas, juntos... funcionamos, de algum jeito. Sei que não é uma situação simples. Sei que você tem decisões a tomar.

— Estou com medo.

— Quer saber a verdade? Estou com medo por você também. Quando me contou o que estava acontecendo com você no Rio, realmente não tinha refletido sobre isso. Pensei muito no voo até aqui, na verdade. É bem assustador. Mas entendo seu dilema. É dinheiro pra caramba... o legado da sua família. Você sente a responsabilidade de defender isso, e está tentando fazer de um jeito que, na verdade, vai ajudar pessoas... esses caras na Alemanha. Mas você não está pronta para tomar uma decisão, Kendall. Não quero que cometa um erro que nunca mais pode reverter. Não precisa ser um gênio para perceber que você simplesmente não está pronta para se comprometer a ter um filho. E isso não vai mudar em cinco dias. Você precisa de mais tempo. Precisa adiar essa viagem para a Alemanha pelo menos até ter certeza.

Eu preciso de mais tempo também.

Só me dê mais tempo com você.

— Se continuarmos nesta aventura, não posso dormir com você, Carter. Por mais que eu queira, decidi que não seria uma boa ideia.

— Entendo. Não vou mentir e dizer que isso me deixa feliz ou que será fácil para mim. Mas entendo e respeito isso. E prometo não te pressionar também.

Olhamos um nos olhos do outro até eu me inclinar e beijar sua testa e manter os lábios pressionados nela. Por um instante, perdi a noção e a compostura quando falei contra sua pele:

— Não me deixe ainda, Ousada.

Ela se afastou para olhar para mim e, quando de repente sorriu, parecia que ela tinha libertado meu coração de um estrangulamento.

— Então o que vamos fazer hoje? — ela perguntou.

Que alívio.

— Bom... — Sorri. — Vamos dormir. Depois, quando acordarmos, vamos jantar cedo algum *shawarma* do Amari, depois um *hookah*[4].

— Você acabou de me chamar de puta? — Ela deu risada.

Minha risada ecoou pelo banheiro. Foi muito bom aliviar a tensão de alguns minutos antes.

— Não. *Hookah*. Também conhecido como *shisha*. É um filtro de água usado para fumar erva aromatizada. Eles fumam logo depois da ceia. É tradição aqui. Você não precisa fumar, se não quiser. Mas, juro, é o único tubo que vou pedir para você colocar a boca esta noite.

Kendall beliscou minhas bochechas, brincando.

— Aí está ele. Estava começando a pensar que você fosse facilitar essa coisa de sem sexo para mim fechando essa sua boca suja também.

— Oh, eu disse que respeitaria sua decisão, mas não tem como isso se estender à minha boca suja.

— Eu adoro sua boca suja, na verdade.

— Algum dia, Ousada. Algum dia... quando estiver pronta, vai perceber como minha boca pode ser suja em você. E vai adorar.

---

4   Hookah, que é a palavra em hindi para "narguilé", lembra a palavra "hooker" em inglês, que significa "puta, prostituta". (N.T.)

A conversa que tivemos na banheira pareceu nos deixar mais próximos. Naquela noite, nos sentamos do lado de fora no fundo da propriedade de Amari, que era basicamente deserto amplo e seco, compartilhando não apenas um tubo de narguilé, mas também histórias de nossas infâncias.

Kendall me contou tudo sobre crescer na fazenda no Texas, e eu lhe contei alguns segredos engraçados, de como minhas irmãs costumavam passar maquiagem em mim enquanto eu dormia quando éramos crianças.

Era uma alegria observar Kendall enquanto ela estava sentada com as pernas cruzadas, soprando anéis de fumaça do narguilé com aquela boquinha linda enquanto ria e se abria para mim.

Eu nunca a quis tanto, mas, por mais que estivesse louco para prová-la, jurei manter minha promessa de não forçar limites físicos enquanto ela estava no estado de limbo.

Mais tarde, naquela noite, ela tinha caído no sono com a bunda pressionada na minha lateral. Entre o silêncio do deserto e a minha ereção raivosa, não conseguia dormir nada.

Desesperadamente precisando de alívio, em silêncio, me levantei da cama e fui para o banheiro. Com as costas apoiadas na porta, fechei os olhos e pensei em nosso momento na boate, mas, em vez de pensar na gente dançando, de alguma forma, minha mente tinha imaginado Kendall totalmente nua, abraçada a mim enquanto sentava no meu pau na pista de dança.

Estávamos tão perto do paraíso naquela noite antes de eu foder com tudo e deixá-la sozinha na rua. Tirando o pensamento decepcionante da cabeça, tentei me concentrar de novo na minha fantasia da balada.

Arfando, envolvi meu pau, massageando forte como imaginei foder sua boceta quente e molhada, lembrando do jeito como ela cheirava quando nossos corpos estavam perto, o quanto ela me queria naquela noite, o gosto da língua dela quando nos beijamos.

Eu estava me masturbando com mais força quando, de repente, parei com o som da voz dela atrás da porta.

— Carter? O que está fazendo?

Merda.

Dei risada baixinho e bati a parte de trás da cabeça na madeira.

— Rezando?

— Você sempre respira assim quando está rezando?

— É uma oração intensa.

— O que está fazendo de verdade?

— Acho que você deve saber o que estou fazendo, Kendall.

— Posso entrar?

Ainda totalmente ereto, guardei meu pau de volta na calça o máximo que consegui, depois abri a porta.

Os olhos dela desceram para minha ereção massiva.

— Desculpe... fazer você recorrer a isso.

— Está tudo bem. Minha mão e eu não passamos um tempo assim desde que eu era adolescente. Acho que ela sentiu minha falta.

— No que está pensando?

— Em você.

— É... mas o quê, especificamente?

— Era uma fantasia de foder você na pista de dança na boate.

Ela olhou para baixo em mim de novo. Sua expressão era séria quando ela perguntou:

— Precisa de ajuda?

— Pensei que tivesse dito que não iria fazer isso.

— Não posso fazer sexo com você. Mas quero te tocar. Eu poderia tirar minha roupa, deixar você terminar o que começou. Sabe... te ajudar.

Olhando para o teto, balancei a cabeça.

— Você não faz a mínima ideia, não é?

— Como assim?

— Como me deixa louco. Não tem meio-termo com você. Me masturbar com seu corpo nu bem na minha frente... não poder fazer o que realmente quero com você... seria tortura. Não tenho esse tipo de força de vontade, não com você, não mais. Até quando te beijo, tudo que consigo pensar é em me enterrar em você. Mas você nua diante de mim? É demais, Kendall. Quando tirar a roupa para mim, quero que seja quando estiver pronta para me deixar te ter. Do contrário, é melhor eu não saber o que estou perdendo.

Parecendo cheia de remorso, ela balançou as mãos.

— Ok. Entendi. Desculpe... por interromper.

— Volte para a cama. Eu vou já.

Depois que Kendall saiu, fechei os olhos, arrependido. Será que eu estava louco em recusá-la assim?

Agora que ela sabia o que eu estava fazendo, não conseguia relaxar. Ainda precisando de alívio como um filho da puta, abri o chuveiro e entrei. Ironicamente, me masturbei pensando no corpo nu dela contra a porta do banheiro e imaginei que ela estava me observando.

Porra de vida.

CAPÍTULO 11

Kendall

Quando abri os olhos na manhã seguinte, Carter não estava no quarto. Provavelmente, estava tomando café. Eu nem tinha ideia de que horas eram.

Deus, me sentia tão idiota.

O que eu estava pensando interrompendo-o daquele jeito ontem à noite, oferecendo nada além de outra ereção gigante? Escutá-lo arfando daquele jeito, sabendo o que ele estava fazendo atrás da porta, estava me enlouquecendo.

Cague ou saia da moita, Kendall.

Carter não fazia ideia de como eu queria dar tudo a ele. Só não conseguia me permitir chegar lá até minha cabeça estar normal, porque não tinha como eu conseguir compartimentalizar sexo com ele, não tinha como eu conseguir manter os sentimentos fora disso. Precisava ter certeza não apenas das intenções dele, mas das minhas antes de dar um passo como aquele.

Ouvi uma batida na janela.

O que era aquilo?

Então outra batida.

Depois de afastar a cortina para o lado, literalmente pulei quando vi o que era. Era a cara de um animal que rapidamente percebi ser um camelo. Em cima do dito animal estava Carter, que sorria e acenava como um lunático.

— Abra a janela. — Ele gesticulou.

Ergui o vidro.

— O que está acontecendo?

— Vista-se e traga sua bunda linda para cá. Vamos andar neste cara. Calça comprida seria melhor.

— Não vou subir nessa coisa.

— Infelizmente, não é a primeira vez que você me diz isso — ele brincou.

— Mas, desta vez, você não vai sair dessa. Venha! Só vamos ficar com ele por uma hora.

Carter mostrou seu sorriso lindo, e uma olhada naquela covinha do queixo era o empurrão de que eu precisava para sair da cama.

O calor do deserto já estava escaldante mesmo sendo cedo. Carter estava fora do camelo e em pé ao lado de Amari.

Nosso anfitrião sorriu para mim.

— Bom dia. — Ele acariciou o camelo. — Divirtam-se no Fouad. Depois que acabarem, tenho um bom café da manhã tradicional árabe aguardando.

— Obrigada, Amari. Que legal.

— Amari vai nos ajudar a subir — Carter disse.

Amari fez o animal se sentar, depois disse:

— Subir é a parte mais difícil. Depois disso, é tranquilo. — Após ele nos ajudar a subir no animal, falou: — Carter é profissional nisso. Você está em boas mãos.

Sussurrei atrás de Carter.

— Você parece ser profissional em tudo.

Ele se virou.

— Exceto em conseguir a única coisa que realmente quero. — Ele deu uma piscadinha. — Só estou brincando, linda.

— Não está, não.

— Tem razão. Não estou. — Carter deu um beijo gentil nos meus lábios, que foi interrompido quando o camelo começou a andar.

— Acho que lá vamos nós! Como exatamente se guia um camelo? — perguntei.

— Na verdade, não faço ideia. Camelos não respondem se você tenta conduzi-los. Mas sempre tive sorte em simplesmente seguir o fluxo. O principal é não fazer nada extravagante para não assustá-los.

Piscando para tirar dos olhos a areia que estava soprando na brisa do deserto, me apoiei em Carter, relaxando a face em suas costas. Como sempre, me sentia segura quando ele estava no controle.

Passeamos em silêncio por um tempo, depois, eu fui a primeira a falar.

— Desculpe por ontem à noite. Fui idiota de agir daquele jeito se não tinha intenção de fazer tudo com você.

— Não se preocupe com isso. Mas espero que entenda por que eu estava fazendo aquilo.

— Entendo.

— Quando eu finalmente ficar com você, não haverá nada para se conter. É por isso que você precisa estar totalmente pronta para isso.

— Sei que não está acostumado a mulheres pensarem duas vezes para abrir as pernas para você.

— Não se lembra de que te disse que gosto de um desafio?

— Lembro.

— Estou nessa, Ousada. Não se preocupe. Vou esperar o quanto você precisar.

— Posso te pedir uma coisa?

— Pode falar. Qualquer coisa. Sabe disso.

— Todas as mulheres... nunca se envolvendo realmente... até sua carreira que garante que você não fique em um lugar por muito tempo... tudo isso é por causa da Lucy?

Silêncio.

Deus, eu fui muito idiota. *De novo.*

Após alguns minutos, finalmente falei.

— Desculpe, Carter. Não deveria ter perguntado isso. Parece que só fico metendo o nariz onde não sou chamada nas últimas doze horas. Primeiro, o banheiro, agora isso. Passei do limite. Espero que não tenha ficado chateado.

A voz dele foi baixa.

— Eu estou chateado, mas não tem nada a ver com você.

Carter conduziu o camelo para descer uma duna. Não tinha nada além de areia por quilômetros. E nós. Os poucos prédios que esporadicamente apareciam no deserto não estavam mais à vista.

— Não precisamos falar disso.

— Essa é a questão. Nunca falei sobre Lucy. Com ninguém. Meus pais tentaram por um tempo, mas rapidamente perceberam que não iriam chegar a lugar nenhum e desistiram. Por mais horrível que soe, eu simplesmente segui em frente. Há anos não me permito parar e pensar em tudo que aconteceu. Tenho quase certeza de que pensei mais na minha vida nas últimas quarenta e oito horas do que nos últimos quinze anos. Não percebia o quanto eu ainda me segurava.

— Às vezes, as coisas às quais mais nos apegamos são aquelas de que mais precisamos nos livrar.

Carter suspirou.

— É.

— Meio que faz sentido. O estilo de vida que você leva. Sempre se movendo e trocando de mulher. Não pode se magoar se nunca se envolve.

— E não posso magoá-las se elas nunca se aproximarem muito.

— É um mecanismo de proteção. Todos nós fazemos isso até certo ponto. Estive fazendo isso no último ano. No fundo, eu sabia o que eu ia ter que fazer em algum momento, e comecei a afastar as pessoas. Meus amigos, a pouca família que me restou... não queria que eles me julgassem quando a hora chegasse.

De alguma forma, Carter dominou Fouad, e nós paramos. Ele conseguiu passar uma perna por cima do camelo e se virar, de maneira que ficamos de frente um para o outro. Colocando uma mecha de cabelo atrás da minha orelha, ele disse:

— Não vou te julgar, Ousada. Nunca. Te dou minha palavra.

Seus olhos estavam cheios de sinceridade. Eu realmente acreditava que ele estava falando sério.

— E estou aqui para você se quiser conversar sobre Lucy. A qualquer hora, em qualquer lugar. Mesmo quando esta viagem acabar. — Meu coração se apertou de pensar que não faltava muito agora; o fim da estrada estava se aproximando.

Carter beijou minha testa e, então, me abraçou forte.

— Obrigado. Significa muito para mim.

Aparentemente, Fouad resolveu que tínhamos acabado com nossa interação frente a frente. Ele começou a andar de novo, obrigando Carter a virar de volta. Pelo resto do passeio, mantive os braços em volta dele por trás e fiz o que tinha feito desde quando segui aquele homem pela primeira vez: segurei firme.

— É, bom, tem uma primeira vez para tudo.

Carter estava falando ao telefone quando saí do banheiro enrolada em uma toalha depois do banho. Tínhamos passado o dia todo alternando entre sentar lá fora no deserto, comer refeições árabes tradicionais e escutar o amigo de Carter, Amari, contar histórias das mudanças em Dubai nos últimos vinte anos. Entre isso, aproveitávamos para dormir um pouco em nosso quarto. Agora o sol tinha baixado, e eu acabara de esfregar um centímetro de areia do meu couro cabeludo.

— Me dê quinze minutos, e deixe eu falar com minha mulher. — Carter desligou e jogou o telefone na cama.

— Sua mulher? — Olhei por cima do ombro para a direita e, então, para a esquerda, e zombei: — Você tem uma mulher por aqui em algum lugar?

Embora ele estivesse em pé do outro lado do quarto, o jeito que Carter estava me olhando aqueceu meu corpo. As toalhas não eram muito compridas, e meus seios pequenos se ergueram e apareceram por cima.

— Eu gostaria de ter você. Fique aí parada com essa toalhinha mais tempo e vai sentir o quanto você me tem em uns dois segundos.

Escondi meu rubor colocando a cabeça na mala, procurando alguma roupa limpa para vestir.

— Com quem você estava falando ao telefone?

Ele chegou por trás de mim e beijou meu ombro nu.

— Um amigo piloto. Pediu para eu cobri-lo em um voo amanhã de manhã. Ele está aqui em Dubai e teve uma mudança repentina na viagem.

— Ele está doente ou algo assim?

Carter passou o nariz no meu pescoço, sua respiração quente provocando arrepios em minha pele, cuja maior parte estava exposta.

— Está com frio? — O sorriso na voz dele era inegável. Ele sabia o efeito que causava em mim.

Eu o ignorei.

— Você vai fazer esse voo?

— Depende.

— Do quê?

— Se você estiver querendo outra aventura.

Eu me virei, mas ele não se afastou.

— Quer que eu vá com você?

— *Só* vou fazer o voo se você for comigo. Se quiser ficar aqui mais dois dias, tudo bem por mim também.

— Aonde você vai em dois dias?

Os olhos de Carter iam e voltavam dos meus.

— Para casa. Tenho cinco dias de folga depois disso. Voo daqui para os Estados Unidos e, então, pego uma conexão como passageiro para voltar para a Flórida.

Uau. Nossa viagenzinha estava *realmente* chegando ao fim. Pensar nisso me deixou enjoada. Carter deve ter sentido o que eu estava pensando. Ele ergueu meu queixo para que nossos olhos se encontrassem.

— Não vamos pensar nisso ainda. Fique comigo. Independente se for aqui ou em outra aventura, ainda temos tempo. Também não quero que isso acabe ainda. Fique no presente comigo, Kendall.

— Aonde iríamos?

Ele sorriu, e precisei segurar a toalha para não reagir.

— É surpresa.

— Me dê uma dica.

Carter coçou o queixo por um minuto.

— Ok. Se quer continuar nossa pequena aventura, vai me dar o sinal verde, mas pode acabar sendo parada no *sinal vermelho* no caminho.

— Que tipo de coisa *isso* deve significar? Eu disse uma dica, não uma charada.

Ele deu risada.

— O que me diz, Ousada? Está a fim de mais uma aventura comigo?

— Posso ser presa por dançar, xingar, mostrar pele ou te tocar, aonde quer que vamos?

— Definitivamente não. — Ele beijou a ponta do meu nariz. — Na verdade, essas coisas são fortemente encorajadas na próxima parada da nossa viagem.

Carter sorriu e aquela maldita covinha no queixo apareceu.

Deus, eu adoro isso. Quem diria?

Revirei os olhos.

— Tudo bem. Estou dentro. Mas, se eu acabar na prisão de novo, vou culpar sua covinha.

Nosso voo na manhã seguinte era em uma hora terrível. Tínhamos que sair de Amari às três e meia para Carter fazer check-in. Iria ser o que ele chamava de turno rápido, significando que chegaríamos aonde quer que fosse no fim da tarde e voltaríamos para Dubai em vinte e quatro horas. Então, nos encontraríamos com sua tripulação regular e voaríamos de volta para os Estados Unidos. Era depois disso que eu não queria pensar. Provavelmente, eu voltaria para casa por alguns dias antes de ir para a Alemanha. No caminho para o aeroporto, encarei a janela, observando Dubai passar, mas sem realmente ver nada. A melancolia tinha mudado meu humor por pensar em como as coisas logo chegariam ao fim.

— Você está bem? — O táxi tinha saído da estrada, seguindo as placas para o aeroporto.

— Só cansada.

— Consegui um assento na primeira classe para você, então, felizmente, conseguirá dormir um pouco no voo.

— De quanto tempo é o voo?

— Umas sete horas.

— O que você faz lá na cabine o tempo inteiro? Tipo, sei que pilota o avião... mas sete horas é um tempão olhando para o céu.

Ele deu de ombros.

— Eu gosto. É o único lugar em que realmente me sinto relaxado.

— Você deve pensar bastante.

— Às vezes. Depende de com quem estou voando. Alguns copilotos são como eu e ficam quietos. Outros falam sem parar. Quando pego um desses, geralmente tiro um cochilo.

Arregalei os olhos.

— Você tira um cochilo pilotando o avião?

Carter deu risada.

— Tiro. Mas não se preocupe. Nós temos turnos. A companhia aérea não gosta que ambos os pilotos durmam ao mesmo tempo.

— Posso ver a cabine?

— Não tem nada mais que eu gostaria de fazer do que te mostrar a *minha* cabine. Pensei que nunca pediria.

Carter estava com minha passagem no iPhone junto com os pedidos dele, então não precisamos parar para fazer check-in. Passamos pela fila de segurança dos funcionários e paramos na praça de alimentação para um café da manhã. Falei o que eu queria para Carter e fui ao banheiro feminino.

Quando voltei, vi Carter sentado a uma mesa com uma bandeja. Só que ele não estava sozinho. Uma morena linda estava sentada diante dele. *Claro.* Ela estava usando as mesmas cores azul-marinho que ele; outra aeromoça, presumi.

Ela me olhou de cima a baixo quando cheguei à mesa, me medindo descaradamente. Carter se levantou e puxou minha cadeira.

— Kendall, esta é Alexa Purdy. Trabalhamos na International Airlines juntos.

A mulher me mostrou seus dentes perfeitos. Considerando que meus pais também tinham gastado uma fortuna com meu plano odontológico, eu sorri mais.

— Prazer te conhecer, Alexa. Você está no voo de Carter hoje?

— Estou. Mas, na verdade, é no *meu* voo que Carter está, não o contrário.

Carter explicou.

— Eu serei o copiloto hoje. Alexa é a capitã, o piloto no comando. É a rota dela que estou pegando hoje.

— Oh. — Eu não estava louca com a mulher quando pensei que ela fosse uma aeromoça linda. Saber que ela era inteligente *e* estaria trancada em uma salinha com Carter naquele dia, imediatamente, me fez detestá-la.

Carter estava me observando.

— Eu não sabia que Alexa tinha se realocado e saído dos Estados Unidos. Não voamos juntos há anos.

Ele poderia estar tentando me dar segurança, mas a Capitã Purdy claramente tinha outras ideias. Ela piscou os cílios para Carter.

— Faz tempo *demais*. Temos muito o que conversar. Lembra como costumávamos *nos divertir bastante* em voos longos juntos quando éramos pilotos reservas?

Carter tossiu.

— Alexa e eu começamos como pilotos reservas, pegando qualquer voo que podíamos. Assim como fazia o *marido dela*, Trent. Como está Trent? Faz muito tempo que não o vejo.

— Ele está ótimo. Da última vez que soube, estava fazendo a rota de Milão e dormindo com uma modelo de quarenta quilos que conheceu em um voo.

— Vocês se separaram?

— Nos divorciamos.

— Sinto muito por isso — Carter disse.

Alexa encostou em seu braço e murmurou:

— Não sinta. O divórcio foi minha ideia. Gosto da minha liberdade. Estar presa tornou o ato de voar em céus amigáveis dramaticamente inimigo.

Felizmente, não tínhamos muito tempo para perder no café da manhã, porque, se eu tivesse que testemunhar mais um flerte ou escutar mais uma história dos *velhos tempos deles*, poderia ter enlouquecido. Normalmente, eu não era uma pessoa invejosa. Sempre sentia que era perda de tempo e energia se preocupar com o que outros tinham e eu não. Mas, pela primeira vez, estava pensando que talvez o motivo para minha falta de inveja antes fosse que não havia nada que eu realmente quisesse o bastante para ter inveja.

Não nos livramos de Alexa até quase chegarmos ao portão. Felizmente, ela recebeu uma ligação e disse a Carter que o encontraria a bordo, depois se retirou.

Ainda cuidadoso para discretamente me tocar em público, Carter me levou para um corredor perto do banheiro para termos um pouco de privacidade.

Ele passou os dedos pelo cabelo.

— Desculpe por isso. Não fazia ideia de que voaria com ela. Não a vejo há anos.

Era masoquista da minha parte perguntar, mas não consegui evitar.

— Vocês dois costumavam...

Carter soltou a respiração.

— Sim. Mas foi há muito tempo.

— Vocês dois já... brincaram na cabine?

— Kendall... — Carter alertou. Não precisava de resposta, porque meu cérebro já tinha formado uma imagem nítida da srta. Dentes Perfeitos com a cabeça debaixo do manche do avião. *Aff*.

Ergui a mão.

— Tudo bem. Nós dois somos adultos. E não é como se *nós* estivéssemos transando e tal.

— Não por minha escolha, e sabe disso.

— Que seja.

— Você não está sendo justa, Kendall. Tenho sido sincero com você desde que te conheci. Preferiria que eu mentisse e te dissesse que nunca aconteceu nada entre a gente?

— Eu preferiria *não estar* mais aqui. — Estava tentando magoá-lo, fazê-lo sentir a dor que eu estava sentindo. Sua expressão me disse que obtive sucesso.

Ele se inclinou, baixando o rosto até o meu.

— É isso que realmente quer? Quer me deixar? Então, vá em frente. Não posso mudar quem eu fui. Gosto de você, Kendall. Muito. Provavelmente muito mais do que deveria neste momento. Mas agora entenda. Não tenho interesse em Alexa ou em qualquer outra mulher. Quer saber por quê? Porque a única mulher em que tenho o maldito interesse é você. Então, se não consegue nem confiar em mim para voar, nada faz sentido.

Nos encaramos, nenhum de nós cedendo um pouco.

— Preciso ir. Espero que venha comigo. Mas, mesmo se não vier, nada vai mudar. A vida que eu levava não valia uma mulher como você, e tudo que posso fazer é tentar mudar seguindo em frente. O passado é exatamente o que é, o passado. — E, simples assim, Carter foi embora.

Vinte minutos mais tarde, a recepcionista do portão anunciou o embarque final. Eu ainda estava sentada nas cadeiras da sala de espera, sem saber o que iria fazer em seguida. Não tinha como eu querer deixar Carter, mas ficar só iria dificultar ainda mais nosso inevitável adeus. E se, por algum milagre, nós não nos despedíssemos em alguns dias, será que eu conseguiria construir algo com ele sabendo que ele sempre estaria viajando? Será que conseguiria dormir à noite pensando com quem ele estava naquelas noites solitárias de viagem?

As recepcionistas do portão apagaram o aviso luminoso do destino e começaram a organizar a papelada delas. Era isso. Agora ou nunca. Eu estava assustada pra caralho de continuar, mas pensar em nunca mais ver Carter era ainda mais aterrorizante. Assim que elas começaram a fechar a porta do corredor para o avião, eu gritei:

— Esperem!

As duas mulheres se viraram no exato mesmo segundo em que Carter passou correndo desesperado pela porta.

Foda-se Dubai e suas regras idiotas.

Corri para ele, que me abraçou, apertando forte.

— Não me deixe, Ousada. — Depois, segurou meu rosto com as duas mãos e me beijou apaixonadamente.

— Desculpe. Fui idiota. Você me prometeu que não iria me julgar e aqui estava eu te julgando.

— Desculpe também, Ousada. Desculpe ter tanto no meu passado para julgar. Vamos só seguir em frente, certo?

— É. É isso que quero também.

— Que bom. Agora vamos sair daqui antes que você seja presa de novo. — Ele estendeu a mão. — Venha voar comigo, linda.

CAPÍTULO 12

Carter

Quando pousamos na Holanda, queria sair o mais rápido possível do avião.

A Capitã Alexa ficou me irritando pra caramba o voo inteiro, alternando entre contar histórias do passado e falar sobre seu divórcio, e eu não dava a mínima para nenhum dos dois assuntos. Desde o segundo em que embarcamos, tudo que eu queria era voltar para Kendall. Sete horas depois, meu desejo foi realizado.

Após uma aterrissagem instável, minha ousadinha anja loira estava me esperando quando saí da cabine. Ignorando Alexa e os outros membros da tripulação, puxei Kendall e dei um beijo nela tão intenso quanto o que demos antes de embarcarmos — como se tivéssemos continuado de onde paramos.

Mal podia esperar para lhe mostrar Amsterdã e poder encostar nela livremente em público quando e onde meu coração quisesse. Não tínhamos muito tempo ali, então eu queria fazer o melhor antes de precisarmos voar de volta para Dubai. Eu sabia que haveria algumas grandes decisões para tomar depois daquele passeio. Poderíamos guardar as coisas pesadas para depois. Aquele trecho da nossa viagem seria apenas diversão em um lugar sem limites.

Enquanto esperávamos na esteira de bagagem, fiquei em pé atrás dela, abraçando sua cintura e falando em seu ouvido.

— Coloque todas as preocupações dessa cabecinha linda em espera. Esqueça tudo hoje, ok? Vamos nos divertir como nunca na vida. Topa, linda?

— Topo muito — ela disse, virando-se e colocando o dedo no furo do meu queixo, brincando.

Eu tinha escolhido um hotel perto do Bairro da Luz Vermelha. Kendall e eu tiramos uma soneca antes de ir para a rua.

Já que andar de bicicleta é uma tradição em Amsterdã, nós alugamos uma dupla, a qual guiamos por toda a cidade.

Paramos no bairro Jordaan. Andando de mãos dadas pelas ruas estreitas, visitamos algumas galerias de arte e lojas de antiquário pelo caminho.

Mais tarde, pegamos um tour guiado por um dos canais, onde vimos o que os locais chamavam de casas dançantes — um monte de casas históricas altas e inclinadas.

Quando anoiteceu, a exaustão nos tomou. Depois de jantar em um restaurante exótico, resolvemos ver o Bairro da Luz Vermelha antes de encerrarmos a noite.

A rua era decorada com janelas iluminadas de vermelho, cada uma com uma cabine onde as pessoas poderiam participar de um show pornô ou ficar com uma prostituta... o que desejassem. Não tinha nada igual no mundo. Eu tinha passado pela rua muitas vezes, mas nunca participado. Até *eu* tinha limites. Me diverti com a reação de Kendall, observando tudo pela primeira vez.

— Então, isso tudo é legal?

— É. E só faz sentido ter uma igreja gigantesca no meio de tudo, certo? — eu disse, me referindo à Velha Igreja. — Provavelmente o único lugar do mundo em que você vai ver religião e prostituição no mesmo lugar.

— É meio mágico e perverso. — Ela deu risada. — Cisnes nadando em uma represa, rodeada por uma igreja, algumas prostitutas e muita maconha à venda.

— É como uma viagem dos sonhos. Sabe o que melhoraria mais?

— O quê? — Ela deu risada.

— Isso — eu disse, puxando-a de repente e dando um beijo firme em seus lábios quentes. Apertando meu corpo no dela, eu sabia que ela conseguia sentir a ereção praticamente furando meu jeans. Um período indeterminado de tempo se passou enquanto continuamos a nos beijar diante de um dos bordéis.

Uma batida no vidro interrompeu nosso momento. A loira alta e seminua dentro da janela que estávamos bloqueando acenou para nós sairmos da frente. Devíamos estar atrapalhando a vista dela da rua.

— Desculpe — pedi, envolvendo todo o meu corpo em Kendall por trás conforme continuamos nossa caminhada preguiçosa.

— Então, algumas dessas mulheres te atraem? — ela perguntou.

— Não.

— Mentiroso.

— Estou falando sério. Elas são atraentes, mas não as quero. Agora, se fosse *você* em uma dessas janelas... seria outra história. Eu definitivamente entraria, e iria à falência. Simplesmente continuaria te dando dinheiro para me deixar provar tudo com você. — Parei de andar e a puxei para mim de novo, falando em seus lábios: — Só pegue a porra do dinheiro.

Ela deu risada entre nosso beijo e disse:

— Eu te daria um bom desconto.

Embora nossa brincadeira estivesse divertida, estar naquele ambiente sexualmente aberto com Kendall e toda a beijação estava me deixando excitado pra caralho. Agora, eu estava com uma ereção completa enquanto voltávamos para o hotel. Me sentindo mais fraco a cada segundo, eu sabia que se ela só olhasse para mim em nosso quarto, eu não iria conseguir lutar contra nada que acontecesse naquele momento.

O hotel em que estávamos era um lugarzinho que brincava com o tema do Bairro da Luz Vermelha. Os quartos até tinham a luz vermelha opcional, o que era legal pra caramba.

— Sabe o que eu realmente queria fazer? — Kendall perguntou quando chegamos ao nosso quarto.

— Eu sei a *minha* resposta para essa pergunta.

Ela me bateu no peito, brincando.

— Beber uma taça de vinho.

— Eu posso ir comprar uma ou duas garrafas, se você quiser.

— Me sinto mal de fazer você voltar lá fora, mas, de verdade, seria ótimo.

— Por que não relaxa e toma um banho enquanto eu vou?

— Parece ótimo.

Procurando a loja de bebidas mais próxima no celular, saí apressado do hotel para evitar passar muito tempo longe dela. Afinal, aquela seria, tecnicamente, nossa última noite juntos. Eu já tinha decidido pedir a ela para voltar para a Flórida comigo. Mas, se ela não concordasse, nossa aventura acabaria logo.

Porra.

Um sentimento de pânico começou a se formar.

Não.

Eu não iria permitir que o medo viesse naquela noite. Aquela noite era para aproveitar cada momento em Amsterdã. Ponto final.

Tentando bloquear todos os pensamentos deprimentes da minha mente, entrei na loja e pedi à atendente as melhores garrafas de vinho tinto e branco que eles tinham.

Na volta para o hotel, meu celular tocou com uma mensagem de Kendall.

Kendall: Só entre no jogo.

O que aquilo significava?

Carter: Entrar em que jogo?

Kendall: Onde vc tá?

Carter: A um quarteirão do hotel.

Kendall: Me mande msg quando estiver chegando, mas antes de entrar no hotel.

Alguns minutos depois, fiz o que ela pediu.

Carter: Cheguei.

Kendall: Fique aí fora e olhe para o segundo andar do prédio, para o lado da Rua Bloedstraat.

Era onde eu estava. Olhei para cima.

Oh.

Meu.

Deus.

Porra.

Meu coração começou a bater mais rápido. Kendall tinha acendido as luzes vermelhas do quarto. A parte da frente do seu corpo estava pressionada contra a janela enquanto ela estava usando nada além de um sutiã e uma calcinha de renda. Ela tinha arrumado o cabelo em duas tranças e rebolava lentamente e de forma sedutora, parecendo tão confortável quanto qualquer mulher que tínhamos visto na janela naquela noite. Só que aquela não era qualquer mulher na janela. Era a mulher dos meus sonhos dando vida à fantasia que era melhor do que qualquer coisa que minha imaginação fértil poderia pensar.

Com uma olhada que dizia para eu ir até lá, ela ergueu o dedo indicador e fez sinal para eu subir. Congelado na calçada, tentava gravar isso na memória — a visão dela naquela janela iluminando uma noite enevoada em Amsterdã. Eu sabia que nunca esqueceria daquilo enquanto vivesse. O fato de ainda estar segurando as garrafas de vinho sem deixá-las cair e quebrar no chão era louvável.

O elevador estava demorando demais, então fui de escada, pulando os degraus para chegar até ela mais rápido. Antes de abrir a porta, inspirei fundo e fechei os olhos, jurando simplesmente seguir o fluxo. Eu nem sabia se ela estava realmente oferecendo alguma coisa ou brincando comigo. Só sabia que estava preparado para qualquer coisa atrás daquela porta.

Kendall abriu.

Minha boca se escancarou em um sorriso quando a olhei e esperei seu direcionamento.

— Eu vi você olhando para mim — ela disse. — Está interessado?

Entre no jogo.

Isso, caralho.

Minha voz estava grossa com desejo.

— Estou. — Engoli em seco.

— Pode entrar.

Só entre no jogo.

— Como se chama? — perguntei.

— Kendall. E você?

— Carter.

— Oi. Carter.

— Oi, Kendall. — Aproximando-me lentamente, eu disse: — Posso só te dizer uma coisa?

— Sim?

— Andei por essas ruas o dia todo, procurando, em vão. Não vi ninguém nessas janelas mais bonita do que você. Enfim encontrei exatamente o que estava procurando. Obrigado por me deixar entrar.

Ela pareceu ficar vermelha, provavelmente sentindo que minhas palavras significavam mais do que simples frases naquela ceninha.

— Por nada.

Quando fui até ela de forma predadora, ela brincou dando passos para trás com um sorriso maldoso.

— Então, me diga, Kendall. Nunca fiz isso. O que acontece agora?

— Nós negociamos. Você me fala o que quer, e eu te digo se estou disposta a fazer.

Ela se inclinou contra um batente perto da janela, separando um pouco suas pernas torneadas. As luzes da rua lá fora estavam brilhando atrás dela.

Pegando uma de suas tranças, eu disse:

— Eu quero tudo. Então, você que vai ter que colocar os limites. — Passei a ponta dos dedos na bochecha dela e desci para o pescoço. — Que tal só nos tocarmos por um tempo, até você descobrir com o que vai ficar confortável?

Fechando os olhos e soltando a respiração trêmula, ela disse:

— Quer que eu tire o resto?

— Só se você quiser.

Ela se levantou e se aproximou de mim.

— Quero.

Estávamos extremamente perto quando perguntei:

— Posso tirar sua roupa?

Ela assentiu.

— Por favor.

Abri seu sutiã pela frente e pausei para admirar seus seios lindos que me lembravam duas xícaras perfeitas.

— Você é muito linda.

— Também quero te ver — ela sussurrou.

Lentamente erguendo a camisa por cima da cabeça, senti que ela conseguiria ver meu coração batendo no peito. Eu não fazia ideia de como iria continuar me contendo.

Apenas aproveite um instante de cada vez.

Saboreie.

Desabotoei meu cinto e o joguei para o lado, depois abaixei a calça e a tirei.

Nós dois estávamos apenas com a roupa de baixo agora. Passei as mãos no pescoço dela e segurei ambos os seios, massageando-os lentamente. Tentando manter um pouco de autocontrole, endureci meu abdome para impedir que meu pau aparecesse.

— Posso te tocar? — ela perguntou.

Relaxando o corpo, implorei:

— Por favor.

Kendall passou suas mãos minúsculas para cima e para baixo no meu peito e bíceps. Adorava a forma como seus mamilos se empinavam reagindo ao contato.

Tocá-la enquanto ela estava me tocando, mesmo precisando me controlar, foi a coisa mais erótica que já fiz. Era muito difícil manter a boca longe dela. Lambi os lábios repetidamente para me impedir de perder o controle e devorá-la.

Eu estava olhando em seus olhos quando senti sua mão deslizar por dentro da minha boxer e segurar meu pau. Tão sensível, encolhi com o toque. Ela começou a bombeá-lo lentamente enquanto continuava me olhando. Fechando os olhos em êxtase de novo, inclinei a cabeça para trás conforme Kendall me masturbava, torcendo a mãozinha em volta do meu pau repetidamente. Ela usou o polegar para espalhar o pré-gozo na cabeça. O quarto estava tão quieto que nossa respiração frenética era o único som.

Eu ia gozar.

Pronto para explodir, coloquei minhas mãos nas dela para fazê-la parar.

— Pare ou continue, Kendall. Você que escolhe. Mas não vou durar muito mais. Faz muito tempo.

Por mais que eu adorasse ela me proporcionar essa fantasia, não poderia ignorar que ainda havia uma leve hesitação em seus olhos.

Eu tinha certeza de que ela me queria tanto quanto eu a queria, mas ela não estava pronta. Aquela não era nossa noite.

Isso não mudava o fato de que eu precisava pra caralho de alívio.

Precisava assumir o comando.

— Quero que continue me masturbando enquanto acaricio você. Vamos gozar juntos, nada mais, nada menos.

Um olhar de alívio substituiu a incerteza em sua expressão.

A conversa acabou ali.

Nos beijamos vorazmente conforme ela bombeou meu pau escorregadio para cima e para baixo entre nós enquanto eu tirava a calcinha dela. Massageando seu clitóris com meus dedos indicador e médio, não demorou para os músculos entre suas pernas começarem a latejar. Sua respiração ficou irregular, e eu sabia que ela iria gozar. Porra, ela estava ainda mais excitada do que eu. Escutá-la gemer de tesão foi suficiente para incentivar meu próprio orgasmo, e esguichei um monte de gozo na mão dela.

Não foi exatamente como eu tinha imaginado nosso primeiro contato físico de verdade. Foi confuso e frenético, mas, talvez, estivesse alinhado com a imprevisibilidade que nos seguira desde o começo. Nunca se sabe o que vai acontecer de um momento para o outro.

Apertando sua bunda dura, eu disse:

— Foi gostoso. Mas eu queria muito mais.

— Eu teria te dado mais.

— Apesar de realmente apreciar essa surpresa que me deu esta noite, você não estava preparada, Kendall, e sabe disso.

— Como me conhece tão bem?

— Passei tempo suficiente olhando em seus olhos para saber como te interpretar. Você ainda não tem certeza, e não vou ficar totalmente com você até não haver uma única dúvida em seus olhos. Até o que fizemos foi sob pressão.

— Bom, tecnicamente, eu estava massageando, não pressionando.

— Pode fazer isso mais tarde, se quiser, falando nisso.

Depois de pegar sua calcinha do chão, eu as ergui até o nariz e murmurei:

— Deus, senti falta do seu cheiro.

— Quando sentiu meu cheiro antes?

Merda.

— Hum...

— Carter...

— Naquele primeiro dia na pousada da Maria. Posso ter jogado sua calcinha na cara enquanto me masturbava na banheira.

— Isso é muito errado... mas meio que fofo e excitante ao mesmo tempo. Exatamente como você.

— Viu... você me *entende*. Me aceita como o cheirador de calcinha que sou. É por isso que não pode me abandonar. Ninguém mais vai me querer. — Beijei-a firmemente, depois falei em seu pescoço: — Não me abandone, Ousada. Não me deixe em Dubai. Venha comigo para a Flórida... mais uma parte da aventura. Depois, tome sua grande decisão... depois de Boca. O que me diz?

— Ir para casa com você é um pouco diferente de sair voando pelo mundo. Vou pensar nisso no voo de volta para Dubai, ok? Terei sete horas para refletir e, então, contarei minha decisão sobre a Flórida.

Por mais que eu desejasse que ela me falasse sim instantaneamente, precisava respeitar seus desejos sem discutir.

Naquela noite, eu a segurei firme enquanto dormíamos em uma posição mais íntima do que nunca — com meu pau envolvido e pressionado por sua bunda através do tecido de sua camisola. Meu pau estava implorando por mais tanto quanto eu.

A pior parte era a dor no peito que vinha junto com uma música específica dos Beatles que não parava de tocar na minha cabeça. A música ainda não estava muito alta, era mais como uma música ambiente que minha mente não sabia se estava preparada para aumentar o volume no máximo. Eu não estava pronto para acreditar. No entanto, a música estava ali.

And I Love Her[5].

---

5   E eu a amo (tradução livre).

CAPÍTULO 13

Kendall

Eu me sentia como uma garota de dezesseis anos, louca pelo menino que usava uma jaqueta de couro e sempre estava em detenção na escola. Deveria ter algo a ver com o fato de que eu estava sendo bulinada no canto de uma banca de jornal do aeroporto quando Carter pensou que ninguém estava olhando.

— Pare — sussurrei em alerta, mas não conseguia parar de sorrir.

Carter estava atrás de mim enquanto eu encarava uma prateleira de revistas, com uma mão discretamente debaixo da minha camisa enquanto ele acariciava meu seio esquerdo.

— Agora entendo completamente o recurso de viajar sem sutiã. Na verdade, insisto que nunca mais use quando estivermos juntos. Conseguir colocar a mão e segurar esse peito delicioso... — Ele apertou. — ... o quanto eu quiser é maravilhoso pra caralho. Queime seus sutiãs, Ousada.

Dei risada. Um homem mais velho foi até a estante e ficou ao meu lado. Em vez de tirar a mão da minha camisa, Carter resolveu beliscar meu mamilo. Forte. Soltei um gemido que foi misturado com um gemido de dor, e tentei disfarçar fingindo uma tosse.

— Desculpe — eu disse quando homem olhou para mim.

Dei uma cotovelada nas costelas de Carter quando o cara se afastou. Ele resmungou, mas ainda, de alguma forma, conseguiu beliscar uma última vez meu mamilo antes de tirar a mão da minha camisa.

— Estamos em local público. Pare com isso.

Carter mordeu o lóbulo da minha orelha e o colocou para baixo ao sussurrar.

— Você adora, e sabe disso.

Ele estava totalmente certo. Adorava mesmo. Embora Carter fosse o tipo de homem que você nunca poderia deixá-lo saber disso. Ele não teria escrúpulos em uma sessão pública. E se eu tinha aprendido uma coisa sobre como reajo fisicamente a ele era que eu deveria ter cuidado ao começar, porque, assim que começasse, era quase impossível parar.

— Vou ao banheiro antes de embarcarmos. Escolha suas revistas. Já volto. — Ele esticou a mão na prateleira e pegou uma cópia de *Cinquenta tons de cinza* e me entregou. — Vamos comprar este também. Você pode me elucidar nas partes safadas e, então, quando decidir ir para casa comigo, podemos encenar algumas situações. — Ele deu uma piscadinha.

Eu estava acabando de escolher a última revista para a viagem de avião quando Alexa se aproximou. *Capitã* Alexa. Eu detestava o fato de que apenas vê-la me deixava inquieta.

— Kendra. Que bom te ver. Já perdeu seu Trip?

Vaca.

— É Kendall, e Carter já vai voltar. — Peguei uma revista e fiz o meu melhor para ignorá-la, voltando toda a minha atenção para folheá-la.

Ela ficou ao meu lado mais um pouco antes de falar de novo. Deus, a vadia até cheirava bem.

— Você lê em holandês? — ela disse.

— Humm... Ãh?

Ela deu risada. Não, na verdade, ela não deu risada. Ela gargalhou.

Fui confusa até o caixa, até olhar para baixo e perceber que estava fingindo ler uma revista *People* em holandês.

Carter apareceu quando estávamos só nós duas na fila. A Capitã Vadia estava atrás de mim.

— Alexa. Estava te procurando.

— Sim? — Sua voz se animou.

Ele envolveu minha cintura possessivamente.

— Você se importaria de me dar uns dez minutos quando estivermos prontos para embarcar? Quero mostrar a cabine para Kendall. Fazer um tour com a minha garota.

— Hummm... claro.

No minuto em que nos afastamos da banca de revista, fiz Carter parar. Jogando os braços em volta do seu pescoço, eu o beijei demorada e fortemente no meio do terminal. Quando finalmente nos separamos, ambos sem fôlego, ele sorriu e disse:

— Não estou reclamando, mas por que fez isso?

— Nada. *Sua garota* não pode te beijar quando ela quiser?

Em umas três horas de voo, resolvi inclinar meu assento e tentar dormir um pouco. Tinha basicamente não feito nada além de ficar obcecada com o que deveria fazer assim que pousássemos, já que Carter mencionou que queria me levar para casa com ele na Flórida. Fechei os olhos, mas deveria ter percebido que minha mente nunca iria conseguir se desligar e descansar. Em vez disso, comecei a visualizar como poderia ser estar em casa com Carter em um tipo de sonho acordado.

Como seria o lugar que ele morava? Eu nunca tinha ido a Boca, então não sabia como era a arquitetura ou o estilo, mas, de alguma maneira, eu o imaginei em um arranha-céu alto, moderno e luxuoso. Talvez até na cobertura. Andaríamos pelo lobby impressionante de vidro e metal, cumprimentaríamos um guarda uniformizado e seguiríamos direto para o elevador que nos aguardava. Carter colocaria o cartão-chave na abertura do painel do elevador e iríamos diretamente para o último andar sem parar. Ele sorriria para mim no reflexo das portas prateadas e brilhantes, e eu sorriria de volta, com a empolgação correndo em minhas veias enquanto esperava estar na privacidade do lar de Carter. Chegando no topo, as portas se abririam, dando-nos entrada direta para seu apartamento.

Em meu estado de sonho semiconsciente, respirei fundo e me preparei para entrar. Então, meu sonho se transformou em pesadelo. Em pé lá dentro, diante das janelas do teto ao chão da sala de estar rebaixada, havia três aeromoças. Todas estavam nuas da cabeça aos pés, exceto pelos scarpins azul-marinho e pequenos chapéus inclinados para o lado.

Arregalei os olhos. *Oh, Deus.*

Não importava o quanto eu tentasse me lembrar do homem que ficava comigo, do homem que era gentil e atencioso, sem olhar para outra mulher enquanto estávamos juntos, meus medos continuavam insistindo em me assombrar. Será que seria sempre assim se Carter e eu conseguíssemos manter contato? O que aconteceria ao homem com a vontade insaciável de sexo quando eu estivesse grande e gorda, grávida de sete meses e carregando um bebê que não era dele? Ele iria me querer? Será que conseguiríamos fazer dar certo se seguíssemos com meus planos?

Nem tinha percebido que estava chorando até sentir as lágrimas caírem do meu rosto e molharem minha mão. O que eu iria fazer? Como poderia continuar essa jornada com aquele homem e me apaixonar ainda mais? Pior, uma pergunta igualmente difícil: como poderia não fazê-lo?

Milagrosamente, adormeci um pouco depois disso. Acordei com uma mão no meu rosto.

— Ei, linda. Falta pouco menos de uma hora.

Estiquei as mãos acima da cabeça.

— Carter. Por que não está na cabine?

— Precisava ver seu rosto. Estou ficando maluco nas últimas seis horas sabendo que você está aqui sentada pensando sobre o que vai acontecer em seguida entre nós.

Sorri. Ele parecia estar esperando que eu falasse minha decisão, mas ainda não fazia ideia do que iria fazer.

— Desculpe. Ainda não tenho a resposta.

— Tudo bem. Preciso voltar. Mas queria te dizer uma coisa antes de pousarmos, e de você tomar sua decisão.

— O que é?

Ele pegou minha mão.

— Depois que Lucy morreu, decidi que queria estudar para ser piloto. Mas estava com medo de não conseguir. Ia a festas o tempo todo e só zoava, basicamente agindo como um babaca imaturo. Fui aceito no programa de aviação e não sabia o que fazer. Voar era uma grande responsabilidade, e eu duvidava que fosse capaz. Então, fiz o que nunca tinha feito. Peguei os velhos poemas que Lucy havia escrito para mim quando estávamos juntos e os reli. Não sei bem o que estava procurando, ou o que esperava, mas senti que era algo que precisava fazer. Enfim, eu li todos... devia ter uns cinquenta... sem saber o que estava procurando. Não ficou claro até eu ler o último.

— O que dizia?

— Não lembro das palavras exatas, mas o final foi algo assim: *Suas asas já existiam; agora você precisa aprender a voar.* — Carter deu de ombros. — É bobo, mas assumi isso como um sinal. Digo, quais as chances do poema de Lucy ser sobre aprender a voar quando eu estava tentando decidir me tornar um piloto?

— Não acho nada bobo. Realmente acredito que, às vezes, Deus nos direciona a ler sinais para guiar nossas decisões. Eles sempre estão ali, mas Ele nos faz ver coisas em certos momentos da vida. Acho que era isso que eu esperava que acontecesse nesta viagem quando comecei. Encontraria os sinais que me guiariam a fazer a escolha certa.

Carter sorriu.

— Fico feliz que pense assim. Você leu o artigo sobre uma das Kardashians na sua revista de fofoca?

Franzi a testa.

— Acho que li. Algo sobre uma das gêmeas conhecer um rapper?

Ele beijou meus lábios.

— Preciso voltar. Dê outra olhada no artigo. Talvez seja seu sinal.

Confusa, dei risada.

— Ok.

— Te vejo no chão, linda. — Ele se levantou e começou a se afastar quando o chamei.

— Carter?

— Sim?

— Alguma aeromoça mora no seu prédio?

Ele me deu um meio sorriso sexy.

— Definitivamente não.

— Há algum porteiro uniformizado?

— Não.

— Você mora em uma cobertura?

Seu meio sorriso se ampliou para um sorriso completo.

— Nem perto disso.

— Então mulheres nuas usando scarpins não te recebem na sua porta quando chega em casa?

Ele riu.

— Graças a Deus, não. Você não faz ideia de como essa pergunta é engraçada. Se decidir ir para casa comigo, lembre-se do que acabou de perguntar.

— Ok.

Depois que Carter desapareceu de volta na cabine, peguei a revista e folheei as páginas até chegar à história sobre as Kardashian. Curiosa em relação ao que ele pensou que poderia ser um sinal para nós, reli o artigo todo. A história era sobre Kendall, isso era normal, mas era só o que eu conseguia encontrar que poderia ser possível apontar em alguma direção. Ela tinha conhecido um cara novo, isso com certeza não era nenhuma novidade, e o artigo tinha algumas fotos deles se beijando e andando de skate. Aparentemente, eles estavam viajando em Miami, então havia uma leve conexão com a Flórida também. Incapaz de interpretar a mensagem enigmática, pensei em perguntar a Carter sobre isso quando pousássemos. Mas, então, fechei a revista e o *sinal* dele me atingiu como um tapa na cara.

A capa tinha várias perguntas. No topo direito, havia uma foto da Taylor Swift e abaixo lia-se: *Taylor: música é melhor do que sexo*. Dei risada sozinha pensando que nunca na vida *isso* era um sinal que ele queria que eu lesse. Na parte de baixo da capa havia uma foto de Kendall Jenner. As palavras me atingiram intensamente, e eu soube exatamente o que Carter esperava que eu visse como sinal. *Kendall: eu me apaixonei na Flórida.*

Quando pousamos em Dubai, esperei em meu assento até o avião estar quase vazio. Depois que a última pessoa passou, guardei minha revista *Okay* na bolsa e fui até a cabine onde Carter estava parado. Pela primeira vez na vida, ele parecia nervoso. Não era o piloto sorridente, confiante e presunçoso que eu conhecia, substituído por algo que parecia muito com vulnerabilidade.

Não dissemos nada até eu estar diante dele. Então, ele estendeu a mão para mim, hesitante.

— O que me diz, Ousada? Vai comigo para casa?

Mantive uma expressão séria ao ficar na ponta dos pés para quase estar da altura dele.

— Como posso ir contra o conselho de uma Kardashian?

Voar com Carter ao meu lado foi muito mais divertido do que ele ficar na cabine, onde eu não conseguia ver seu rosto lindo. Os voos de Dubai para a Flórida eram compartilhados, o que significava que estávamos em uma companhia parceira e não eram subordinados a Carter, como o harém comum de aeromoças dos voos terrivelmente longos. Passamos quinze horas voando e trocando de aviões, e entre dormir com a cabeça no peito de Carter e brincar de passar a mão debaixo da coberta fina do voo, eu realmente aproveitei cada momento dos voos. Na verdade, eu me sentia revigorada quando saímos do terminal em Miami.

Pegamos um ônibus para o estacionamento e, quando entramos no carro de Carter, percebi o quanto eu ia descobrir sobre o homem ao vê-lo em seu ambiente familiar.

— Este sou eu — Carter disse quando entramos em um Suburban preto enorme. Ele abriu o porta-malas e colocou nossa bagagem dentro, depois, deu a volta até a porta do passageiro, abriu-a e me ajudou a subir e entrar.

Virei e verifiquei o interior enquanto ele dava a volta para o lado do motorista.

— Este carro é enorme. Cabem dois carros do tamanho do meu aqui dentro. Acho que te imaginei um pouco mais esporte com dois bancos do que este ônibus. Mesmo assim, combina com você também.

— Costumava ter exatamente esse. Um Porsche Targa 1972 vermelho. Adorava. Troquei com um amigo no ano passado por este monstro. Ele fez cirurgia nas costas e estava com dificuldade de subir para entrar, e eu precisava de algo maior para carregar toda a tralha.

— Carregar a tralha?

Carter ligou o carro e saiu do estacionamento.

— É. Sempre estou com o carro cheio por um ou outro motivo.

— Quanto tempo demora até sua casa?

— Uma meia hora. É rápido, vai pela estrada na maior parte.

Durante a viagem, verifiquei meus e-mails. Havia um que eu estivera evitando por alguns dias — responder minha mãe. Eu sabia que ela estava meio bêbada quando escreveu aquilo, só pelas frases corridas dela. Minha polida mãe costumava perder sua educação de colégio interno depois de um litro de vodca. Em vez de explicar o que estava realmente fazendo, peguei o caminho mais fácil e respondi dizendo que ainda estava viajando com uma amiga, e entraria em contato em alguns dias.

Após pouco tempo, saímos da rodovia, fizemos algumas curvas rápidas e paramos em uma rua que levava a um condomínio residencial. A entrada tinha uma fonte enorme no meio de uma rotatória e um prédio de recepção. À esquerda e à direita, havia portões de entrada que bloqueavam a passagem do que pareciam centenas de apartamentos em um condomínio muito bem planejado. Carter virou à esquerda e parou para abrir a janela e inserir um código. O portão se abriu lentamente, e passamos por ele.

Uma placa decorativa nos recebeu do outro lado. *Bem-vindo a Silver Shores. Estamos felizes que chegou em casa a salvo.* Um homem idoso usando um macacão cinza estava dirigindo uma motinha com uma cesta na frente e acenou e gritou quando passamos.

— Ei, Cap. Bem-vindo ao lar.

Carter acenou de volta e sorriu.

— Esse é o Ben. Ele foi lixeiro em Nova York por quarenta anos. Ainda usa o macacão todos os dias. Será o mais perto de cara uniformizado que você imaginou que eu tivesse.

Conforme dirigimos mais para dentro do condomínio, olhei em volta. Não era nada do que eu esperava. Embora fosse limpa e bem cuidada, era o exato oposto de um arranha-céu luxuoso. Em vez disso, os prédios eram todos simples com dois andares de apartamentos, bem padrões e normais.

Depois de algumas quadras, viramos à esquerda e estacionamos em uma vaga. Carter sorriu e apontou para uma das unidades no primeiro andar.

— E ali está, aquela seria minha cobertura.

CAPÍTULO 14

Kendall

— Bem-vinda à minha humilde moradia. — Carter abriu os braços quando entramos no apartamento.

Era de um bom tamanho, não muito pequeno, não muito grande. Dois sofás bege macios ficavam no meio de um espaço de conceito aberto. Havia palmeiras do lado de fora da porta de vidro no fundo, que levava a uma pequena área externa.

— Aqui é como um paraíso escondido.

— Não era exatamente o que você estava esperando?

— Sinceramente? Não. Eu estava imaginando algum arranha-céu em South Beach.

— Sei que minha vida é meio doida, mas, quando estou em casa, eu quero paz, basicamente o total oposto do ritmo frenético que levo quando voo.

Meu estômago roncou.

— Nossa... desculpe por isso.

— Está com fome? Vou fazer café da manhã para você.

— Talvez um pouco. É. Seria ótimo.

Carter abriu sua geladeira de aço inox.

— Vamos ver o que temos. Parece que tem alguns potes de comida.

— Não deve estar bom. Você ficou fora por muito tempo.

— Não. Isso foi feito hoje. — Ele apontou para uma etiqueta. — Vê a data?

Alguém tinha colocado uma etiqueta com a data do dia em cima de um pote. Dizia *Quentinha para meu quentinho. Muriel.*

Ele pegou outro pote de vidro. Esse estava com a etiqueta que dizia *Prove. É melhor que o da Muriel.*

Meu coração acelerou.

— O que é isso? Mulheres cozinham para você?

— Minhas vizinhas. Elas têm minha data de retorno no calendário e deixam comida pronta. Têm as chaves da minha casa porque alimentam minha gata e trocam a caixa de areia.

— Você tem uma gata?

— Tenho. O nome dela é Matilda. Ela se esconde quando sente cheiro de pessoa nova. É por isso que não a viu.

— Claro que sua gatinha é fêmea.

— Espero que *minha* gatinha esteja bem diante de mim, porque não tem outra que eu queira. — O olhar em seu rosto estava completamente sério quando disse: — Mal posso esperar para comê-la também.

Tendo que apertar os músculos entre as pernas, pigarreei e mudei de assunto.

— Quem são essas vizinhas?

Balançando a cabeça, ele disse:

— Não é o que está pensando.

— O que é, então?

— Elas são velhas o suficiente para serem suas bisavós, Kendall.

Aliviada, estreitei os olhos.

— Idosas cozinham para você?

— Sim. Elas insistem em me recompensar por ajudá-las de vez em quando.

— Isso é fofo, na verdade.

— Ainda bem que elas fazem isso, porque não sei cozinhar merda nenhuma.

Depois de um café da manhã provando a comida de Muriel e de Irene, me aventurei ao banheiro de Carter para tomar um banho quente.

Quando abri a porta, pulei ao ver Matilda, a gata, chiando para mim. Com as garras de fora, ela nem me deixava entrar.

Gritei para o corredor:

— Carter! Sua gatinha parece possuída. Socorro! Ela não me deixa passar.

— Merda. Já vou!

Olhei para Matilda de novo.

— Calma, gatinha. Não vou te machucar.

Carter apareceu segundos mais tarde.

— Não vi que ela estava aqui. Geralmente, ela se esconde debaixo da cama. É muito possessiva.

Ele pegou a gata cinza gordinha no colo e ela miou.

Matilda era apenas outra mulher de Carter que eu tinha que enfrentar. Meu coração parou quando ele enterrou o rosto em seu pelo, enchendo-a de beijos. Tentei rapidamente esquecer o pensamento rápido de que Carter poderia ser um bom pai algum dia. Me doía pensar nisso por algum motivo. Talvez fosse porque meu instinto ainda me dizia que nosso futuro não estaria entrelaçado.

— Não demore muito no banho. Quero te mostrar o lugar. Temos um grande dia. O primeiro dia de volta sempre é ocupado.

— Por quê?

Ele deu um sorrisinho.

— Você vai ver.

O que ele queria dizer?

Depois que saí do chuveiro, Carter abriu a porta do banheiro e eu, instintivamente, peguei a toalha para me cobrir.

Ele ergueu as mãos.

— Posso?

Sem entender direito com o que estava concordando, simplesmente assenti.

Carter pegou a toalha de mim conforme seus olhos viajaram por meu corpo molhado e nu. Começou a secar gentilmente cada gota da minha pele. Sua mão se demorou na minha virilha conforme ele aproveitou para passar a toalha entre minhas pernas. Era para eu estar me secando, mas, em vez disso, estava ficando molhada quando meu clitóris começou a latejar.

A toalha caiu no chão, mas a mão de Carter permaneceu, me esfregando de um lado para o outro até eu sentir, de repente, o orgasmo começar.

— Goze. Está tudo bem. Goze — ele sussurrou. — Quero olhar seu rosto.

Meus olhos reviraram conforme permiti que meu orgasmo se esvaísse. Foi a vez mais rápida que já tive, mas seriamente intensa.

Quando meus olhos finalmente se abriram, Carter estava apontando para sua virilha, chamando minha atenção para sua ereção.

— Porra. Isso deve ter sido um erro — ele resmungou.

Seu pau estava esticando a calça. Olhei para seu cabelo, que ainda estava bagunçado de brincar com a gata. Ele estava muito sexy. Tive uma vontade intensa de simplesmente me ajoelhar e cuidar dele, mas, antes de fazer qualquer coisa, ele recuou.

— Deus, é simplesmente demais às vezes — ele disse, depois, de repente, saiu do banheiro, me deixando totalmente excitada, embora tivesse acabado de gozar.

Quando saí completamente vestida, Carter não estava mais com a ereção, o que me fez pensar se ele tinha ido ao quarto e se masturbado. O pensamento me deixou com mais tesão.

Depois de tomar banho, ele saiu do banheiro parecendo delicioso com o cabelo molhado penteado para trás, vestindo bermuda e camiseta.

— Pronta para o tour do bairro?

— Claro. — Sorri.

O sol da Flórida estava brilhando alto quando Carter e eu andamos uma quadra até chegarmos a uma fila de uns cinquenta patinetes Segway estacionados ao longo de uma cerca. Ele se abaixou para destravar dois deles.

— O que está havendo?

— Estes patinetes são de todo mundo do bairro. Eles nos dão uma chave que os destrava. É o que a maioria das pessoas usa para se locomover.

Que estranho.

Carter era tão grande que parecia meio ridículo quando subiu em um e começou a andar para demonstrar como funcionava. Ele deu a volta depois de um curto tempo para me ajudar a subir no meu até eu ficar confortável em dirigi-lo.

Fui incapaz de conter o sorriso conforme saímos de patinete. Escutei quando Carter apontou para as características importantes do bairro cercado, como um lago que corria ao longo dele, um pequeno centro comunitário e uma piscina. A área era enorme; estava começando a fazer sentido do porquê as pessoas andavam por aí com patinetes.

Conforme continuamos dirigindo, outra coisa ficou bem clara: não tínhamos visto ninguém abaixo de setenta e cinco anos. Além disso, todo mundo que passou dirigindo patinete por nós tinha cabelo arroxeado ou nenhum cabelo.

— Com certeza há muitos cidadãos idosos nesse seu bairro.

Quase ao mesmo tempo que as palavras saíram da minha boca, Carter quase caiu da Segway. Ele parou e começou a rir histericamente. Não era uma risada normal. Era uma gargalhada.

Ele segurou o estômago ao dizer:

— Eu estava esperando você perceber, Ousada.

— Perceber o quê?

— Você é tão fofa. — Ele saiu do patinete e beijou meu nariz.

— Por que está rindo de mim?

— Você demorou muito.

— Do que está falando?

— Não há apenas *um monte* de cidadãos idosos aqui, Kendall. A maioria é idosa. É um condomínio para idosos ativos acima de sessenta e cinco anos. A maioria dos moradores tem, na verdade, uns setenta e oitenta anos.

Espere.

O quê?

— Que porra você está fazendo morando aqui, então?

— Essa é a pergunta do ano, não é? — Ele me deu um tapinha na bunda. — Vamos. Suba no patinete. Vou te contar uma historinha.

Conforme andávamos, Carter começou a explicar.

— Ok, então, há alguns anos, minha avó faleceu.

— Sinto muito.

— Obrigado. Enfim, meu apartamento, na verdade, era dela. Ela e sua gata Matilda moraram aqui por muitos anos. Depois que ela morreu, fiquei surpreso ao saber que tinha deixado o apartamento para mim em seu testamento.

— Por que você, e não suas irmãs?

— Acho que ela não queria ter que escolher entre elas duas. São muito competitivas. Deixou dinheiro para elas, e o apartamento para mim. Eu tinha toda a intenção de vendê-lo. Mas, quando vim limpá-lo, percebi, a cada dia que passava aqui, que nunca tivera tanta paz na vida. Não importava o que parecia, no que eu trabalhava... não tinha nenhuma mulher da minha idade para me preocupar em estragar tudo. Era como uma fuga e um esconderijo.

— Então, você ficou.

— Fiquei.

— Você é o único jovem aqui?

— Até onde sei, sou. Mas a questão é... mesmo que eu quisesse ir embora agora, me sentiria um pouco culpado.

— Por quê?

— Isso vai soar estranho...

— Estranho? — falei, cheia de sarcasmo. — Não tem nada nessa situação que é estranho!

— Muitas dessas pessoas acabaram dependendo de mim. Na maior parte do tempo, eu vivo uma vida bem egoísta quando estou voando. Mas, quando estou aqui, deixo meu ego no céu. Sabe? Ajudar essas pessoas, independente se for levá-las para fazer coisas na cidade ou carregar alguma coisa... me faz sentir bem.

Então, caiu minha ficha.

— Oh, meu Deus. O Suburban. É por isso que tem um carro tão grande, não é?

— É. — Ele deu risada.

— Você é tipo aquela van que aparece no supermercado carregada de idosos.

— Basicamente, sou, algumas vezes por mês.

— Uau. Acho que tem muitas coisas que eu não sabia sobre você, Carter.

— Tem muito mais que espero te mostrar, baby. Acredite.

— Nem tente agir sexy nessa porra — eu disse quando continuamos a andar.

— Essa seria definitivamente a primeira vez que tento seduzir alguém em uma Segway.

— Enfim, aonde estamos indo?

— Estamos quase lá.

— Onde?

— Na casa do meu pai.

— Seu pai? Pensei que seus pais morassem em Michigan.

— Eles moram.

— Estou confusa.

— Vai entender rapidinho. Lembra do que você me disse em Amsterdã... para entrar na brincadeira?

— Lembro.

— É isso que vou pedir para você fazer.

Carter tinha uma chave para entrar em uma das outras unidades. Um homem que parecia ter oitenta anos estava sentado diante de uma televisão ainda mais velha.

— Já estava na hora, Brucey! A porra dos meus pés estão me matando.

Brucey?

Carter olhou para mim com um sorriso.

— Não me envergonhe na frente da minha amiga, meu velho.

— O que está fazendo com a Michelle Pfeiffer?

— Não é a Michelle Pfeiffer, pai.

— Quem é, então?

— O nome dela é Kendall.

— Ken Doll?

Carter ergueu a voz.

— Kendall... Kendall.

— Que seja. Venha cortar a unha do meu pé.

— Ninguém cortou desde a última vez que vim aqui?

— Quem mais vai cortar? — o homem resmungou.

— Verdade. Onde o senhor colocou o cortador?

— Até parece que eu sei.

— Vai me mandar para uma caça ao tesouro de novo?

— Pegue para mim um pouco de suco de ameixa enquanto está de pé. Estou constipado há dias — ele disse antes de peidar alto.

Oh.

Ok.

— Oh, esse foi molhado! — Carter brincou antes de acenar com a cabeça para eu segui-lo para o corredor.

— Quem é ele, Carter?

Carter falou baixo:

— O nome dele é Gordon Reitman. Era amigo da minha avó. No testamento, ela pediu que eu cuidasse dele. Ele não tem mais ninguém. A esposa o deixou alguns anos antes de a minha avó morrer. Algumas enfermeiras o visitam umas duas vezes por semana, mas não é suficiente.

— Por que ele te chama de Brucey?

— Bruce era o nome do filho dele. Filho único. O garoto morreu em um acidente de carro quando era adolescente. Quando Gordon começou a ficar esquecido, passou a pensar que Bruce ainda estava vivo e que eu era o Bruce adulto. Tentei corrigi-lo uma vez, e ele não acreditou. Ficou agressivo. Então, simplesmente segui o fluxo.

— Ele acha mesmo que você é ele, ou ele apenas *quer* acreditar nisso?

— Acho que ele acredita nisso mesmo agora, sim.

Uau.

Carter procurou em algumas gavetas no banheiro de Gordon e finalmente encontrou a bolsinha de plástico contendo o cortador. Ele também colocou duas luvas de borracha.

— Por que precisa delas para cortar a unha dele?

— Vai descobrir em breve.

De volta à sala de estar, Carter se sentou em um divã diante dos pés de

Gordon, depois tirou as meias dele. As unhas dos pés dele eram amarelas e duras. Ficou totalmente claro por que Carter estava usando luvas.

Enquanto ele começava a cortar as unhas de Gordon, fui até a lareira que tinha algumas fotos de um menininho com boné de beisebol. Havia outra foto do mesmo menino quando era adolescente. Depois, no fim da lareira, havia uma foto de Carter, ajoelhado ao lado de Gordon.

— Ai, puta merda! — Gordon berrou, fazendo-me virar.

— Deixe o pé parado e não fale palavrão na frente da minha garota, pai, ou vou ter que fazer cócega no seu pé. — Carter fez cócega na planta do pé de Gordon rapidinho como um alerta, e o velho soltou uma gargalhada diferente.

— Tem mais de onde essa veio — Carter disse.

— Já era hora de trazer uma garota para casa, filho.

Carter olhou por cima do ombro para mim.

— Bom, essa é especial.

Ele nunca tinha levado uma mulher na casa dele?

— Adorei você em *Grease* — Gordon disse.

Olhei confusa para Carter.

— Humm?

— Aparentemente, ele pensa que você é a Michelle Pfeiffer. Só entre na brincadeira. — Carter guardou o cortador de volta na bolsinha. — Pronto.

Para minha surpresa, Carter começou a passar creme nas mãos e massagear os pés de Gordon. O velho jogou a cabeça para trás na poltrona e fechou os olhos. Começou a gemer em êxtase. Depois de muitos minutos, o gemido se transformou em ronco. Gordon tinha apagado.

Carter se levantou, e eu o segui para o banheiro. De repente, ele se virou e ergueu as mãos cheias de creme, brincando.

— Deixe eu encostar em seu rosto.

— Que nojo! — Dei risada. — Tire essas luvas!

— Vai, você sabe que quer um pouco disso.

— Carter, sério, sem brincadeira. Limpe suas mãos se sonha, um dia, em me tocar de novo.

Ele se aproximou ainda mais, zombando e balançando as sobrancelhas.

— Não tem nada de errado com um pouco de fungo.

— Carter!

— Está bom. Está bom.

Carter tirou as luvas, depois lavou as mãos. Então, virou-se, lentamente me encurralando contra a parede e dando um beijo quente em meus lábios.

Passando os dedos pelo cabelo dele, olhei em seus olhos.

— Sabe, devagar, estou aprendendo a confiar em você, ver a pessoa que é por baixo da fachada de piloto playboy. Mas isto, o que você faz por esse homem... não apenas o negócio do pé, mas permitir que ele sinta que tem alguém da família... realmente me mostra quem você é de verdade. Me lembra muito do quanto eu amava ajudar Wanda, há tantos anos, e me inspira a ser uma pessoa melhor. Você é generoso, Carter.

Ele chegou mais perto.

— Bom, neste momento em particular, estou me sentindo o *oposto* de generoso... bem ganancioso.

— É mesmo?

— Eu já te disse como você é linda, Ousada?

— É, acho que sim.

— Não, realmente *te disse*? Acho que nunca deixei claro o quanto eu te quero, e preciso que saiba disso, antes de tentar ir embora. Sei que me comportei muito bem, mas vou ser sincero. Desde que chegamos na Flórida, está ficando cada vez mais difícil me controlar. Se me dissesse, agora mesmo, que me deixaria te foder neste exato instante, tenho quase certeza de que não conseguiria resistir mais. Então, só estou te avisando, que cheguei a um limite... que meu *pau* chegou ao limite. Preciso te foder, preciso estar dentro de você.

— Aqui? No banheiro desse idoso? Com a dentadura dele praticamente nos encarando da pia?

— Se me dissesse que queria aqui... porra, claro. Eu te foderia bem aqui. Não perderia nem mais um segundo do nosso tempo precioso. Mas, sério, você é quem sabe. Tenho um quarto sobrando. Você vai dormir aqui esta noite, certo?

— Espere. Não entendi. Agora, você está me dizendo que *não* quer dormir comigo?

— Não. Não mais. Não consigo mais dormir ao seu lado com meu pau pressionado na sua bunda, a menos que me deixe entrar. Não consigo mais suportar.

— Ok. Entendo.

— E, já que estou sendo sincero com você, vou falar mais uma coisa, porque as coisas podem ficar meio malucas à noite, e eu posso não ter a chance.

— Certo...

— Só temos alguns dias aqui. Sei que você tem que passar um pouco desse tempo decidindo o que fazer. Sinto que, no mínimo, viramos bons amigos. Então, como seu amigo, preciso te avisar que acho que estaria cometendo um enorme erro seguindo com a inseminação artificial na Alemanha.

— Ok, me diga por quê.

— Tem dinheiro pra caralho em jogo. Entendo. Mas dinheiro não é tudo, Kendall. Algum dia, quando o pânico desse prazo passar, você vai olhar para trás e se arrepender de ter desistido do seu lindo bebê. E, acredite, esse bebê *vai* ser precioso, se vai sair de você. Não pode brincar com a vida humana. Sem contar que dinheiro não consegue realmente te fazer feliz. Acho que sua infância é prova disso. Podem não ser milhões, mas esses são meus dois centavos de opinião. Trocadilho intencional.

Apenas encarei os olhos dele, absorvendo suas palavras, depois perguntei:

— O que te faz feliz?

— Você — ele disse sem hesitar. — Você é a única coisa que me faz feliz em um bom tempo. E não quero nem imaginar perder essa sensação.

— Obrigada. Me sinto igual, e vou levar em conta sua opinião sobre tudo. Acredite, escutei em alto e bom som.

Carter soltou a respiração e olhou para seu celular.

— É melhor sairmos daqui antes que ele acorde e me faça lavar a bunda dele.

— O quê? Isso já aconteceu?

— Ele tem problema nas costas... tem dificuldade de alcançar atrás. Voltarei amanhã para ver como ele está.

— Deus, você é um santo.

— Não. Só estou fazendo o que qualquer bom filho faria. — Ele deu uma piscadinha.

— Você disse que teríamos uma noite turbulenta. Vai acontecer alguma coisa hoje?

Ele pareceu se divertir demais para o meu gosto.

— Vou deixar você adivinhar, mas, antes de pensar, só se lembre de onde está.

— Me dê uma dica.

— Começa com B.

— Boquete?

— Porra. Por que tinha que falar isso? Agora vou andar de patinete com uma ereção.

Me concentrei e repeti para mim mesma:

— Onde estamos... onde estamos... já sei! Bocha!

— Bom palpite, mas não. Vou te dar outra dica. Talvez tenha sorte esta noite.

Dei risada.

— Ball gag[6].

— Bingo!

— É isso? Acertei? Ball gag?

— Não, Ousada. *Bingo*. Essa é a resposta. É noite de bingo.

---

6   Mordaça que é usada em sexo de BDSM. (N.T.)

CAPÍTULO 15

Kendall

— Pode entrar! — gritei por cima do ombro enquanto estava em pé diante do espelho no quarto de hóspedes terminando de amarrar o cabelo em um rabo.

A porta se entreabriu.

— Pode entrar? *Caralho*. Precisa parar de falar besteira para mim quando estamos prestes a sair e estar à frente de centenas de cidadãos idosos.

Dei risada.

— *Pode entrar* não é besteira. Seu cérebro que é sujo, Carter.

Ele entrou e ficou atrás de mim, falando para o meu reflexo.

— Acho que deveria evitar usar certas palavras esta noite, tipo *termine* e talvez algumas outras.

— Quais seriam as outras?

— De cabeça assim? Sugue, chupe, massageie, buraco, cavalgada, incline, engula, dentro, carne, bola, mastigue, prove, arrebente, lamba, puxe, arranque, quente, calor, molhado, morda, latejante, bata, cereja, caixa, coma, desejo, carinho, empurre, aperte, forte, bagunça, chumbar, enfiar e encher.

Ergui as sobrancelhas.

— *Tudo isso* estava na sua cabeça?

Carter olhou para baixo e resmungou.

— *Porra*. Melhor adicionar *cabeça* à lista também.

— Acho que você ficou louco. — Terminando com o cabelo, virei para encará-lo. Como ele estava atrás de mim no espelho, eu não tinha reparado no que ele estava vestindo. — Está de uniforme? Para o bingo?

O Carter convencido pareceu ruborizar.

— As mulheres pedem para eu usar.

Cobri a boca e dei risada.

— Oh, meu Deus. Você é uma fantasia das senhoras.

— Cala a boca. — Carter ficou com vergonha. Era a primeira vez que o via ser modesto com sua aparência, então não consegui não provocá-lo. — Você é o prêmio do bingo delas.

— Menos, Ousada.

— O prêmio atrativo.

Ele balançou a cabeça, mas consegui ver os cantos de sua boca se curvarem.

— Você é o PILF delas.

— PILF?

— Piloto com quem gostaria de transar. Como em MILF[7], mas com um piloto gostoso.

Carter segurou meu rabo de cavalo.

— Continue falando, boca grande. Toda vez que me zoar, vou te zoar de volta. — Ele deu um puxão forte no meu cabelo, expondo meu pescoço para ele. Então continuou a se inclinar e lentamente lambeu da minha escápula até a orelha. Quando um miado baixo saiu dos meus lábios, ele sussurrou em meu ouvido. — Você vai ter que trancar a porta se decidir dormir aqui.

Meus lábios ainda estavam inchados quando chegamos ao bingo dez minutos atrasados. O lugar explodiu de alegria quando Carter foi até a frente do espaço. Alguns homens se aproximaram para cumprimentá-lo, batendo nas costas dele e apertando as mãos. As mulheres faziam barulho nos assentos. Era a coisa mais maluca que eu já tinha testemunhado. Carter era uma estrela do rock... para um grupo de idosos em um condomínio de aposentados.

Assisti me divertindo do fundo da sala até uma idosa me abordar.

— Você deve ser Kendall.

---

7 "Mãe com quem gostaria de transar." Gíria usada para quando há uma mulher mais velha, com filhos normalmente, que ainda é atraente e desejo dos homens. (N.T.)

— Sou. Como sabia?

— Carter me mandou mensagem mais cedo pedindo para cuidar da garota dele esta noite. E... bom... — Ela olhou em volta. — Você foi a única que não precisou de sutiã para segurar o peito para caminhar pelo salão de bingo.

Sorri, e ela me ofereceu o braço.

— Venha. Sou Muriel. Guardei um lugar para você entre mim e Bertha.

Muriel e Bertha tinham, cada uma, no mínimo, uma dúzia de cartelas de bingo espalhadas diante delas. Ambas também haviam arrumado a mesa com itens pessoais. Muriel tinha um pequeno porta-retratos com uma foto de três criancinhas, uma garrafa de água, três canetinhas de cores diferentes e um pequeno recipiente de vidro com balinhas. Quando me viu olhando, ergueu a foto.

— Estes são Seth, Rachel e Emma. Filhos do meu filho. Ele se casou com uma vadia de salto, mas ela me deu a dádiva dos netos, então a tolero.

— São lindos.

— Obrigada. Você e Carter querem ter filhos um dia?

Meu coração afundou com a simples menção de mim e um bebê.

— Não sei. Não nos conhecemos há muito tempo.

Bertha se inclinou e se intrometeu:

— Eu teria filhos dele, se pudesse. Imagine mini pilotos com queixo com covinhas.

Muriel sussurrou para mim.

— Ignore-a. Ela bebeu antes de vir ao bingo. Não reclamamos porque isso dificulta que ela marque os números certos, o que significa mais chance para o resto de nós vencer.

Bertha berrou.

— Estou ouvindo, sabia?

Muriel deu de ombros e gesticulou como se não tivesse importância. Bertha tinha uma fileira de quatro 7-Ups na mesa e me ofereceu uma.

— Quer uma, Barbie? Na garrafa de água tem Seagram para misturar. Preciso disfarçar porque alguns dos membros conservadores do conselho decidiram que a noite do bingo deve ser sem álcool.

Muriel riu em silêncio.

— Conte *por que* eles criaram essa regra, Bertha.

Bertha bebeu de seu copo vermelho.

— Minha calça estava apertada. Eu abri enquanto estava aqui sentada e esqueci de fechar antes de levantar. As pessoas aqui agem como se nunca tivessem visto uma bundinha.

Muriel complementou:

— Primeiro, não é uma bundinha desde 1953. E, segundo, ela está deixando de fora a parte em que tentou andar com a calça abaixada até o tornozelo, tropeçou e caiu, e levou o sr. Barthman junto. Ele quebrou dois dentes na queda.

— Era uma dentadura, não dentes de verdade.

Muriel e Bertha continuaram a brigar comigo no meio, ambas se inclinando para gritar em uma orelha diferente. Quando olhei para cima, Carter estava olhando da frente da sala e dando risada. Ele ergueu um dedo, depois ligou o microfone e deu um tapinha nele antes de falar.

— Como estão minhas Lindas do Bingo esta noite?

As mulheres em volta gritaram e torceram.

— Estão todas prontas? Vamos começar esta noite com um favorito que eu gostaria de dedicar para minha convidada aqui comigo esta noite. O primeiro jogo será em linha horizontal. É só marcar cinco números na cartela para ganhar. — Ele olhou diretamente para mim ao continuar e deu uma piscadinha. — Em qualquer sentido que marcar horizontalmente vai ganhar um prêmio meu.

Revirei os olhos. Bertha me deu uma de suas cartelas, uma canetinha e deslizou um de seus duendes bizarros, com cabelo bagunçado, me desejando sorte antes de o jogo começar.

Carter ficou à frente da sala atrás de uma mesa dobrável que tinha uma bola de arame cheia de bolinhas brancas dentro. Ele girou uma alavanca, fazendo as bolinhas rodarem. Quando parou de rodar, tirou a primeira bola.

— Hoje vamos começar com um patinho.

A sala ficou quieta, e todo mundo pegou suas canetinhas e começou a marcar. Eu não fazia ideia do que estava havendo, mas Muriel parecia estar marcando o número dois. Quando ela viu que eu estava confusa, explicou.

— Um patinho... é um termo do bingo, quer dizer o número dois. O dois parece um pato.

Não tinha o número dois na minha cartela, mas vi Carter observar a sala toda. Ele estava se certificando de dar tempo para todos marcarem suas dúzias de cartelas. Em certo momento, ele empurrou a alavanca de novo. Desta vez, quando tirou a bola, ele disse "vovozinha fez polenta" no microfone.

Muriel traduziu de novo.

— G60. Polenta rima com sessenta.

De novo, todos marcaram suas cartelas. Parecia que eu era a única que precisava de um dicionário de bingo. Enquanto todos estavam ocupados verificando suas cartelas, Carter começou a cantarolar no microfone. Reconheci o ritmo, mas não consegui identificar.

Alguns números depois, Carter olhou para a bolinha e piscou para mim:

— Dos dois lados. Um preferido meu.

Não precisei que Muriel traduzisse que Carter tinha acabado de cantar o número 069. Ao longo da noite, ele continuou a cantarolar a mesma música. Inicialmente, presumi que fosse dos Beatles, mas depois, quando ele começou a cantar a primeira frase sobre saber quando jogar as cartas, reconheci como sendo *The Gambler*, de Kenny Rogers.

Curiosa, perguntei a Muriel.

— Ele canta músicas dos Beatles quando está lá em cima?

— Costumava cantar. Até o levarmos ao show de Kenny Rogers no aniversário dele.

— Vocês o levaram para ver Kenny Rogers?

— Levamos. A maioria de nós não comemorava aniversário mais até Carter se mudar para cá. Mas, agora, esperamos ansiosos pelo dia. No aniversário dele, nos intrometemos e lhe apresentamos algo da nossa geração. Em nosso aniversário, ele nos surpreende com algo da dele.

Estava impressionada com o quanto Carter era profundamente conectado àquelas pessoas.

— O que ele deu para você no seu aniversário? — perguntei a Muriel.

Seus olhos se iluminaram, e ela se virou, erguendo o pé para mostrar o sapato.

— Reebok Pumps. Minhas costas estavam me matando quando eu saía para minha caminhada diária. Foi só colocar esse tênis maluco que ele me deu... que não tenho mais dor nas costas.

— Eu nem sabia que ainda vendiam.

No fim da noite, percebi que tinha me divertido. Muriel escrevera a receita da comida preferida de Carter, e Bertha, que estava quase derrubada, me contou dúzias de piadas sujas sobre pilotos. Ali estava eu, sentada em um salão de bingo cheio de pessoas da mesma idade que meus avós, e não queria estar em outro lugar. Foi naquele instante, enquanto assistia de longe Carter arrumar tudo e conversar com alguns dos outros residentes, que percebi o quanto tinha me apaixonado. Muriel me viu em reflexão profunda.

— Confusa com o homem?

Suspirei.

— Como sabia?

— Conheço esse olhar. Aconteceu isso com meu Connor. Eu o conheci aos dezoito, e ele me assustava demais. Quase conseguia, literalmente, convencer minha calça a sair com a força do pensamento. Tinha aquele jeito dele, como Carter tem. Tentei ficar longe. Não ajudava o fato de ele ser lindo e um policial que era bruto também.

Sorri.

— Você disse *meu Connor*. Acho que eventualmente parou de fugir dele?

Ela ficou triste.

— Parei. Mas, infelizmente para mim, só parei com quase trinta e cinco anos.

— O que aconteceu?

— Eu tinha dezoito, e ele, vinte e cinco. Eu era judia do leste, e ele era irlandês cujos pais tinham acabado de chegar aqui. Meu coração dizia sim, mas meu cérebro dizia não. Assim como meu pai. Cometi o erro de escutar meu cérebro, em vez de o meu coração. Em certo momento, eu corri para um lado. Ele correu para o outro. Perdi quase vinte anos com o amor da minha vida até nos encontrarmos de novo.

— Uau. Ele está... ele... mora com você?

— Morreu em 1982. Uma batida policial aleatória que deu errado quando ele parou um homem que tinha um caminhão cheio de armas. Atirou nele à queima-roupa e me deixou viúva aos trinta e sete. Descobri que estava grávida do meu filho alguns dias depois do funeral.

Apertei o peito.

— Oh, meu Deus. Sinto muito.

Ela assentiu.

— Obrigada. Mas não te contei minha história triste para te deixar chateada. Te contei para lembrar que sua vida é curta. Metade das pessoas do mundo vai te dizer para seguir sua mente, metade vai te dizer para seguir seu coração. Meu conselho é seguir aquele que não está confuso. O mais forte vai, em certo momento, convencer o outro a entrar na linha.

Carter se aproximou com um homem de cadeira de rodas.

— Está pronta? Só preciso ajudar o sr. Hank a entrar no carro na saída.

Agradeci a Muriel, abraçando-a.

— Obrigada. Por tudo.

Ela entendeu o que eu estava dizendo.

— Por nada, querida. Cuide bem do seu Capitão, e vou tentar fazer Bertha não bater na sua porta às sete amanhã usando aquele robe minúsculo que ela pensa que vai seduzir um jovem piloto.

Carter deu um beijo na bochecha dela.

— Boa noite, Muriel.

Depois que todo mundo saiu do salão de bingo, Carter o trancou com uma chave de seu chaveiro e voltamos para a casa dele. Ele deu a mão para mim enquanto caminhávamos.

— Posso te fazer uma pergunta? — eu disse.

— Qualquer coisa.

— Como conhece todos esses termos do bingo? Aquele O-oitenta e três ser hora do chá ou o I-vinte e três ser tu e eu?

— Eles me disseram alguns. Eu vi que eles ficavam mais animados quando eu falava a linguagem. Então pesquisei mais na internet e decorei os termos e alguns jogos. — Carter deu de ombros. — Longas horas de ócio para aprender coisas novas em voos para o exterior. — Ele deu risada. — Embora ache que meu copiloto pensou que eu estivesse enlouquecendo quando o fiz me perguntar tudo a viagem inteira da Alemanha para Nova York.

— Não sei o que pensar de você, Carter. Em um minuto, está safado falando coisas no meu ouvido e, no outro, está me levando a um bingo.

— Não exatamente o encontro com que está acostumada, eu acho.

— Definitivamente não.

— Amanhã à noite, vou te levar em um encontro de verdade. Só você e eu em algum restaurante chique.

Parei na calçada.

— Não quis dizer isso. Esse deve ter sido o melhor encontro em que já estive.

— Sério?

Assenti.

— O objetivo de ir a encontros é conhecer a outra pessoa. É triste, mas não acho que te conhecia até esta noite. Vou ser sincera, encontros, para mim, sempre foram para ver em que restaurante o cara iria me levar. Julgava homens baseada no quanto gastavam e que roupa vestiam. O sobrenome deles importava mais para mim do que como tratavam as pessoas que não tinham o mesmo nome. Mas vendo você lá hoje, tive uma epifania.

— Uma epifania, é?

Ainda estávamos parados na calçada, de mãos dadas. Estiquei o braço e peguei a outra mão de Carter. Respirando fundo, no meio de um condomínio de aposentados, resolvi que era o momento da verdade.

— Sou louca por você, Carter Clynes. Preferiria estar com você em um bingo sentada entre Bertha e Muriel enquanto elas discutem, do que em um restaurante cinco estrelas com um descendente dos Rockefeller. Você canta Kenny Rogers porque sabe que eles amam, corta a unha do seu pai falso, e compra tênis para mulheres para ajudá-las com as costas doloridas. — Dei um passo para perto de Carter e abracei seu pescoço. Respirando fundo mais uma vez, falei diretamente para seus olhos. — Sou louca por você, Carter. Não há outro lugar em que eu queria estar além de ao seu lado, onde quer que isso possa me levar.

Carter apoiou a testa na minha e fechou os olhos. Ficou em silêncio por um instante antes de falar.

— Ousada, não faz ideia do quanto significa ouvir você dizer isso. Sinto o mesmo, talvez mais ainda. Não tenho todas as respostas, mas quero ser quem te ajuda a encontrá-las.

Escorreram lágrimas por meu rosto.

— Estou feliz, Carter. Feliz pra caramba. E aterrorizada ao mesmo tempo.

Ele limpou minhas lágrimas com os polegares.

— Eu também, linda. Eu também.

Só então, um carro vermelho diminuiu a velocidade e parou, e a janela se abriu.

— Precisa de uma carona, Cap?

Carter ergueu a mão.

— Estou bem, George. Mas obrigado.

O idoso acenou de volta.

— Pareço mais jovem aqui, não pareço? As mulheres amam meu carro.

— Está ótimo, George. Acabe com elas, meu velho. Mas cuidado com o quadril.

O carro se afastou devagar, depois caiu minha ficha.

— Aquilo era, por acaso... um Targa?

— Era.

— É seu carro, não é? O carro que trocou com um amigo que fez cirurgia?

— Ele precisa dele mais do que eu, de qualquer forma. — Carter jogou o braço em volta do meu ombro, e começamos a andar de novo. — Aparentemente, não preciso do carro. Posso pegar gatinhas gostosas loiras em um bingo.

CAPÍTULO 16

Carter

Era uma noite típica da Flórida, ventando com um chuvisco. Mas não tinha nada de típico na lua naquela noite; estava espetacular — mágica até. Não tinha nada típico na forma como estava me sentindo, como se meu coração estivesse prestes a sair do peito; como se estivesse entrando em um território no qual nunca tinha me aventurado antes com Kendall. Como se algo grande fosse acontecer.

A mulher por quem eu era louco tinha acabado de me olhar com lágrimas nos olhos e me contar que também estava apaixonada por mim. Nunca queria que essa sensação acabasse, nunca queria que aquela noite terminasse. Eu estava nas nuvens. Porra... Estava em uma tempestade.

O tempo inteiro no bingo não conseguia tirar os olhos da minha garota, e mal podia esperar para ficar sozinho de novo com ela.

Conforme Kendall e eu continuávamos a andar de mãos dadas de volta para meu apartamento, intencionalmente andei um pouco atrás dela, sem conseguir resistir a não olhar a forma como o tecido fino de seda de seu vestido grudava na fenda de sua bunda linda. Me sentia o homem mais sortudo do mundo por levá-la para casa.

Ajustando a calça para combater a ereção quase dolorosa, olhei para o lago ao longe. Já que era praticamente hora de dormir naquela área, eu sabia que o teríamos inteiro para nós. Meus vizinhos mal se aventuravam pelo lago nem de dia.

Precisando prolongar a noite, perguntei:

— Quer entrar no lago? Nadar?

Entrar.

Lá estava minha mente suja de novo. Simplesmente não conseguia parar.

— Não trouxe biquíni. Este vestido é o único limpo e seco. Não posso molhar.

Molhar.

Porra.

Ergui a sobrancelha.

— Estava pensando em nadar sem roupa, na verdade.

— Oh... *esse* tipo de nado. — Ela mordeu o lábio inferior e sorriu. — Claro, Capitão. Topo qualquer coisa esta noite.

Qualquer coisa.

Kendall deu um gritinho quando eu, de repente, a peguei no colo e corri até o lago com ela abraçada ao meu pescoço. Incapaz de me lembrar da última vez em que estive tão excitado, me senti um adolescente. Também não conseguia me lembrar da última vez em que me senti tão *feliz*. Talvez fosse algum dia antes de Lucy morrer. Tudo que eu sabia era que não estava enganado com o quanto Kendall estava me fazendo feliz naquela noite.

Quando a coloquei no chão de novo, ela olhou para mim. Eu ainda estava usando meu uniforme de piloto. Ela observou cada movimento das minhas mãos conforme eu, lentamente, desabotoei a camisa e a joguei no gramado. Estávamos longe o suficiente da casa mais próxima e eu sabia que ninguém nos flagraria nus àquela hora. Eu não estava me contendo.

Após tirar o cinto da calça, abri o zíper dela e a tirei, depois coloquei as mãos na cintura enquanto a observei me secar com os olhos.

Suas pálpebras estavam pesadas, cheias de desejo enquanto ela olhava para o meu pau duro que estava praticamente explodindo na cueca boxer. Eu gostava pra caralho do jeito que ela estava me olhando. Só me deixou mais excitado. Sem nem tentar esconder meu tesão, queria que ela visse o que estava causando em mim.

— Presumo que saiba nadar, Ousada.

Enfim, ela olhou para cima e encontrou o meu olhar.

— Sei. Nado de costas é meu forte.

Forte.

Caralho.

Meu pau pulsou.

Andando lentamente até ela, eu disse:

— Bater uma é meu forte.

Ela pigarreou.

— Ou bater uma *em si mesmo* é seu forte?

Envolvi a cintura dela com os braços.

— É... isso.

— Aposto que é. E seu nado de peito é forte? — ela murmurou, claramente afetada por meu toque.

Beijando seu pescoço e acima dos seios, perguntei:

— O que tem a ver?

— Gostaria de bater uma forte entre meus seios, Carter?

Puta que pariu.

Meu pau estava latejando agora.

— Sonho em gozar nesses peitos lindos e ousados desde o lounge do aeroporto. Você está me matando, safadinha. Estou me afogando, e nem chegamos perto da água ainda.

— Não se preocupe. Se você se afogar, sei fazer boca a boca.

Ela sorriu contra meus lábios.

Puxando a alça do vestido dela, perguntei:

— Podemos tirar isto?

Ela assentiu em silêncio. Ergui seu vestido por cima da cabeça, depois abri seu sutiã na frente, deixando-o cair. Não consegui resistir a pegar o mamilo com a boca e puxá-lo bem delicadamente com os dentes. Soltei um gemido não intencional, começando a sentir que iria me desmanchar.

Quando segurei sua calcinha e, lentamente, empurrei-a para baixo por suas pernas, reparei no quanto ela estava molhada. Aquilo provava que nossa conversinha safada a tinha afetado tanto quanto a mim.

Estava um ar friozinho e, quando ela estremeceu, um desejo enorme de aquecê-la me incentivou a puxar seu corpo nu para o meu. As coisas saíram do controle bem rápido a partir daí.

Quando duas pessoas estão conectadas da maneira como Kendall e eu estávamos, não precisava dizer nada. Suas unhas cravaram em minhas costas. Seu coração estava batendo contra mim. Com cada fibra do seu ser, ela me dizia que estava pronta para se render à enorme atração que existia desde a primeira vez em que nos vimos no aeroporto. Não havia nenhuma resistência entre nós.

Logo ali, sob a lua magnífica, eu sabia, em minhas entranhas, que nem conseguiríamos chegar até a água. Eu a tomaria ali mesmo, no que tecnicamente era a beira do lago em uma propriedade particular.

Segurando seu rosto com as duas mãos, beijei-a com tudo em mim conforme ela passava os dedos em meu cabelo. Caímos no gramado úmido enquanto eu deitei sobre ela com todo o meu peso, cobrindo seu corpo com o meu.

Através do tecido da minha boxer, roçava desesperadamente meu pau em seu clitóris repetidamente conforme ela se contorcia debaixo de mim. Ela estava encharcando minha cueca com seu calor, e o desejo de sentir aquela boceta molhada que envolvia meu pau era insuportável. Ficamos roçando um no outro como dois adolescentes desesperados. Ela empurrava os quadris. Sem usar palavras, ela estava me implorando por mais.

Interrompi nosso beijo, apenas o suficiente para dizer:

— Não consigo mais segurar, Kendall. Continue assim que eu vou gozar em você inteira quando entrar em você.

— Pode entrar em mim, então.

— Sério, me diga para parar. Do contrário, estou prestes a te foder no gramado de algum velho.

Ela respondeu me puxando e envolvendo as pernas em mim enquanto tentava baixar minha cueca.

Freneticamente, estiquei as mãos em busca da minha calça. Tinha guardado uma única camisinha no bolso de trás, que carregava há um tempo. Nunca soube muito bem se a usaria em algum dado momento com ela; precisava estar preparado, e ainda bem que tinha lembrado de levar comigo naquela noite. Aquela camisinha havia nos seguido desde o Rio.

Me atrapalhei com o pacotinho; nunca abrira tão rápido na vida. Desenrolando-a por meu pau, só de pensar no que estava prestes a sentir pela primeira vez era o bastante para me fazer explodir antes até de ter começado.

Me afundar nela foi eufórico. Sua boceta apertada se esticou para mim com cada centímetro que tinha conforme eu entrava nela. Incapaz de resistir, eu a fodi em um ritmo desesperado. Foi o sexo mais primitivo e espontâneo que já fiz. Foi desesperado, em parte, porque, mesmo que eu estivesse deitado nu na grama, dentro dela, ainda não fazia ideia se iria perdê-la em questão de dias.

Isso me aterrorizava.

Pensar nisso me fez fodê-la ainda mais forte e possessivamente.

— Abra mais as pernas.

Ela obedeceu conforme segurava minha bunda a fim de me ajudar a controlar os movimentos. Éramos como dois animais no cio, acasalando na noite silenciosa. Pensei em todos os aviões pequenos que voam baixo por ali. Se fosse de dia, a vista que eles teriam de cima seria minha bunda nua empurrando em Kendall no meio do que era basicamente o quintal de alguém.

Eu precisava muito gozar, mas só tinha uma camisinha e tinha que fazer aquela durar porque a caminhada até em casa era longa demais. Estava silêncio, exceto pelo som da nossa respiração, nossos corpos se juntando, minhas bolas batendo na bunda dela e a umidade conforme eu entrava e saía. Era uma sobrecarga sexual sensorial, e eu estava me afogando nisso — me afogando nela.

Kendall era menor do que eu estava acostumado, tanto que me preocupei de a estar machucando. Era um desafio fodê-la do jeito que eu queria, com todo o meu peso em cima dela. Ela me surpreendeu quando, de repente, se afastou e se virou, empinando a bunda linda pra caralho para cima. Ela queria que eu a pegasse por trás. Era como se tivesse lido minha mente.

Puxando seu cabelo loiro, saboreei a sensação de entrar nela de novo. A visão daquela bunda dura conforme eu estocava nela era demais para suportar. Em segundos, inesperadamente, comecei a lançar meu orgasmo massivo.

— Porra, Kendall. Vou gozar. Deus... isso é muito... — Minhas palavras sumiram conforme perdi a capacidade de falar.

— Eu também — ela disse enquanto batia a bunda em mim várias vezes, me ordenhando totalmente.

Pareceu um orgasmo eterno — um final adequado para dias e dias de preliminar física e mental. Meu corpo tremeu até a última gota ter saído na camisinha.

Eu quis mais imediatamente.

Depois de tirar com cuidado, virei-a para me encarar. Ficamos nos beijando no gramado enquanto ela esfregava sua boceta molhada no meu abdome. Estava me enlouquecendo.

— Estou duro como uma rocha de novo, baby. Preciso sair de cima de você, do contrário, vou acabar dentro de você de novo, e não tenho mais nada comigo. Precisamos voltar para a minha casa agora.

— Ok. — Ela me beijou mais forte, me fazendo cair sobre ela de novo.

— Lembra daquele jantar que era para irmos amanhã à noite?

— Lembro. — Ela sorriu.

— Acho que precisamos pedir comida, porque acho que não vou conseguir manter as mãos longe de você por bastante tempo em público. Tudo bem?

— Parece um bom plano.

Me obrigando a sair de cima dela, eu disse:

— Vamos sair daqui.

— Só preciso me lavar bem rápido no lago.

Ela foi na minha frente, e eu corri para alcançá-la. Acabamos fazendo umas gracinhas na água por muitos minutos. Eu a ergui, joguei-a no lago, girei-a e nos beijamos de novo. Eu estivera em muitos lugares como piloto, viajei o mundo todo, mas nada tinha sido mais espetacular do que aquela noite com Kendall no lago.

Algumas luzes ao longe nos fizeram parar. Abaixamos na água e seguramos um no outro enquanto nos beijávamos até o que quer que fosse passasse. Não consegui ver se era um carro ou alguém andando com uma lanterna. Seria bem típico da minha sorte me meter em alguma encrenca que estragaria o que era literalmente a melhor noite da minha vida. Não poderia deixar isso acontecer.

— Está pronta, linda?

— Estou. Me leve para casa, Capitão.

Quando voltamos, Kendall colocou o vestido, enquanto eu procurava minha calça.

— Cadê a porra da minha calça?

Ela apertou o cabelo para sair o excesso de água.

— Não está achando?

— Não. Sumiu. Minha cueca também.

— Isso é algum tipo de brincadeira? Tem algo a ver com aquelas luzes que vimos?

— Alguém, aparentemente, pensou que seria divertido pegar só as minhas roupas.

Kendall cobriu a boca.

— Ah, meu Deus. Não quero rir, mas isso é loucura. Quer que eu volte até sua casa e te traga uma calça?

— Seria ótimo, exceto pelo fato de que a chave da minha casa estava dentro da minha calça!

— Merda. — Ela jogou a calcinha para mim. — Pegue.

— O que está fazendo?

— Vista.

— Essa coisinha não vai cobrir metade das minhas coisas.

— É melhor do que nada.

Massageando as têmporas, tentei pensar. Minha casa ficava a mais de dois quilômetros.

— Vamos correr para a casa do Gordon. Comparada à minha casa, é bem perto daqui, virando a esquina. Provavelmente, ele está dormindo, mas tem uma chave no vaso do lado de fora da porta. Vou entrar lá e pegar uma calça.

Kendall e eu não conseguimos parar de rir enquanto corríamos. Com uma das mãos segurando a dela e a outra cobrindo a bunda, finalmente chegamos à porta de Gordon. Ela me esperou do lado de fora.

Gordon estava roncando quando entrei em seu quarto. A porta do armário fez barulho quando a abri, fazendo-o acordar assustado.

— Pai — sussurrei. — Sou eu. Está tudo bem.

— Brucey?

— É.

— O que está fazendo aqui?

— Preciso pegar uma calça emprestada.

— Em que tipo de encrenca se meteu?

— Estava nadando pelado com uma garota, e alguém roubou minha calça.

— Michelle Pfeiffer?

— É. — Sorri no escuro.

— Ah, menino. — Então, simplesmente virou e começou a roncar de novo.

Prendendo a calça larga de Gordon com um cinto, voltei para fora para me reunir com Kendall. Não conseguimos parar de rir enquanto voltávamos para a minha casa. A calça ficava larga, mas ridiculamente curta em mim.

Depois de entrar por uma janela, carreguei Kendall até meu quarto e, sem nem colocá-la no chão, peguei uma camisinha na gaveta.

— Por favor, me diga que vai tirar essa calça.

Dei risada contra a boca dela e assenti conforme abri, deixando a calça gigante de Gordon cair no chão. Rasguei o pacotinho de camisinha com os dentes e, de alguma forma, consegui colocá-la sem pôr Kendall no chão. Arfei quando me enterrei nela. Ela já estava completamente molhada.

— Porra. Nunca vou conseguir te deixar ir agora, Ousada. Sabe disso, certo? Isso é muito bom. Bom demais. — Eu já estava viciado, e não tinha como pensar em não ter mais isso na minha vida... em não *tê-la* em minha vida.

— Carter... — ela gemeu.

Estoquei nela.

— Kendall.

De novo.

— Kendall.

De novo.

— Caralho, Kendall. Como vou pilotar um avião de novo quando tudo que quero é fazer *isso* pelo resto da vida?

De repente, ela começou a ter espasmos em volta do meu pau, e imediatamente reagi. As costas dela bateram na porta conforme eu entrava e saía, ainda precisando de mais quando não havia mais nada para dar.

Gotas de suor estavam escorrendo da gente. Contra seu corpo vacilante, eu disse:

— Sinto que fiquei louco por você. Nunca me senti assim por ninguém. Não sei o que o amanhã nos trará. Nem sei onde está a porra da minha calça! Tudo que sei é que não posso te deixar ir embora, baby. — Eu a segurei firme. — Não consigo te deixar ir embora.

Meu coração estava batendo mais rápido do que nunca depois do sexo. Eu sabia que era porque, pela primeira vez na vida, não era *apenas* sexo; era muito mais.

CAPÍTULO 17

Kendall

O cheiro de bacon flutuou no ar. Enrolando o lençol em meu corpo nu, segui meu olfato para a cozinha. Parei na porta para analisar a cena diante de mim. Carter estava totalmente nu, sua bunda dura balançando de um lado a outro enquanto estava à frente do fogão fritando bacon e cantando Beatles, *I got a woman*, junto com o rádio. Era uma visão seriamente esplêndida. O epítome do magnetismo de Carter Clynes estava totalmente à mostra — maravilhoso, confiante, brincalhão, adorável, um pouco louco e bastante mágico.

Quando ele me viu apoiada na porta, senti seu sorriso dentro do meu peito. Meu coração inchou ao observá-lo andando até mim, pegando minha mão e colocando a outra nas minhas costas. Carter me puxou para perto e me guiou com uma mão forte enquanto dançamos juntos lentamente.

Ele cantou as palavras da música com a boca na minha orelha.

I got a woman.

I got a woman.

Foi um daqueles momentos lindos na vida que parecem um sonho. Eu queria que durasse para sempre. Queria que *nós* durássemos para sempre.

A música acabou, e Carter pressionou os lábios na minha testa.

— Bom dia, linda.

Deus, não era possível ter um jeito melhor de começar o dia, era?

— Há quanto tempo está acordado? — perguntei.

— Não muito. Talvez uma meia hora.

A fumaça estava saindo da frigideira atrás dele.

— Humm... Acho que o bacon está queimando.

— Merda. — Ele correu para o fogão e girou o botão para baixar o fogo. O bacon chiando fez um barulho alto, seguido por um estalo, logo antes de uma explosão de óleo quente acertar Carter no abdome. — Ai. Merda! Droga.

Dei risada.

— É bom colocar uma calça antes de queimar as partes boas.

Balançando a espátula para mim, ele disse:

— As partes boas, huh? Está falando das minhas mãos?

— Bom... elas são muito boas. Mas não o que estava preocupada que machucasse.

Ele apontou para os lábios e sorriu.

— Minha boca? Deve ser com isso que estava preocupada.

— Ela também é definitivamente boa. Principalmente aquele negocinho que você faz com a língua quando a gira e depois treme.

Suas pupilas dilataram, e sua voz ficou baixa e grave.

— Gostou daquilo, hein?

Meu rosto ficou rosado quando pensei em como ele tinha me levado ao orgasmo mais de uma vez com a boca. Assenti.

Sem tirar os olhos de mim, ele esticou o braço para trás, apagou totalmente o fogo, e deslizou a frigideira da boca quente para a fria à direita.

— Nem me lembro mais do que estávamos falando.

— Eu tinha sugerido que você cobrisse uma certa parte do corpo para não queimar com óleo de bacon.

— Oh, vou cobrir bem. — Ele deu passos largos até onde eu ainda estava parada e me surpreendeu ao me pegar no colo e me jogar por cima do ombro como um salvamento de bombeiro. — Vou cobrir com sua boceta maravilhosa em uns dez segundos.

Ele bateu na minha bunda enquanto seguia para o quarto.

— E o bacon?

— Foda-se o café da manhã. Vou comer você.

Foi somente no início da tarde que pensamos em comida de verdade de novo. Carter havia acabado de colocar um daqueles potes de seu freezer no micro-ondas, e estávamos sentados na cama comendo carne cozida, passando o recipiente para lá e para cá entre nós dois. Ele sugou um macarrão enquanto ficava vesgo. Era algo que uma criança de seis anos faria, e isso me fez imaginar como Carter era quando mais novo.

— Você tem álbuns de foto? — perguntei.

— Não com fotos recentes.

— Tem foto de você menino?

— Tenho, na verdade. Quando me mudei para a Flórida, minha mãe fez um álbum com fotos de família para mim. Encontrei-o com uma carta quando estava abrindo as caixas. Ela escreveu que queria que eu me lembrasse do quanto era amado e me pediu para olhar o álbum, no mínimo, duas vezes por ano... no meu aniversário e no dela.

— Que fofo.

Ele me entregou o pote quase vazio, e eu declinei minha vez enchendo as bochechas de ar.

— Estou cheia. Pode terminar.

— Eu gosto de comer com você. Você só come metade, e eu termino o resto.

— É melhor se cuidar. Pode acabar com uma pança comendo dois jantares toda vez.

— Vamos gastar.

Eu não tinha dúvida disso. Carter me entregou a garrafa de água que estávamos compartilhando e dei um gole.

— Você faz o que sua mãe pediu na carta? Vê o álbum duas vezes por ano?

— Faço.

— Quando é seu aniversário, aliás?

— Quatro de julho.

— Está brincando?

— Não. Por quê?

— Também faço aniversário nesse dia.

Carter balbuciou.

— E, enfim, as peças se encaixam.

— O que foi?

— Nada. É algo que minha mãe sempre dizia.

— O que você fazia nos seus aniversários quando era criança?

Carter terminou o que tinha de macarrão no pote e se levantou da cama.

— Vou te mostrar.

Ele voltou um minuto mais tarde com um álbum de fotos grosso e se sentou encostado na cabeceira da cama. Me arrumei para ficar posicionada ao seu lado, e ele abriu o álbum no colo. A primeira página tinha duas fotos de um bebê gordinho pelado que provavelmente tinha uns três ou quatro meses.

— É você?

— É. Olha o tamanho das minhas bolas. Por que são tão grandes? Será que as bolas de bebês são todas desse tamanho ou eu fiquei acostumado com as minhas?

Dei risada.

— Não sei. Mas você era muito fofo! E gordinho.

Na página seguinte tinha fotos de duas meninas com provavelmente seis ou sete anos e um menino com talvez quatro que era definitivamente Carter. A covinha do queixo deixava claro, mesmo que não parecesse exatamente com ele.

— São suas irmãs?

Ele assentiu.

— Catherine e Camille.

Elas pareciam ter a mesma idade.

— São gêmeas?

— São. Fraternas. Minha mãe também é gêmea.

Carter, Catherine e Camille.

— Qual é o nome dos seus pais?

— Da minha mãe é Calliope e meu pai, Carter.

— Então vocês são uma *daquelas* famílias, hein? — Bati meu ombro no dele. — Todos os seus nomes começam com a mesma letra?

— Cinco pessoas, todas as nossas iniciais têm C duplo. Detestava isso quando era criança, por algum motivo.

Ele passou mais algumas páginas, e vi Carter crescer diante dos meus olhos. Ele foi um bebê fofo e ainda mais fofo quando menino, mas, Deus, como ele se desenvolveu na adolescência. Demos risada com a progressão de seus cortes de cabelo ao longo dos anos. As últimas páginas de fotos pareciam recentes, nos últimos anos. Tirei do plástico uma foto de Carter segurando uma menininha que provavelmente tinha dois anos. Estavam sentados em frente a uma árvore de Natal.

— Quem é esta? É adorável. — Tinha rabinhos de cavalo loiros platinados, e o chapéu de capitão de Carter estava cobrindo metade dos olhos dela. Seu sorriso cheio de dentes estava sujo de chocolate e ela segurava uma bomba de chocolate em uma mão.

— É a Corinne, filha de Camille. Não deixe o rosto dela te enganar. Ela é um verdadeiro terror.

— Aposto que é fofa. Espere... Outro nome com C?

— É. Catherine tem um filho. Quer adivinhar?

— Charlie? Chance? Cash? Christopher?

Ele apontou para mim.

— Christopher.

— Vai manter a tradição algum dia? Talvez um pequeno Carter ou uma Claire?

Seu comportamento mudou completamente. Os olhos de Carter ficaram com uma seriedade que eu ainda não tinha visto.

— Não sei. Nunca pensei muito nisso. — Ele pareceu contemplar algo por um período longo. Em certo instante, disse: — Nem sabia se queria filhos. Fico fora doze dias no mês. Mas, agora, estou começando a pensar se talvez seja algo que eu queira. Acho que a mulher certa pode mudar o que um homem pensa que quer da vida. Acho que depende dela. De nós.

Engoli em seco.

— Faz sentido.

Ele olhou para o álbum de fotos. A última era dele, dos pais e de suas duas irmãs. Estavam todos sorrindo amplamente e com os braços em volta dos ombros um do outro. Ele passou os dedos na página.

— Minhas irmãs gostam de me encher o saco sobre ter filhos. Agem como se eu estivesse chegando nos cinquenta, em vez de trinta. Por anos, minha mãe fala o que pensei que fosse algo que ela simplesmente tinha lido em um cartão em algum lugar.

— O que é?

— Ela dizia que eu teria uma família quando estivesse pronto para parar de viajar o mundo todo em busca de algo e percebesse que o que estava procurando já estava em casa.

Continuou me olhando diretamente nos olhos. Desde a primeira vez que meu olhar pousou em Carter Clynes naquele lounge do aeroporto, meu coração bateu a um milhão de quilômetros por hora. Porém, naquele instante, senti o que aconteceu. Meu coração diminuiu o ritmo, respirou fundo e soltou um suspiro enorme. Simples assim, ele se rendeu, incapaz de lutar mais. Eu não fazia ideia de quanto tempo tínhamos ou como as coisas iriam acabar, mas sabia, sem dúvida, que estava apaixonada por Carter.

As coisas ficaram mais leves entre nós no fim da tarde. Carter foi ver como Gordon estava e, então, quando voltou, transamos no chuveiro, seguido de sexo no chão do quarto. Fiquei com a sensação de que a marca da minha bunda ficaria por todo o apartamento dele quando fôssemos embora em alguns dias. Apesar de o meu corpo sentir que parecia que tinha acabado de fazer uma aula de yoga extenuante seguida de uma maratona, Carter, aparentemente, não parecia nada afetado.

— O que acha de fazermos uma hora de academia e, depois, eu te levo para um bom jantar à noite?

Eu estava deitada na cama com a cabeça pendurada para baixo na beirada assistindo à reprise de *That 70's show*.

— Sério? Quer se exercitar depois de todo esse sexo?

Carter deu risada, foi até a cama, me virou e deu um tapa forte na minha bunda. Parecia ser um fetiche para ele.

— Aiii... — Esfreguei a bunda.

— Vamos, preguiçosa. Ainda tenho muita energia para queimar. Se não formos para a academia, você não vai conseguir andar por um mês.

Resolvemos ir andando até o centro de ginástica, embora fosse do outro lado do condomínio. O lago da noite anterior estava no caminho, e Carter quis ver se sua calça do uniforme aparecia na luz do dia.

— Para onde pode ter desaparecido? — perguntei. Vasculhamos o lago, e não tinha sinal da calça dele. Era muito bizarro.

— Não faço ideia. — Carter deu de ombros. — Mas estou feliz que estou prestes a pegar uma calça nova no mês que vem. Perdi metade dos meus uniformes no último ano.

— Perdeu? Você esquece nos hotéis por onde fica nas viagens?

— Essa é a parte estranha. Perco em casa. No mês passado, poderia jurar que estava com um chapéu no bingo, mas não consegui encontrar depois. Acho que o esquecimento de alguns dos residentes está começando a passar para mim.

Resolvi me arrumar toda para o jantar. Coloquei um vestidinho preto e justo e os saltos mais altos e sexy que tinha comigo. Tinham o dedão aberto e laços de seda que se enrolavam nas panturrilhas. Um bom sutiã para levantar os seios me deu uma abundância de decote falso que se esticava pelo decote V do vestido. Lembrando do quanto Carter tinha gostado da aparência piriguete quando me vesti em Dubai, dei um pouco de volume ao meu cabelo loiro, passei delineador preto e batom vermelho. O esforço extra valeu a pena quando saí do quarto.

— Jesus Cristo.

Dei uma voltinha.

— Gostou?

— Parece que estou em um dos meus sonhos molhados que tinha quando era garoto.

— Não sei se isso é um elogio ou é bizarro.

— É um elogio. Qualquer garoto ou homem adoraria se masturbar pensando em você.

Ele deu uma piscadinha, e eu ri.

Do lado de fora, Carter abriu a porta do SUV e me ajudou a entrar. Antes de fechar a porta, disse a ele:

— Sabe, acho que você se safa dizendo o que quer só porque é muito bonito.

— É mesmo?

— É. Acho que ilude as pessoas com seus olhares e charme, e começamos a pensar que são normais coisas como "qualquer garoto ou homem adoraria se masturbar pensando em você".

— É normal. Apenas natural. Qualquer homem que não pensar em como você está esta noite como um material futuro para bater uma é um merda. Só falo diretamente isso para você.

Dei risada.

— De novo. Pareceu encantador, mas tenho quase certeza de que se fosse outra pessoa falando... seria completamente bizarro.

Carter dirigiu pelo condomínio lentamente, embora ele não tivesse escolha mesmo. Havia um monte de lombadas em seu condomínio de idosos. Conforme íamos para o portão frontal, passamos por, no mínimo, meia dúzia de casais fazendo caminhada com roupas de ginástica. Todos acenaram, e Carter cumprimentava cada um pelo nome com um grito da janela. Ainda não conseguia superar como ele era envolvido naquele vilarejo de aposentados.

A saída do condomínio era próxima do salão onde tinha acontecido o bingo, e o estacionamento estava cheio de novo.

— O que vai ter esta noite?

— Noite dançante.

— Está brincando?

Carter sorriu e balançou a cabeça.

— Não. Tem várias viúvas e viúvos, então eles tentam se misturar um pouco nas atividades.

— Que maravilha.

Chegamos ao portão, e Carter tirou seu cartão-chave do bolso para bipar e podermos sair. Enquanto aguardávamos, um carrinho parou no último lugar de deficiente em frente ao salão.

— Não é seu antigo carro?

Logo, George, o veterano com quem Carter havia trocado de carro, saiu do Porsche vermelho. Nós o observamos dar a volta no carro e abrir a porta do passageiro. Estendendo uma mão, ele ajudou uma senhora a sair.

— O que...? — Carter parou de falar.

— Isso é... isso é o que penso que é?

Carter parecia indignado, sua boca literalmente aberta.

— Acho que é.

Nós dois assistimos, totalmente sem palavras, enquanto George saiu do carro de Carter e levou sua parceira para a pista de dança... vestido com um uniforme completo de piloto. *O uniforme de piloto de Carter.*

CAPÍTULO 18

Carter

Desejei uma tempestade enquanto assistia ao jornal na pequena TV da cozinha. Um furação, uma tempestade tropical, um tornado, ciclone, qualquer coisa que cancelasse meu voo naquela noite. Desde o dia em que recebi a permissão para pilotar, nunca quis ficar no chão. Nem uma vez. No entanto, naquela manhã, eu detestava ser um maldito piloto. Pensar em abandoná-la para começar uma viagem de sete dias estava me deixando doente. Saber que isso era iminente fez uma dor se formar em meu peito desde o dia anterior.

Eu tinha quase certeza de que Kendall se sentia igual. Tínhamos decidido ficar em casa naquele dia, em vez de sair de novo. Por cinco dias, nós dois dançamos em volta do elefante no meio da sala sem qualquer conversa direta sobre o que ela iria fazer. Precisávamos ter *a conversa*. Mas eu estava assustado pra caralho de como seria o fim do jogo.

Em meu coração, eu sabia que estava apaixonado por ela. Acho que até minha mente começara a aceitar isso. O que eu temia não tinha nada a ver com o que poderia acontecer comigo se o admitisse. Meu medo era o que meu amor poderia fazer *com ela*. E se eu dissesse que a amava, mas depois percebesse que era outra coisa, que não amor, depois de um ano? Ou parasse de amar?

Lucy.

Eu não poderia foder a vida de Kendall, a menos que tivesse certeza. Mais do que certeza. Tinha causado bastante prejuízo fazendo falsas promessas por aí.

E se eu contasse para ela, e influenciasse sua decisão?

Dinheiro ou amor? Parece fácil, não é?

Não.

Embora a solução que estava na minha mente nas últimas vinte e quatro horas parecesse bem simples. Por que ela não poderia ter ambos? Eu poderia lhe dar tudo, não é? Meu amor. Um filho. Sua herança de direito.

Um filho.

Nosso filho.

Kendall estava no banho. Ouvi a água ser fechada e olhei o relógio. Doze horas. Precisava decidir. Precisávamos conversar.

Tic-tac.

Tic-tac.

Tic-tac.

Doze horas eram basicamente o dia inteiro antes de eu ter que ir para o aeroporto à noite para voar para a Venezuela. Não importava o que faríamos naquele dia, contanto que ficássemos juntos até o último segundo.

Quando Kendall saiu do banheiro, não consegui evitar simplesmente encará-la com um sorriso no rosto.

Ela estreitou os olhos.

— O que foi?

— Não posso só olhar para você?

Ela foi até mim e me analisou.

— Não acredito que você precisa partir esta noite.

De repente, foi como se o montante de perguntas não respondidas que eu estava abrigando começasse a me sufocar.

Meu tom foi abrupto.

— Quais são seus planos, Kendall? Preciso saber.

Ela apoiou a cabeça em meu ombro e disse:

— Vou voltar para casa no Texas. Preciso de um tempo longe para realmente pensar nisso. Estou devendo uma resposta para Hans e Stephen.

Me afastei para olhar em seus olhos.

— São os nomes deles? Dos caras na Alemanha?

— São. Não posso mais enrolá-los.

Assentindo para mim mesmo um pouco, eu disse:

— Acho que é uma boa ideia. Um tempo para pensar nas coisas. Por mais que eu adore ter você por perto, nenhum de nós consegue pensar direito estando próximo um do outro.

— Preciso entrar na internet e comprar uma passagem. Vou tentar conseguir alguma que saia de Miami, para que possamos partir do mesmo aeroporto mais ou menos na mesma hora.

Dando um tapa em sua bunda, eu disse:

— Por que não o faz? Acabe com isso logo. Estava pensando em ficarmos em casa, mas, depois que você terminar, talvez devêssemos ir à praia, tomar um sol e ar fresco, só relaxar lá o resto do dia até termos que nos arrumar.

Meia hora mais tarde, Kendall e eu seguimos para a Deerfield Beach. Embora a água estivesse tranquila e perfeita, optamos por apenas deitar na areia, escutando o som do oceano e olhando para o céu limpo e azul.

Por mais que a praia devesse ser relaxante, ainda estávamos tensos. Em certo momento, ficamos deitados de bruços, e ela não soltava minha mão. Nossos rostos virados de frente um para o outro. Quando ela finalmente virou para o outro lado, eu a segui e soltei a mão dela para colocar a minha em sua barriga chapada. Passei o polegar por seu umbigo perfeito, e uma onda de ciúme e possessividade me tomou. A resposta estava mais clara para mim.

Queria que ela pertencesse a mim e somente a mim.

Não queria que carregasse o bebê de outro homem. De jeito nenhum.

Queria que ela carregasse o *meu* filho.

Não só por causa de uma merda de herança maluca, mas porque eu *queria* ter um filho com ela — um futuro com ela.

Por mais que não fosse o *ideal* ter um filho agora, não tinha dúvida de que era o que queria. Então, dada a situação urgente, por que esperar?

Lucy.

Só conseguia pensar nisso. Era o medo de magoar Kendall, como tinha magoado Lucy. Pairou como uma nuvem preta sobre mim — aquele medo de decepcionar Kendall. Sempre esteve presente, mas, caramba, não era forte o suficiente para ofuscar meu desejo por ela — meu amor por ela.

Essa situação era tudo ou nada.

Agora ou nunca.

Eu queria o tempo com ela só para mim, mas também tinha que respeitar seu prazo. Ela perderia tudo se não agíssemos rápido. Independentemente do que acontecesse, seria bom, até onde eu sabia. Eu ganhava o bastante para sustentar nós dois, mesmo que gastássemos muito, caso tivéssemos uma menina. Pensar em uma versão loirinha de Kendall que me chamaria de papai me fez sorrir. Eu queria aquilo. Queria ser pai do filho dela.

Do nosso filho.

Meu coração começou a acelerar.

— Eu te amo, Kendall.

As palavras saíram com muita facilidade. Era a primeira vez que eu as dizia para alguém além de Lucy e da minha família próxima.

Ela se virou para mim, parecendo surpresa ao erguer a mão na testa a fim de proteger os olhos da luz clara do sol.

Continuei:

— Antes que diga qualquer coisa, tem muito mais que quero falar.

— Ok — ela sussurrou.

— Que loucura, não é? Se apaixonar tão rápido? Estou convencido de que é assim que acontece quando a coisa é verdadeira. Você simplesmente sabe quando é a pessoa certa. Kendall, você me faz incrivelmente feliz. E, enquanto, idealmente, eu gostaria de tê-la só para mim por um tempo, entendo que amar alguém também significa levar as necessidades da pessoa em consideração.

— O que está dizendo?

— Estou dizendo que não quero dividir você com ninguém. Vale para seu corpo também. Não quero que carregue o filho de outro homem. Eu quero ser o homem. Quero te engravidar. Mas, mais que isso, quero ser um *pai* para esse filho, para amá-lo, porque seria uma parte de mim e de você. Quero *tudo* com você. Não me importo se nos conhecemos há dez minutos ou dez anos. Quando é para ser, você sabe. — Segurando o rosto dela, eu disse: — Eu sei onde minha mente e meu coração estão. Estão em sintonia, mas acho que você tem que descobrir se *você* quer as mesmas coisas que eu.

Ela se inclinou e deu um beijo suave em meus lábios.

— Eu também te amo, Carter. De verdade. Não tenho dúvidas disso, mas realmente não estava esperando que fizesse essa oferta. Ter um filho é uma coisa, mas *criar* é outra. Acho que você acabou de me dar outra coisa para refletir bastante.

Um alívio intenso correu em minhas veias, alívio de ela não ter me dito que eu era maluco, alívio de parecer que ela consideraria minha oferta.

— Não acha que sou louco por querer te engravidar?

— Essa situação toda é meio maluca desde o começo... de uma boa forma. Enfim, se eu não te conhecesse direito, talvez pareceria *um pouco* maluco. Mas você é meu capitão amado e louco, e nada em toda a nossa experiência juntos foi convencional. Nem uma única coisa.

— Acredite, estou com medo. Nunca quero te magoar como fiz com Lucy. Mas acho que, pela primeira vez na vida, algo importa o suficiente para eu arriscar. Estou muito mais aterrorizado de te perder do que de tentar e falhar. E posso te garantir que, se tivermos um filho juntos e, de alguma maneira, acabarmos nos separando, eu nunca abandonaria meu filho. Não tem nada mais importante do que uma criança e suas necessidades. Esse filho... nosso filho... será minha prioridade. Se significa encontrar outra carreira porque você não consegue lidar comigo longe, então que seja.

— Eu não te pediria para fazer isso, Carter.

— Bom, acho que só quero deixar bem claro que estou levando isso muito a sério.

— Entendi. — Ela olhou para o céu. — Se importaria de sairmos da praia? Só quero realmente passar as últimas horas na sua casa.

Me levantei do nosso cobertor e ofereci a mão para ela segurar.

— Vamos embora.

Passamos o resto da tarde fazendo amor na minha cama com uma intensidade lenta que não existira antes da nossa conversa. Com minha oferta e admissão do amor, nosso relacionamento foi para outro nível, e eu tinha que acreditar que o fato de ela ficar longe de mim não mudaria nada entre nós.

Por mais que eu quisesse mergulhar de cabeça em tudo com ela, ainda havia uma partezinha minha preocupada de que poderia ser a última vez que a veria. Loucura, não é? Depois de tudo que passamos. Talvez fosse a parte que ainda sentia que não merecia amar tão intensamente, já que Lucy não podia.

O sol tinha quase se posto por completo quando dirigimos para o aeroporto. Kendall não soltava minha mão. Era bem estranho não levá-la comigo para a Venezuela. Era como se eu não conseguisse me lembrar de como era voar sem ela.

Quando chegamos ao Miami International, estacionei na vaga que a companhia aérea reservava para mim. Nenhum de nós se mexeu para sair do SUV, e ficamos nos encarando até finalmente eu segurar seu rosto e a puxar para um beijo apaixonado.

— Ousada, por favor, não se esqueça disso, do quanto isso é certo.

— Não vou. Nunca conseguiria esquecer, Carter.

O voo dela era duas horas depois do meu, então ela teria que me deixar no portão para meu voo e passear pelo aeroporto até dar a hora do seu voo em uma companhia aérea diferente.

Uma das aeromoças, Renee, passou por nós.

— É bom vê-lo de volta, Trip. — Depois, ela deu uma piscadinha para mim.

Eu sabia *exatamente* o que Kendall estava pensando, e ela tinha razão. Aquela aeromoça era apenas outra da minha lista de um tempo atrás. Me deixava enojado, principalmente agora que eu sabia como era fazer sexo com amor com alguém. Olhei para Kendall e queria gritar *"Pare de olhar para ela. Ela não importa!"*. Simplesmente não precisávamos disso agora. Só adicionou mais estresse à nossa separação.

Depois de alguns minutos de silêncio, puxei-a para um abraço e sussurrei em seu ouvido:

— Tenho que ir.

Suas lágrimas molharam minha camisa de piloto quanto ela disse:

— Isso é surreal.

— Eu sei, mas é só temporário. Estaremos juntos de novo em breve.

Ela fungou.

— Ok.

Erguendo seu queixo para ela olhar em meus olhos, eu disse:

— *P.S.: I love you.*

Ela pôde ver, pela minha expressão, que havia mais que esse sentimento do que apenas eu declarando o óbvio.

— Uma música dos Beatles?

— É. Mas essa *realmente* combina com este momento da vida, provavelmente mais do que qualquer uma delas.

— Te amo, Carter.

— Eu te amo, Ousada. Me prometa que vamos conversar por telefone e descobrir quando vamos nos encontrar de novo.

— Prometo.

— Vou pensar em você o voo inteiro. Sabe disso, certo?

Brincando, ela segurou meu colarinho.

— É melhor mesmo.

— Ficarei com saudade.

— Cante uma música por mim, Capitão.

— Pode deixar. — Abracei-a uma última vez, apertando-a forte. — Porra. Não consigo te soltar.

Ela se afastou e enxugou os olhos, depois acenou para mim.

— Vá. Você vai se atrasar.

Comecei a ir até a segurança. Quando me virei, ela ainda estava parada no mesmo lugar me observando. Mandei um beijo para ela antes de continuar pelo corredor. Logo antes de virar para outro corredor, virei uma última vez, mas ela não estava mais lá.

Quando o jato atingiu a altura de cruzeiro naquela noite, vi algo que nunca tinha visto antes enquanto voava: uma estrela cadente. Entendi isso como um sinal de que as coisas dariam certo.

Não me decepcione, Ousada.

Peguei o comunicador.

— Boa noite, senhoras e senhores. Aqui é seu Comandante, mais conhecido como Capitão Clynes. Gostaria de aproveitar para dar as boas-vindas para os senhores neste lindo Boeing 757. Nosso tempo de voo de Miami até Caracas é de aproximadamente três horas e trinta minutos. Prevemos uma viagem tranquila com quase nenhuma turbulência. Então, sentem-se e relaxem. De novo, bem-vindos a bordo do voo da International Airlines 553 para Caracas, Venezuela. Como sempre gosto de fazer para dar as boas-vindas aos meus passageiros, segue um trecho de uma música dos Beatles adequada para esta noite... adequada porque confiei meu coração a alguém que deixei lá no aeroporto. Ela está pegando o voo para o Texas. Tenho certeza de que alguns de vocês se identificam com esse sentimento. Então, a música para esta noite é *Don't let me down*[8].

---

8 Não me decepcione (tradução livre).

CAPÍTULO 19

Kendall

Minha mãe cheirava a álcool ao falar na minha cara:

— Não pode estar falando sério!

Tinha cometido o erro de atualizá-la na viagem para prepará-la para a possibilidade de nada mais sair de acordo com o plano. Minha mãe tinha fortemente me encorajado a seguir em frente com a inseminação na Alemanha, mais por seus próprios motivos egoístas.

— Normalmente, eu não te contaria nada disso, principalmente quando você está meio bêbada, mas, dadas as circunstâncias, você precisa saber o que estou pensando e que os planos da Alemanha podem não acontecer.

— E o que aqueles coitados vão fazer agora que você mudou de ideia?

— Não declinei totalmente da oportunidade, mas nunca prometi nada a eles. Nem os conheço ao vivo, e não sou a última mulher da Terra com um útero. Eles vão encontrar outro jeito.

— É, bom, você vai perdê-los se continuar enrolando.

— Acha que não sei disso? Falei com eles esta manhã e disse que os avisaria da minha decisão até a próxima semana.

— Vai acabar sem ninguém, e nós vamos acabar pobres!

Meu sangue estava fervendo.

— É só com isso que se importa?

Minha mãe apontou o dedo para mim.

— Eu não deveria me preocupar com o que tenho direito. Seu avô desequilibrado nos colocou nessa situação... não eu.

— Pare de ser tão egoísta. Estamos falando sobre uma vida humana aqui.

— Não, nós *estávamos* falando sobre uma vida humana... sobre você dar o presente da vida humana para um casal legal necessitado e nos *ajustar* para sempre. Agora, estamos falando dessa situação de amor infantil ridícula que está destinada a acabar mal.

— E como exatamente sabe disso?

— Kendall, faça o favor de ouvir o que está dizendo. Pense no quanto é loucura ver isso de fora. Você viaja, se apaixona pelo piloto do seu maldito avião... que agora quer ser pai do seu filho? Oh, e tenho certeza de que não tem nada a ver com o fato de você ter dito a ele que está prestes a herdar milhões de dólares! Querida, acorde!

— Carter não está atrás do dinheiro! — gritei, assustando os cavalos do lado de fora.

— Bom, é nisso que você quer acreditar, e, francamente, achei que você fosse mais esperta. — Ela cambaleou e sentou, depois disse: — Você esteve planejando uma estratégia meticulosa por meses com aqueles caras legais do exterior. Se permanecesse com o plano original, não teria que se preocupar em criar uma criança que não quer. Estaria em um bom lar. Nós estaríamos feitas para sempre. Todo mundo ganharia. E, ainda assim... está pensando em fazer o completo oposto de tudo que conversamos só porque algum piloto enfiou a cara entre suas pernas.

— Você é muito má.

— Má, talvez, mas falo a verdade.

— Bom, não sei mais se quero isso. Talvez simplesmente vá embora do rancho e para longe do dinheiro para sempre. Talvez nunca mais me veja.

— Não fale assim, Kendall. Não iria querer isso para si.

— Estou falando sério. A merda da herança só está me deixando estressada desde quando descobri sobre ela. Não aja como se realmente desse a mínima para mim, mãe. Você não enxerga nada além de notas de dinheiro quando olha para mim agora. É patético. Sou sua filha, não seu ticket refeição.

— Só estou tentando ajudar você a ter o que é de direito.

— Então, acho que você não se importaria se eu tivesse um documento legal dizendo que você não tem mais direito a nada?

Silêncio mortal.

Assenti devagar.

— Foi o que pensei.

Incapaz de suportar mais aquela conversa, saí pisando duro da casa e dirigi para a cidade. Enxugando as lágrimas dos olhos, liguei a música alta para drenar os pensamentos da minha mente.

Quando finalmente parei o carro, percebi que precisava de Carter. Liguei imediatamente para ele. Graças a Deus, ele atendeu. Sua voz foi baixa e sexy.

— Como sabia que eu estava pensando em você?

— Carter...

Ele percebeu que eu estivera chorando.

— O que aconteceu, baby?

— Eu nunca deveria ter voltado para casa.

— Por que está triste?

— Minha mãe. Ela está dizendo coisas para tentar fazer lavagem cerebral em mim.

— Que coisas?

— Pensa que sou louca por considerar sua oferta. Acha que você só está atrás do dinheiro.

Houve um longo período de silêncio até ele falar. A raiva em sua voz foi penetrante.

— Não consigo nem comentar como isso me deixa irritado. Primeiro de tudo, queria que essa situação do dinheiro nunca existisse. Segundo, vou assinar qualquer coisa que precisar para provar que não tenho interesse no dinheiro. Para ser sincero, a parte do dinheiro me enoja um pouco. Só quero uma vida com você, Kendall. Vou assinar qualquer linha pontilhada para conseguir isso. — Sua voz falhou. — Só me diga onde assino, Ousada.

Soltei a respiração no telefone.

— Só de falar com você já me deixa melhor. Sinto tanto sua falta.

— Quer que eu vá aí? Vou dizer para a companhia que é uma emergência familiar.

— Não quero que minta para faltar no trabalho.

— Não estaria mentindo. Você é família para mim agora, a coisa mais importante da minha vida.

Isso derreteu meu coração.

— Obrigada pela oferta, mas acho que ainda preciso de mais um tempinho sozinha.

— Ok, mas se começar a sentir que precisa de mim, é só falar. Estarei aí em questão de horas.

— Obrigada. Fico melhor por saber que você faria isso por mim.

— Eu faria qualquer coisa por você, Ousada. Qualquer coisa.

— Oh, eu sei. Até me engravidar.

— Não, isso seria por *nós*. Quanto mais tempo passa, mais eu quero. E com certeza estou ansioso para trabalhar nisso. Porra, será muito divertido.

Quando dei risada, ele disse:

— Estou ouvindo um sorriso?

— Consegue até *ouvir* um sorriso? — Gargalhei.

— Vamos passar juntos por isso. Juro. E, no caso de não ter me escutado na Flórida, vou falar de novo. Eu te amo. E, se tivermos um filho, nada mais importará para mim. Nunca abandonaria meu filho.

— Ok... entendi.

— Dê um tempo de pensar nisso por uns dias. Às vezes, quando está tentando demais descobrir alguma coisa, pensar muito te deixa mais confusa. Precisa ficar longe da sua mãe, vá a algum lugar quieto e relaxe. Terá sua resposta.

Carter tinha razão. Eu precisava sair do rancho.

— Acho que é uma boa sugestão.

— Adivinhe onde estou? — ele perguntou.

— Onde?

— Na praia de Caracas. Com uma puta saudade de você e bebendo nossa bebida.

— Qual é a *nossa* bebida?

— Não se lembra?

— Não?

— Caipirinha. Pode não ser Brasil, mas também é uma bebida popular aqui.

— Ah, sim! Nossa bebida do Rio. Fale de novo com seu sotaque brasileiro, Capitão.

— Caipirinha.

— Hummm.

— Estou com saudade desse gemido. Está me deixando excitado.

— Felizmente, vai ouvir de novo em breve ao vivo.

— Estou vivendo por essa promessa, baby.

Acabei aceitando o conselho de Carter e fiquei uns dias em um hotel em Plano. Foi bom para ficar longe da minha mãe e de suas opiniões fortes sobre o assunto.

Eu sabia, em meu coração, o que queria. Queria uma vida com Carter, mas concordaria em permitir que ele me engravidasse, ou deveria simplesmente abandonar a herança?

Por que não poderia ter as duas coisas? Carter e o dinheiro? Quase parecia ser uma ideia muito boa para ser verdade, como se fosse uma decisão simples *demais.* Ao mesmo tempo, parecia que sempre estaria aguardando isso acontecer. Nada é perfeito na vida.

Tinha parado em um dos shoppings a céu aberto perto do meu hotel para tomar sorvete e me sentei em um banco ao lado de uma das lojas. Precisava de um sinal de Deus.

Por favor, me dê um sinal de que a decisão em meu coração é a certa.

Continuei a encarar o horizonte conforme lambia a circunferência do sorvete repetidamente, formando linhas lisas na bola cremosa.

Quando me levantei para jogar o resto da casquinha fora, olhei para cima. Na minha cara, havia uma propaganda gigantesca para roupas de bebê. Tinha um bebezinho enorme e gordinho com dobras de gordura nas pernas. Ele parecia exatamente o bebê da foto que Carter tinha me mostrado. Meu coração pareceu se expandir a cada segundo que eu encarava o sorriso de alegria do bebê. Se aquilo não era um sinal, eu não sabia o que era. Na verdade, não conseguia pensar em um melhor, nem se tentasse. Isto é, até olhar para cima e ver o nome da loja de roupas de bebê.

Carter's.

Estava dobrando minhas compras do dia quando meu celular tocou. *Come fly with me*, de Frank Sinatra, me fez sorrir de orelha a orelha. Tinha trocado o toque de Carter depois de escutar aquela música no carro naquela tarde. *Outro grande sinal*. Não conseguia me lembrar de um dia ouvi-la no rádio. Talvez no CD player do meu avô, mas definitivamente não em alguma estação que eu ouvia. Ainda assim, hoje, lá estava ela.

Depois de jogar minha casquinha fora, tinha perambulado pela Carter's. Sinceramente, era a segunda vez que eu tinha me aventurado a entrar em loja de roupa para criança. A primeira foi quando minha prima Harper engravidou quando tinha dezoito anos do seu professor de faculdade casado, de trinta e nove anos. Nós, mulheres Sparks da alta sociedade, realmente éramos iludidas.

— Ei, lindo — atendi.

— Você parece melhor do que quando falei com você à tarde.

Suspirei.

— Na verdade, me sinto melhor.

— Por algum motivo em particular? Não que eu esteja reclamando. Mas gostaria de saber o que mudou seu humor, para guardar e memorizar para um dia que eu possa precisar de novo.

— Foi você, na realidade.

— Continue. Estou gostando dessa história até agora.

Dei risada.

— Bom... hoje eu estava pensando demais. E vamos dizer que havia algumas formas de você estar presente comigo. — Dobrei a roupinha que tinha comprado na mala. Não apenas a loja se chamava Carter's, mas dentro dela eu tinha encontrado uma roupa azul-marinho com as laterais mais longas da calça que pareciam quase o uniforme de piloto de Carter. Não consegui me segurar. Estava no caixa antes até de perceber que estava comprando roupinha para um bebê que tinha acabado de decidir que queria tentar ter.

Do lado de fora da loja, com a sacola na mão, o sol pareceu brilhar mais forte. O ar estava mais fácil de respirar. Minha mente e meu coração, que passaram semanas em rebuliço, finalmente chegaram a um alinhamento perfeito. *Oh, meu Deus.* Eu ia ter um filho. *Um filho.* Com um homem por quem era completamente apaixonada.

Me sentindo livre, fiz o que toda Texana bem-educada faria. *Fui às compras.* O shopping tinha uma dúzia de outras lojas, e entrei em cada uma delas. Minhas sacolas estavam quase pesadas demais para carregar quando cheguei à última loja: uma Army Navy, onde encontrei um bottom de asas clássicas de aviador.

Olhando para a roupinha dobrada com as asas presas na lapela, conseguia realmente visualizar um menininho com covinha usando isso enquanto seu papai o segurava orgulhoso. *Seu papai.* Viajando, quase esqueci que Carter estava na linha.

— Ousada, ainda está aí?

— Sim. Desculpe. Mas estou achando que vou esperar para te contar mais do meu dia. Preferiria te *mostrar* o que me fez lembrar de você.

— Isso significa que vou te ver logo?

Ouvi a esperança na voz dele, o que fez minhas mãos suarem de empolgação.

— É, sim. Estava esperando que pudéssemos nos encontrar. — Terminei de fechar minha mala e me joguei na cama.

— É só dizer onde e quando. Vou desviar meu voo para Dubai de manhã, se for preciso. Sequestro um avião 757 cheio de árabes para o Texas, se você tiver uma boa notícia para mim.

Sabia que ele estava brincando, mas não duvidava de muita coisa daquele doido.

— Onde estará na próxima segunda?

— Espere... deixe eu ver meu celular.

Trinta segundos mais tarde, ele voltou.

— Estarei em Miami na segunda.

Tinha que ser um sinal.

— No aeroporto em que nos conhecemos?

— Isso mesmo. Vou passar uma noite lá e, depois, voltar para o Brasil de novo. Parece que é o destino, linda. O que me diz? Combinado? Me encontre em Miami. No mesmo bar em que tudo começou. Vou comprar uma passagem para você chegar o mais perto possível de quando eu pousar.

Respirei fundo para ter coragem e expirei o resto do meu medo.

— Isso. Preciso te ver. Tenho algumas coisas que quero conversar. Mas também estou louca de saudade.

Conversamos por mais uma hora depois disso. Não contei a ele das compras nem da decisão que tinha quase certeza que tomara. Tudo precisava ser feito ao vivo. Mas, no fim da ligação, eu disse:

— Comprei uma coisa hoje que me lembrou você.

— Ah, é? O que é?

— É surpresa.

— Sabe, provavelmente eu não deveria te contar isso, mas também tenho uma coisa que me lembrou você. Mas não comprei. Meio que roubei de você antes de ir embora.

Eu estava deitada na diagonal na cama do hotel, encarando o teto, e me virei de bruços.

— O que poderia... — Então me lembrei do que pensei ter esquecido na secadora quando lavei minha roupa suja em casa. Todos os meus sutiãs e calcinhas eram conjunto, e meu sutiã vermelho parecia ter perdido a calcinha do conjunto. — Oh, meu Deus... você não fez isso.

Carter respirou fundo do outro lado da linha, e eu *sabia* que ele estava cheirando. Coloquei a mão na boca. *Oh, meu Deus.*

— Está com ela na cara agora, não está?

Sua resposta foi uma mistura de resmungada e gemido.

— Oh, meu Deus, Carter! — Dei risada. — Você é singular. Não *acredito* que roubou minha calcinha!

— Sério? Pensei que seria algo que você esperaria agora.

— Acho que é verdade. — Mordi o lábio. — Você...

— O que vai me perguntar?

— Você sabe...

— Claro que sei. Mas quero ouvir você me perguntar de qualquer forma.

Carter estava definitivamente muito mais agressivo no besteirol do que eu. Era algo que provavelmente eu precisava treinar se iria ter um relacionamento de longo prazo com um piloto, e estaríamos constantemente separados. Então ultrapassei minha zona de conforto. Minha voz ficou baixa, na verdade, soava bem sexy.

— Você... tocou seu pau enquanto me cheirava?

Ele literalmente rosnou.

— Porra, a palavra pau vindo da sua boca vai me fazer explodir forte.

— Sério? — Dei risada na cama. — Estava pensando que seu pau *na* minha boca faria você explodir forte.

— Kendall... — ele alertou.

— O que foi? Você que começou.

— É... e não pode brincar assim comigo.

— Eu gostaria de *poder* brincar com você agora.

Ele riu.

— Vou precisar começar a viajar com hidratante para nossas ligações noturnas.

— Acho uma ideia muito boa. Por que não compra um na loja do aeroporto de manhã e, já que vou para casa amanhã, vou conseguir fazer o Jack participar da nossa ligação à noite.

— Jack?

— É o nome do meu coelhinho vibrador.

— Acabamos de marcar um encontro para nos *masturbarmos* juntos amanhã à noite?

Dei risada baixinho.

— Acho que sim.

— Vou te ligar assim que chegar no hotel.

— Ok. Beleza.

A voz de Carter ficou séria.

— Te amo, Kendall.

— Também te amo, Capitão. Mais quatro dias, e estaremos juntos de novo.

Mais quatro dias.

CAPÍTULO 20

Kendall

Nunca fiquei tão empolgada na vida.

Chegara no aeroporto três horas antes, mesmo que fosse pegar um voo doméstico, e Carter comprara uma passagem de primeira classe para mim que tinha sua própria fila, que sempre estava vazia. Não conseguia parar de sorrir. A menininha à minha frente estava usando um desses chapéus pretos de orelha de Mickey Mouse e mal conseguia ficar parada enquanto sua mãe fazia o check-in delas para o voo para Orlando. Sua ansiedade era mínima em comparação a como eu me sentia.

Se tudo fosse como programado, eu estaria de volta nos braços de Carter em pouco menos de seis horas. Seu voo era para chegar uma hora antes do meu, e ele tinha me garantido que o ansioso Capitão pousaria sua *aeronave suavemente na hora.*

Só de estar no aeroporto, ver todos os uniformes da International Airlines parecidos com os de Carter, me fez sentir melhor do que me sentia há dias. Era bem bizarro o fato de o aeroporto de Dallas me trazer mais conforto e me fazer sentir mais em casa do que senti quando fui para minha casa verdadeira naquela semana.

Depois que tinha tomado a decisão sobre o que faria, decidi não contar para minha mãe. Não poderia sair nada de bom disso. Ela só jogaria um balde de água fria em minha empolgação. Sempre soube que minha mãe colocava as finanças no topo de sua lista de prioridades. Só não queria acreditar que minha felicidade não estava acima do seu desejo de manter um certo estilo de vida. A última semana me obrigara a ver as coisas claramente pela primeira vez. Ou talvez eu sempre as vira pelo que eram; só escolhia não enxergar.

Embora não tivesse admitido para minha mãe que tomara a decisão, acho que ela sabia. Quando acordei naquela manhã, tinha encontrado um envelope pardo na mesa da sala de jantar com meu nome escrito. Dentro, havia um contrato longo de coparentalidade, que dizia que Carter não tinha direito legal financeiro à herança de nenhum filho meu. Tudo que eu precisaria fazer era preencher com o nome de Carter e fazê-lo assinar. Quando minha mãe acordasse por volta do meio-dia com sua ressaca diária, encontraria o envelope exatamente onde ela educadamente o deixara para mim. Só que o contrato estava em cima do envelope, rasgado ao meio. Pensei que eu tinha expressado minha opinião um pouco menos sutilmente do que ela.

Parei em uma banca de jornal, peguei algumas revistas e salgadinhos, e segui para o meu portão. Havia um bando de aeromoças sentadas diante de mim. Detestava que pensei imediatamente se Carter havia dormido com alguma delas. Não que eu não confiasse nele, porque, estranhamente, confiava totalmente. Mas era extremamente possessiva quando o assunto era Carter. Pensar nele com outra pessoa me causava uma dor no peito. Embora soubesse que era ridículo — nós dois tínhamos ficado com outras pessoas —, não conseguia evitar me sentir assim.

O embarque começou quase uma hora antes da decolagem, o que era sempre um bom sinal. Eu tinha prioridade de embarque por estar na primeira classe, ainda assim, esperei até o portão estar quase totalmente vazio para entrar.

Meu assento era o 2A, no corredor. Guardei minha mala no compartimento acima e, rapidamente, me organizei e sentei. Sorri para a mulher ao meu lado enquanto colocava o cinto. A aeromoça veio rapidamente nos oferecer uma bebida antes do voo. Olhou para sua lista da cabine.

— Aceita alguma coisa, srta. Sparks?

— Sim. Vou querer uma taça de merlot.

Então, ela falou com a passageira ao meu lado.

— E você, Cass? Leite, água, suco de laranja?

— Vou querer água. Obrigada, Lana.

Quando olhei para minha parceira de voo, ela explicou.

— Sou uma aeromoça nesta companhia aérea. Voei de reserva e tive bastante sorte de conseguir estes assentos grandes. — Ela sorriu.

Eu tinha recebido meu vinho há menos de cinco minutos, quando o capitão ligou o alto-falante e disse que iríamos taxiar. Precisando de algo para acalmar meus nervos por muitos motivos, me empanturrei com todo o líquido, sabendo que a aeromoça passaria para pegar a qualquer segundo.

A mulher ao meu lado suspirou alto.

— O que eu não daria para fazer o que acabou de fazer.

— Engolir um vinho como um marinheiro e esperar que ninguém perceba?

Ela deu um tapinha na barriga e sorriu.

— Exatamente. Estou de quatro meses.

— Uau. — Olhei para sua praticamente inexistente barriga. Mal aparecia. — Nunca teria adivinhado. Você é tão pequenininha.

— A maior parte do peso parece ter se confundido e ido tudo para trás. Minha bunda já está gigantesca.

— Duvido que seja verdade. Você é inteira magra. Mas, mesmo que seja, bunda grande está na moda agora, então você estará estilosa.

— Espero que ganhe alguma coisa em cima logo. Meus peitos estão muito pequenos, e o pai deste menininho é um homem de peitos.

Minha mente viajou para meu próprio corpo. Será que meus seios cresceriam quando engravidasse? Carter sempre dissera que gostava dos meus seios ousados, mas algo me dizia que ele não ficaria triste se eu tivesse um pouco mais de seio.

Depois que o avião decolou e nivelou, Cass, que eu descobri que era apelido para Cassandra, pegou um par de fones de ouvido Beats e, em vez de colocá-los nas orelhas, colocou sobre sua barriguinha. Ela estava colocando música para a barriga. Quando me viu olhando, disse:

— Li em algum lugar que bebês talvez consigam escutar no útero, então comecei a colocar música clássica para ele.

— Ele? É menino?

— Ainda não sei. — Ela esfregou a barriga. — Mas acho que é.

Havia tanto que eu teria que aprender. Já que não conhecia aquela mulher, decidi envolvê-la em meu segredinho.

— Posso te fazer uma pergunta pessoal?

— Claro. Vá em frente.

— Demorou muito para conseguir engravidar? Digo, tentaram por muito tempo? Estou perguntando porque meu namorado e eu... — Hesitei antes de admitir isso em voz alta pela primeira vez. — Decidimos tentar engravidar.

A mulher deu um sorriso genuíno.

— Que ótimo. Parabéns.

Era a primeira vez que alguém tinha visto algo positivo em meu plano de ter um filho. E foi bom. Tudo estava começando a entrar nos eixos.

— Obrigada.

— Na verdade... não demorou nada para nós. Engravidei na segunda vez que tentamos.

— Uau. Que maravilha.

— É, sim, não é? Este menininho definitivamente não foi planejado. Mas acho que era para ser. Ele é a cola que irá unir nós três para sempre.

— Conseguirá trabalhar muito mais tempo? As companhias aéreas têm regras contra voar muito longe durante a gravidez, não têm?

— Sim. Mais doze semanas mais ou menos, e então vou ficar no chão. A maioria das companhias aéreas nem deixa passageiras voarem depois das vinte e oito semanas, muito menos suas aeromoças. É muito arriscado para adiantar o trabalho de parto. Eles vão me dar um trabalho administrativo. Provavelmente, fazer check-in ou out ou trabalhar no portão. Espero que possam me transferir para a Flórida, aí a mudança será em uma boa hora.

— Você mora no Texas agora?

Ela assentiu.

— Moro em Allen. Mas sou originalmente da Flórida, e a maior parte da minha família ainda vive lá. Além disso, o pai do bebê mora na Flórida, então provavelmente vou me mudar.

— Acha que vai voltar a trabalhar depois que o bebê nascer?

— Espero que não. Tudo que sempre quis foi me casar, ter um monte de filhos e ficar em casa. Não está fácil, ultimamente, conseguir viver com um salário. Tem que se certificar de laçar um bom partido como eu fiz.

Sua entonação me deixou um pouco amarga. *Laçar* um bom partido. Provavelmente era porque seria uma coisa que minha mãe diria.

Após minha segunda taça de vinho, comecei a me acalmar da adrenalina alta, e a exaustão ameaçou chegar. Sabendo que Carter iria estar insaciável quando nós reencontrássemos, pensei em dar uma dormida enquanto ainda poderia. Não acordei até o capitão falar de novo e nos dizer que iríamos pousar em apenas alguns minutos.

Me estiquei no assento.

— Uau. Apaguei mesmo.

— Apagou. Tive que tirar os fones do bebê para abafar um pouco do seu ronco.

Cobri a boca.

— Oh, meu Deus. Desculpe.

Ela abriu sua garrafa de água e terminou o que restava.

— Só estou te zoando. Você estava roncando, mas não me incomodou. Acho que estou muito nervosa para dormir, ou teríamos dado um bom dueto.

— Nervosa com o bebê?

— Não. Vou ver o pai do bebê amanhã. Não nos vemos há um tempo.

— Sei como se sente. Não vejo meu namorado há uma semana, e estou uma pilha de nervos. Se não tivesse tomado aquelas taças de vinho, nunca teria dormido. Estou muito empolgada.

— Faz um pouco mais de tempo que uma semana para nós.

— Oh? Quanto tempo?

— Três meses.

— Uau. É bastante tempo. Ele nem viu seu novo corpo de grávida ainda.

— É, verdade. Apesar de essa ser a menor das minhas preocupações.

Uni as sobrancelhas para que ela explicasse.

— Ele ainda nem sabe que estou grávida.

— Oh. Uau. Nossa.

— É. Agora entende por que eu queria engolir aquele vinho.

— Com certeza. Você... você acha que ele não vai ficar feliz em virar pai?

— Não faço ideia de como ele vai reagir. Ele é meio alternativo. Não sei se planejava um dia ser tradicional. Mas, lá no fundo, acho que ele é comprometido, e vai fazer a coisa certa.

Não sabia se queria saber qual era a *coisa certa*. A conversa toda estava começando a revirar meu estômago. Que tipo de mulher não conta para um homem que está grávida há meses? Embora suponha que poderia haver muitos motivos para isso. Talvez ele não fosse dos melhores, e ela pensou em nem ter o bebê ou algo assim. Realmente não era da minha conta julgar. Principalmente com a coisa maluca que eu estava planejando fazer. Você nunca realmente conhece a história verdadeira de alguém a menos que esteja na mesma situação.

A aterrissagem foi instável, mas eu estava superanimada em ter chegado alguns minutos antes. Queria usar o banheiro do aeroporto para me lavar antes de encontrar Carter no bar em que marcamos.

Conforme taxiamos para o portão, comecei a guardar minhas revistas e jogar o lixo na minha bolsa. Sorrindo, me virei para Cass.

— Boa sorte. Vai ver seu namorado em breve?

— Amanhã — ela disse. — Ele tem um voo de manhã e eu vou com ele. Mas ele ainda não sabe disso.

O avião parou, e um barulho veio pelo alto-falante indicando que era seguro levantar dos assentos. Comecei a abrir o cinto.

— Ele viaja muito a trabalho ou algo assim?

— Viaja. O tempo todo, na verdade. Ele é piloto.

Me levantei e abri o compartimento, pegando minha mala.

— Oh, que engraçado. Meu namorado também.

A porta da cabine se abriu mais rápido do que qualquer voo que eu já estive. Os deuses pareciam estar sorrindo para mim naquele dia — um voo tranquilo, uma viajante grávida como companhia, chegada na hora. Pisando para o lado, eu disse:

— Foi um prazer te conhecer. Boa sorte com sua gravidez e tudo.

— Obrigada. Você também. Espero que engravide tão fácil quanto eu.

Estava prestes a sair do avião quando escutei a aeromoça se despedir de Cass, que estava bem atrás de mim.

— Boa sorte, querida. Me ligue mais tarde e me conte como Trip recebeu a notícia.

Congelei no meio do corredor. Minha mente deveria estar pregando peças em mim. Virando-me, perguntei.

— Ela acabou de falar Trip... como Trip vai receber a notícia?

Cass sorriu, sem perceber nada.

— É. É o apelido do pai do meu bebê. Seu nome tem três letras iguais, então, eles o chamam de Trip, como se fosse Triplo.

Senti o sangue drenar do meu rosto.

— Quais três letras?

— C. Seu nome é *Capitão Carter Clynes*.

CAPÍTULO 21

Kendall

Minha bagagem foi a última que restou na esteira. Há quanto tempo ela estava viajando em círculos até eu notar? Há quanto tempo eu estava ali parada?

A alegria que sentira nas últimas vinte e quatro horas tinha sido totalmente transformada em uma mistura de choque, pânico e tristeza. Eu não conseguia me lembrar da última vez em que a tristeza tinha me consumido totalmente assim. Minhas emoções me deixaram paralisada e vazia em pé na frente da esteira de malas.

Tinha parado de escutar Cass depois que ela revelou o nome do pai do bebê. Para ser sincera, mal me lembrava de sair do avião e chegar onde estava.

Finalmente tirando minha mala da esteira, olhei em volta para os grupos de pessoas passando pelo aeroporto. Parte de mim queria simplesmente fugir, mas uma parte maior sabia que tinha que ouvir dele — que ele a conhecia, que era o pai daquele bebê.

Tinha uma chance de ela estar inventando tudo? Rapidamente tirei esse pensamento da mente, recusando-me a me dar falsa esperança.

Parecia que minha cabeça iria explodir entre os anúncios intermitentes dos alto-falantes, os sons das pessoas passando com pressa por mim, e os pensamentos temerosos na minha mente. Tudo parecia alto. Olhando para o celular, percebi que estava atrasada para encontrar Carter no lounge do aeroporto.

Um pé depois do outro.

Vai.

Precisa enfrentá-lo.

A escada rolante desceu lentamente no que eu tinha quase certeza de que seria meu próprio inferno particular.

Quando cheguei ao lounge, fechei os olhos para me recompor antes de entrar. Quando os abri, eu o vi no canto. Ele estava todo arrumado em seu uniforme de piloto e olhando para um canal de esportes que estava passando na televisão. Logo depois de entrar, fiquei ali parada com o coração acelerado e admirando sua estatura alta sem ele me ver, pelo simples motivo de que poderia ser a última vez que o faria.

De repente, ele se virou. Meu coração caiu quando vi que ele estava segurando um buquê enorme de flores. Quando nossos olhares se cruzaram, a boca de Carter se curvou no maior sorriso. Meu coração estava se partindo a cada passo que ele dava na minha direção. E, a cada passo, seu sorriso lentamente desaparecia assim que percebeu que eu estava chorando e que não eram lágrimas de felicidade.

Ele jogou as flores de qualquer jeito em uma mesa próxima.

— Ousada? O que foi? O que aconteceu?

Sem conseguir falar, segurei a camisa dele para me equilibrar.

— Aconteceu alguma coisa no voo?

Ainda incapaz de formar palavras, assenti.

Ele me puxou para um abraço, e eu estava fraca demais para resistir. Chorando em seu abraço, pude sentir seu coração batendo a um quilômetro por minuto em minha face.

Quando ele se afastou e analisou meus olhos de novo, disse:

— Me conte o que está acontecendo.

Quando continuei em silêncio, ele implorou:

— Por favor.

Fechando os olhos, orei para ter força para passar por isso, então finalmente falei.

Minha voz estava trêmula.

— Me sentei ao lado de uma mulher no avião. Ela está grávida de quatro meses.

— Ok. Isso te assustou?

— Não.

— Aconteceu alguma coisa com ela?

Agarrando uma cadeira para me equilibrar, me sentei e olhei para cima, para ele.

Ele não se mexeu.

— Me conte o que aconteceu, Kendall.

— Ela era uma aeromoça que estava de folga.

— Certo. Não estou acompanhando.

— O nome dela é Cass. Você a conhece?

Ele começou a abrir a boca para dizer uma coisa, depois congelou quando caiu sua ficha.

— Sim, conheço.

— Saiu com ela.

— Saí. Quantas vezes conversamos sobre isso? Não significou nada. Foi antes de nos conhecermos... — Ele arregalou os olhos, e um olhar de pânico passou por sua expressão conforme ele somou dois mais dois. — Espere. Não acha que *eu* a engravidei?

— Não é o que eu *acho*. Foi o que ela *me disse* com as próprias palavras. Disse que você é o pai do filho dela, Carter. Ela estava vindo para a Flórida para te contar pessoalmente. Estará no seu voo amanhã.

Ele balançou a cabeça, depois gritou:

— O quê? Não! — Ajoelhou onde eu estava sentada a fim de me olhar nos olhos. — Não, Kendall. Não.

— Consegue olhar para mim e me dizer com certeza absoluta que não é possível você ser o pai do filho dela?

Seus olhos de mexeram de um lado a outro conforme se esforçava para pensar. Passou a mão no cabelo. Aquela novidade também o pegou de surpresa, e eu não tinha dúvida de que ele estava em total choque.

Repeti:

— Existe uma possibilidade?

Ele finalmente se levantou e se sentou do outro lado da mesa, parecendo ainda muito atordoado para falar.

Repeti a pergunta de outra forma.

— Você dormiu ou não com ela há quatro meses?

— É — ele sussurrou. — Dormi.

— Então, é tecnicamente possível.

A luz se esvaiu dos seus olhos quando a ficha realmente caiu. *Era* possível.

Ele não conseguiu negar.

Apoiando a cabeça nas mãos, ele perguntou:

— Não sabemos de nada. E se ela estiver mentindo sobre a gravidez?

— Ela não sabia quem eu era, Carter. Não tinha motivo para mentir para mim.

Ainda segurando as laterais da cabeça com ambas as mãos, ele simplesmente continuou olhando para mim. O medo dentro de mim foi se expandindo a cada segundo que eu testemunhava o medo crescente nos olhos dele. Eu queria que ele me dissesse que Cass estava delirando. Queria que me dissesse que era tudo mentira. Queria que me fizesse sentir segura, e ele não podia. Simplesmente não conseguia provar nem uma coisa nem outra.

A voz da minha mãe soou em minha mente.

— *Vai acabar sem ninguém, e nós vamos acabar pobres!*

As palavras do próprio Carter do passado também voltaram para me assombrar.

— *Eu nunca abandonaria meu filho. Não tem nada mais importante do que uma criança e suas necessidades.*

Minha cabeça estava girando.

— Sinto muito, Carter.

— Sente muito? O que está dizendo?

— Tenho que ir embora.

Ele segurou minhas mãos.

— Ousada, não. Não faça isso. Independentemente do que aconteça, podemos passar por isso. Eu prom...

— Não posso. — Balançando a cabeça com lágrimas escorrendo em minha face, repeti: — Não posso. Desculpe.

— Não pode o quê?

— Não posso ficar com você.

Algo que nunca esperei aconteceu conforme ele continuava a me encarar. Seus olhos começaram a brilhar. Sendo o homem que era, ele lutou contra as lágrimas enquanto me encarava sem acreditar.

Incapaz de suportar vê-lo tão magoado, inventei uma mentira.

— Eu ia te dizer que resolvi seguir em frente com a inseminação, de qualquer forma. Então, suponho que a hora seja perfeita também.

Seus olhos estavam vermelhos.

— Que mentira.

— Não.

— Não minta para mim — ele soltou.

Precisava arrancar o Band-Aid. Meus olhos ainda estavam cheios de lágrimas quando, de repente, me levantei e andei até minha mala.

— Tenho que ir.

Ele me seguiu.

— Kendall, não faça isso.

— Não tenho escolha.

— E se for mentira, ou, se não for... e se o bebê não for meu? Ainda não sabemos — ele argumentou.

— E se for? — gritei.

— Então, não vai importar. Eu pertenço a você. Isso não muda nada.

— Muda tudo, Carter! *Tudo*. Nunca senti tanta dor na vida do que neste instante. Não consigo suportar. Se um dia realmente me amou, por favor, só me deixe ir. — Minhas lágrimas agora estavam me cegando quando sussurrei uma última vez: — Me deixe ir.

Minhas palavras pareciam tê-lo atingido. Ele ficou ali paralisado ao me observar indo embora. Me concentrei no som das rodinhas da minha mala, lutando contra o desejo de me virar para olhar para ele uma última vez.

Não me virei.

Precisava sair do portão da International Airlines o mais rápido possível.

Quinze minutos depois, me vi no balcão da Lufthansa.

— Quando é seu próximo voo para Munich?

Após procurar no computador, a recepcionista disse:

— Temos um que sai em uma hora com uma escala em Nova York.

Fechei os olhos para evitar a imensa tristeza rastejando dentro de mim quando percebi o que estava prestes a fazer. Tudo estava aparecendo diante dos meus olhos: Rio, Dubai, Amsterdã, Boca. O amor que cresceu cada vez mais a cada passo da nossa jornada. Eu ainda o amava, e sabia que sempre amaria, mas não poderia arriscar perder tudo. Mais ainda, não conseguia suportar a dor. Carter ser pai do filho de outra mulher era simplesmente difícil demais para aceitar. Eu o amava muito e não conseguiria testemunhá-lo vivendo parte do nosso sonho com outra pessoa. Estivera procurando sinais para me ajudar a tomar uma decisão. Diria que sentar ao lado de Cass era o maior sinal que poderia ter recebido.

Antes de poder mudar de ideia, suspirei e finalmente respondi à recepcionista.

— Vou querer.

CAPÍTULO 22
Onze meses depois

Carter

— Semana passada, exploramos seu passado, o que aconteceu com Lucy. Não tivemos tempo de revisitar a situação a que você aludiu, que o trouxe aqui em busca de ajuda. Então, acho que devemos investigar isso hoje, se não tiver problema para você. Gostaria que me contasse sobre ela — Dra. Lemmon disse.

— Tudo bem.

— Demore o quanto quiser.

De repente, pareceu que eu não conseguia respirar. As palavras simplesmente não saíam.

— Desculpe. Isso apenas não é fácil para mim. Não falei sobre ela com ninguém. Passei muitos meses basicamente fugindo, passando ainda menos tempo em casa do que antes, porque, apesar de ela ter ficado comigo lá somente por um curto período, é o lugar que agora me lembra mais dela porque foi onde nós... — hesitei. — Consumamos nosso relacionamento.

— Me conte sobre ela — ela repetiu.

— Seu nome era Kendall. Ãh, é Kendall. Tipo, ela não morreu. Ainda está por aí em algum lugar.

— Como se conheceram?

— No aeroporto.

— Não muito incomum para um piloto, suponho.

— É, mas nossa história foi tudo menos comum.

Passei os vinte minutos seguintes descrevendo as semanas em que Kendall e eu nos apaixonamos. As palavras voaram livremente até eu chegar à parte difícil.

— Então, ela te ligou e disse que o encontraria no aeroporto. Parecia bom. Você presumiu que ela iria aceitar sua proposta de ser o pai do filho dela. Você estava pronto para ser pai...

Fechei os olhos.

— É. É, estava. Com ela... estava pronto.

— O que aconteceu naquele dia?

Continuei minha história, dolorosamente me lembrando dos últimos momentos com Kendall no lounge do aeroporto antes de ela revelar seu encontro com Cass e sair da minha vida para sempre.

Dra. Lemmon tirou os óculos, parecendo afetada por minha história.

— Deve ter sido um momento muito difícil.

— Ainda não consigo entender como tudo simplesmente se atropelou tão rápido.

— Você a culpa por ir embora tão abruptamente?

— Não. Não culpo, não. Eu teria feito a mesma coisa no lugar dela.

— O que fez depois que ela partiu?

— Fiquei no lounge, desacreditado. Demorei algumas horas para recuperar a energia e ir para casa. Pedi para um amigo me pegar, porque eu tinha bebido bastante, então desmaiei na minha cama e dormi a noite toda até ser hora de acordar para o voo no dia seguinte.

— E como foi?

— Exatamente como Kendall me alertou, Cass apareceu. Ela trabalhou no voo e me disse que precisava falar comigo sobre uma coisa importante assim que pousássemos. Quando chegamos ao Brasil, ela me contou tudo... que estava grávida e carregando meu filho.

— Qual foi sua reação?

— Eu estava abatido, triste demais para ao menos pensar na situação toda. Naquele momento, só conseguia pensar em perder Kendall. Nada mais importava. Disse a Cass que ajudaria com as despesas do bebê, se fosse meu, mas que não conseguiria lhe dar mais nada. Deixei claro que insistiria no exame de DNA assim que o bebê nascesse.

— Ela ficou bem com isso?

— Não ficou feliz com minha falta de interesse ou empolgação, mas não tinha nada que eu pudesse fazer para mudar isso. Não queria aquela vida com ela. Eu só me importava com Kendall e não tinha energia para lidar com mais nada.

— O que aconteceu com Kendall?

— Gostaria de saber.

Ela pareceu aturdida.

— Você não sabe?

— Até hoje, não sei. Ela disse que planejava seguir em frente com a inseminação, mas se ela realmente continuou com isso é um mistério.

— Tentou ligar para ela?

— Tentei. Várias vezes. Ou ela cancelou sua linha ou mudou o número, porque não consegui falar. Lembro de ela me dizer o nome da mãe uma vez. Enviei uma carta para Annabelle Sparks em Dallas, mas ainda não sei se um dia chegou a Kendall. Não consigo encontrá-la nas redes sociais. Não sei mais o que fazer, ou se ela ao menos quer me ver se eu a encontrasse.

Dra. Lemmon fez algumas anotações, depois olhou de novo para mim.

— Me conte o que aconteceu... com o bebê.

— Eu estava no hospital quando ele nasceu. Ela lhe deu o nome de Aidan. Não sabia como me sentir, porque uma parte minha ainda não acreditava que era meu. Ao mesmo tempo, me sentia culpado por não sentir mais coisa.

— Ele é seu?

— Duas semanas depois que ele nasceu, ela finalmente fez o exame. Os dias à espera dos resultados foram uma tortura.

— E?

— Não é meu filho. — Soltei a respiração. Toda hora que eu revivia aquele momento da verdade não conseguia evitar sentir o mesmo alívio da primeira vez de novo.

Dra. Lemmon se ajeitou na cadeira.

— Uau.

— É.

— Como se sentiu em relação a isso?

— Foi um misto esquisito de raiva e alívio... alívio porque me absolvia de qualquer responsabilidade em uma situação que nunca escolhi, mas raiva por causa de tudo que tinha perdido por isso. Coisas que nunca poderei recuperar.

A mulher que nunca poderei recuperar.

A família que nunca poderei recuperar.

A vida que nunca poderei recuperar.

— Como está sua vida desde que descobriu a verdade?

— Não mudou muito, para ser sincero. Trabalhando o máximo de horas que consigo. Seguindo o fluxo. O que sempre fiz.

— Você usa seu trabalho como meio para se esconder de seus demônios. Primeiro, foi Lucy. Agora, Kendall.

Ergui a voz em defesa.

— O que sugere que eu faça?

Não estou te pagando para me dizer o que eu faço, porra?

— Até saber o que aconteceu com Kendall, não vai encontrar essa paz interior. Vir aqui é um bom primeiro passo, mas não há nada que posso fazer para impedir que isso te assombre.

— Eu te disse. Tentei contatá-la. Não sei onde ela está.

— Disse que tem um possível endereço no Texas. Por que não vai lá e vê se consegue descobrir o que está acontecendo na vida dela?

Não consegui responder, embora soubesse a verdade; eu estava me cagando de medo. Medo do que ela tinha passado, medo de magoá-la, medo do desconhecido. Uma coisa era certa: se eu soubesse que ela queria me ver, estaria lá em um segundo.

A sessão de terapia tinha me deixado exausto. Em vez de me sentir melhor, parecia que as comportas protegendo minha sanidade tinham explodido.

Naquela noite, de volta ao meu apartamento em Boca, estava pendurando meus uniformes que tinha pego da secadora quando vi uma bola de pelo branca no canto do meu armário. Estava exatamente onde eu havia jogado meses antes.

Comprara um ursinho de pelúcia na Venezuela e planejara dar a Kendall se ela aceitasse minha proposta. Peguei o urso e o encarei, sentando na beirada da cama.

— Eu deveria ter te jogado no lixo. Assim, não precisaria olhar para você agora.

Ótimo. Agora, estava falando com objetos inanimados.

— O que acha? Devo ir para o Texas? Tentar encontrá-la?

Você ficou louco pra caralho, Carter.

— O que tenho a perder? Perdi tudo, não foi? — Trazendo o urso mais perto do rosto, eu disse: — Vou deixar você decidir. Se continuar em silêncio, vou presumir que não é contra.

Coloquei-o em cima da minha cômoda e me afastei, cruzando os braços e ainda encarando-o.

— Fale agora ou cale-se para sempre — eu disse antes de me deitar na cama e abrir o laptop.

Com três dias de folga antes de voar para o Rio, usei minhas milhas e comprei uma passagem para o aeroporto de Dallas.

Virando-me para as gavetas, apontei para o animal fofo.

— Se isso estourar na minha cara, vou culpar você.

O rancho tinha, no mínimo, três hectares. Havia alguns cavalos pastando, mas parecia bem abandonado e malcuidado, dado o tamanho da propriedade.

O infame Rancho dos Sparks.

Sempre quis ver onde Kendall cresceu; só não esperava visitar aquele lugar sem ela.

Uma mulher loira que parecia ter sido bonita vinte anos antes abriu a porta. Estava com um cigarro pendurado na boca e cheirava a álcool.

— Posso ajudar?

— Mora aqui?

— Moro, esta é minha propriedade.

— A senhora é Annabelle?

— Sou. Quem é você?

— Estou procurando sua filha, Kendall. Meu nome é Carter Clynes. Eu era amigo dela.

Ela deu um longo trago, depois soprou fumaça, apontando o dedo para mim.

— Oh, meu Deus. Você é o piloto.

— Sou. Ela falava de mim?

— Falava.

Isso me deixou feliz.

— Ela está aqui?

— Não. Minha filha não aparece há meses.

Apavorado, perguntei:

— Onde ela está?

— Isso me deixa puta. Kendall deixou claro que não queria que eu soubesse o paradeiro dela.

— Quando foi a última vez que ela esteve aqui?

— Ela tinha viajado para a Alemanha. Não me contou o que aconteceu lá. A viagem durou umas duas semanas. Só descobri que ela tinha ido para lá pela etiqueta na mala dela, se não, ela não me contaria nem isso.

— Por quanto tempo ela ficou aqui depois de retornar da Alemanha?

— Alguns dias. Disse que só iria pegar as coisas dela e ir embora de novo. Disse para não me preocupar com ela.

— Ela não disse se iria fazer a inseminação?

— Não. Minha filha prefere me torturar, trocar o número de telefone, impossibilitando de eu encontrá-la. Ela prefere me abandonar aqui sofrendo, imaginando se vou perder tudo ou não. Não tenho muito mais coisa. Se ela não deu à luz um menino, tudo acabará em breve. Será o fim do mundo como eu conheço.

Aquela mulher era inacreditável. Usei toda a minha força de vontade para não mandá-la se foder. Mas ainda precisava que ela não me expulsasse.

— Diria que está sendo um pouco dramática, Madame. Sabe, *há* uma opção para amenizar a situação, que é encontrar um emprego. Não é o fim do mundo simplesmente não conseguir manter esta propriedade ou o estilo de vida. Neste momento, acho que deveria estar mais preocupada com o bem-estar da sua filha.

Ela escolheu ignorar meus comentários.

— O que você quer?

— Preciso encontrá-la.

Annabelle foi até um cinzeiro e apagou o cigarro.

— Desculpe. Como eu disse, não consigo te ajudar.

Olhando em volta para o espaço amplo, perguntei:

— Ela tem um quarto aqui?

— Sim.

— Teria problema se eu olhasse lá para ver se consigo encontrar alguma pista do paradeiro dela?

Quando ela pareceu hesitar, eu disse:

— Poderia beneficiar a nós dois se conseguíssemos localizá-la.

Ela acendeu outro cigarro, tragou profundamente e deu de ombros.

— Pode ir lá. Segunda porta à esquerda, subindo as escadas.

Assentindo uma vez, falei:

— Obrigado.

A porta fez barulho ao abrir conforme entrei no quarto de Kendall. O sol estava iluminando o espaço, lançando uma sombra em sua colcha amarelo-clara. Tudo era tão claro, delicado e feminino, exatamente como ela. Meu coração ficou pesado quando passei os dedos por seus itens pessoais.

Minha mão parou em uma foto emoldurada de Kendall com um homem mais velho que parecia ter sido seu avô. Era de alguns anos antes. Ver seu sorriso lindo de novo me deixou mais determinado do que nunca a encontrá-la.

Depois de vasculhar seu quarto, nada de valor informativo apareceu. Me senti derrotado. Abrindo seu armário meio vazio, peguei alguns dos vestidos que ali sobraram, cheirando cada um, esperando reconhecer seu cheiro.

Minha mão pousou em algo incomum. Congelei. Pendurado no canto mais escondido à esquerda do armário havia uma roupa minúscula feita para um menininho. Era azul-marinho com listras brancas nas laterais e parecia um uniformezinho de piloto. Olhei a etiqueta. O nome da marca era *Carter's*.

Puta merda.

Tirei-a do armário, e foi quando vi: um par de asas de piloto preso à frente da roupinha. Cheio de desejo doloroso, fechei os olhos e me lembrei de suas palavras em uma de nossas últimas conversas antes de tudo ser destruído.

— *Comprei uma coisa hoje que me lembrou você.*

Deve ser isso que ela ia me dar. Era prova de que estivera planejando aceitar minha proposta. Ela também queria o bebê, tanto quanto eu. Apertei a roupinha no peito.

Ela mentiu sobre ter decidido em relação à Alemanha. Mas a verdade em questão é que ela *acabou* indo para lá. Eu precisava dizer a ela que ainda a amava e aceitava qualquer decisão que tivesse tomado.

Será que eu ainda a amaria se ela tivesse o filho de outro homem?

Sim.

Caramba. Amaria, sim.

Precisava encontrá-la.

Pense.

Pense.

Pense.

Será que poderia envolver o FBI? A polícia? Ela tinha partido por vontade própria. Eles não perderiam tempo procurando-a. Eu poderia contratar um investigador particular, mas ela ficaria brava se descobrisse que eu tinha feito algo contra sua vontade?

Então, tive um momento de clareza. Em dois dias, eu iria para o Rio de novo. Se havia alguém que poderia ajudar a resolver esse mistério, esse alguém era *aquela maluca*. Não era um trabalho para a polícia.

Era um trabalho para Maria Rosa.

CAPÍTULO 23

Carter

Era quase meia-noite quando o táxi me deixou. Um hóspede atendeu à porta e voltou para seu quarto. Segui meu olfato, que me levou diretamente para a cozinha. Maria estava mexendo uma panela enorme no fogão com uma mão enquanto alimentava Pedro com uma fatia de manga com a outra. Ela não se virou, e eu não tinha ligado antes para avisá-la que estava indo, então presumi que pensasse ser outra pessoa.

— Venha comer. Conversaremos, então.

— É Carter, Maria.

Ela mesmo assim não se virou. Em vez disso, pegou uma tigela do armário ao lado dela e serviu um pouco de feijoada. Quando se virou e colocou-a na mesa, não ficou nada surpresa em me ver. Ela sabia que eu estava indo até lá.

— Comer! Comer!

Ela era psíquica o suficiente para saber que eu iria para lá, mesmo assim, peguei-a de surpresa quando soltei as malas e a abracei. Por algum motivo, estar lá me fez sentir o que não sentira em quase um ano: esperança. Abracei-a por muito tempo, mas, quando me afastei, ela apertou meu rosto e beijou minhas bochechas. Depois disso, nos sentamos e comemos juntos em um silêncio confortável. Quando acabamos, eu estava começando a ficar ansioso sobre o que queria conversar com ela. Nunca tinha lhe perguntado nada sobre o meu futuro. Ela falava coisas aleatórias quando me olhava às vezes. Eu nem tinha certeza se ela *conseguiria* responder minhas perguntas. Será que a clarividência era uma habilidade sob demanda?

Após arrumarmos a mesa, estava começando a me encorajar para perguntar, quando ela, de repente, pegou minhas mãos com as dela. Não precisei fazer uma única pergunta. Não foi necessário, já que ela me disse para sentar e começou a me contar sobre o meu futuro.

Três horas depois, eu estava em meu quarto, minha cabeça girando. Tentei dormir, mas era quase impossível porque o único quarto disponível era o que Kendall e eu compartilhamos. Ainda conseguia sentir o humor dela mesmo depois de onze meses.

Onze meses.

Como ela estaria se estivesse grávida? Seus peitos ousados pesados com leite e sua bunda um pouco mais cheia. Eu estava tão necessitado que só de pensar em Kendall grávida fiquei excitado? *Porra.* Ela era a única coisa que conseguia me excitar agora. Onze meses de celibato. Foi o maior período da minha vida desde que eu tinha dezesseis anos.

Tinha decidido, no longo voo até ali, que realmente não importava se ela tivesse tido um filho de outro homem. De uma maneira fodida, quase queria que acontecesse. Ela tendo tudo que queria compensaria, pelo menos um pouco, o tempo que ficamos separados. Porque pensar em nós dois perdendo os últimos onze meses das nossas vidas por nenhum maldito motivo era suficiente para contrair meu peito.

Pensei em tudo que Maria dissera naquela noite repetidamente. Como sempre, suas mensagens eram enigmáticas, e era difícil decifrar o que ela estava tentando me dizer. Mas estava determinado a aceitar seu conselho, independentemente de qual fosse. O problema era que eu não sabia o que queria que eu fizesse.

A resposta está no céu. A resposta está no céu.

Ela ficava repetindo a mesma frase.

A resposta está no céu. A resposta está no céu.

Já que era de manhã quando finalmente dormi, acordei bem tarde. Meu voo só seria no dia seguinte, então tinha bastante tempo para tentar descobrir o que Maria estava tentando me dizer. Ela tinha ido ao mercado quando fui procurá-la, então fui andar na praia na tentativa de clarear a mente.

Após mais ou menos um quilômetro no sol ardente, passei por uma cadeira solitária na beira da água. Lembrei-me da última vez que andara por aquela praia, que foi com Kendall. Quase naquele exato lugar, tínhamos passado por *duas* cadeiras aleatórias. Esperava que isso não fosse um sinal... de que só precisaria de *uma* cadeira a partir de agora.

Me sentindo perdido, sentei para tentar entender um pouco da minha vida louca. Jogando a cabeça para trás, fechei os olhos e deixei o sol brilhar em meu rosto enquanto me lembrava do que acontecera da última vez em que me sentei naquele mesmo lugar com Kendall. Foi como um filme em minha mente. Nossas cadeiras estavam uma de frente para a outra, e estávamos passando o pé um no outro na areia. Perguntei a ela por que estava viajando, e, inicialmente, ela fora vaga. Logo, eu descobrira que estava evitando me contar seu segredo por estar muito envergonhada para admitir a verdade. Ela pensava que eu a veria como superficial e desesperada.

Mas a verdade era que, antes de conhecer Kendall, *eu* era quem estava vivendo uma vida superficial e desesperada. Indo de mulher em mulher, sem nunca querer ficar em um lugar por muito tempo. A mulher que pensou estar desesperada acabou se tornando *por quem* eu estava desesperado. Amor verdadeiro.

Não somente Kendall me contara seu segredo naquele local, mas eu também me abri sobre Lucy. Foi a primeira vez que contei a alguém sobre Lucy. Nunca tinha realmente conversado com meus pais sobre o que acontecera. Mesmo assim, compartilhara meus demônios com Kendall e, apesar de tudo, ela abrira seu coração. Pelo menos, pensei que tivesse aberto.

O sol era tão bom aquecendo meu rosto. O som das ondas levemente encontrando a superfície me levou a relaxar. Soltei a respiração e permiti que a praia lavasse um pouco do meu estresse. Não havia mais motivo para chorar pelo passado. A única coisa que conseguia controlar agora era o futuro.

Meu futuro.

A resposta está no céu. A resposta está no céu.

As palavras de Maria Rosa continuavam a soar em minha mente repetidamente.

A resposta está no céu. A resposta está no céu.

O que ela estava tentando me dizer?

A resposta está no céu. A resposta está no céu.

Usando a mão para proteger os olhos, olhei para o sol. De repente, a resposta me atingiu em um momento de clareza.

A resposta está no céu.

Lucy no céu com diamantes.

Maria estava tentando me dizer para ir ver Lucy. Como eu pude ser tão estúpido?

Tinha cobrado alguns favores para fazer acontecer. Considerando que eu aceitara todo voo disponível que qualquer um me pedia nos últimos cinco anos, não foi tão difícil quanto pensei conseguir que me cobrissem por cinco dias. Depois de voar de volta para os Estados Unidos naquele dia, voaria de folga para Michigan. Tinha passado mais de um ano desde que fora para casa e ainda mais tempo desde que visitara Lucy. Na verdade, a última vez em que vira a sepultura de Lucy foi... *nunca.*

A hora tinha chegado.

Eu não sabia como ou por que, mas Maria sabia. *A resposta está no céu.*

Era um típico fim de manhã de março em Michigan. A neve cobria o chão, e o gelo cobria a neve. Minhas pegadas esmagavam o solo conforme andava no gramado congelado para a fileira sessenta e oito na Seção Crestwood, do Cemitério Fairlawn.

Quando as estacas numeradas no chão chegaram à fileira designada, olhei em volta e respirei fundo. Felizmente, não havia ninguém até onde eu conseguia ver. Fiquei aliviado porque definitivamente não estava preparado para encontrar alguém da família de Lucy. Ver alguém ali era mais do que eu poderia suportar.

A fileira de Lucy tinha mais ou menos vinte lápides. Caminhei lentamente, lendo os nomes em cada uma até ler o dela.

Lucy Langella

10 de julho de 1986 – 7 de setembro de 2004

A dor cortou meu peito. Inspirei uma respiração superficial antes de ler o epitáfio escrito debaixo de seu nome.

Às vezes, o amor dura um instante.
Às vezes, o amor dura uma vida inteira.
Às vezes, um instante dura uma vida inteira.
O nosso durou um tempinho.
Asas duram a eternidade.

Fazia doze anos e, ainda assim, o tempo não tinha fechado a ferida que estava aberta pela morte de Lucy. Ainda doía pra caralho. A dor era recente. Só que, naquele dia, em vez de afastá-la, eu a recebi bem.

Li o início das palavras inscritas de novo.

Às vezes, o amor dura um instante.
Às vezes, o amor dura uma vida inteira.

Era isso que Maria queria que eu visse? Tentei entender. Será que Lucy era meu instante e Kendall, minha vida inteira?

Asas duram a eternidade.

Será que estava tentando me dizer que eu também não merecia? Que estava destinado a voar pelo mundo pela eternidade e nunca sossegar?

A dor se intensificou. Apertei os olhos fechados conforme o gosto das lágrimas salgadas chegou à minha passagem nasal. Era essa minha punição? Lucy amara e perdera. Eu tinha feito aquilo com ela. Isso me fez perceber que minha vida era mais fácil de viver antes de Kendall aparecer naquele bar do aeroporto. Dizem que é melhor ter amado e perdido do que nunca ter amado, mas, naquele momento, eu estava pensando que isso era um monte de merda. Será que Lucy e eu não teríamos ficado melhor se nunca tivéssemos amado? Eu não teria percebido como minha vida era uma droga antes de Kendall, e Lucy ainda... estaria aqui.

Meus ombros começaram a chacoalhar muito tempo antes de o som chegar. Quando tudo chegou de uma vez, precisei me sentar na neve, ou teria caído. Por mais que eu tentasse lutar contra, não conseguia mais. Os soluços vinham das profundezas de dentro de mim, e chorei por todas as perdas. Pelos pais de Lucy que nunca puderam vivenciar nenhuma das alegrias que meus pais puderam. Por Lucy e Kendall, por decepcioná-las porque não consegui controlar meu pau. E por perceber que...

Às vezes, *um momento é uma vida inteira.*

... e é isso.

CAPÍTULO 24

Carter

Cinco dias de descanso não ajudaram. Tinha decidido não visitar meus pais, apesar de estar a poucos minutos da casa deles. Eu estava horrível e, se eles me vissem naquela condição, ficariam preocupados.

Infelizmente, mal poderia esperar para voltar ao trabalho. Estar no ar tinha se tornado meu lar, e eu iria loucamente para qualquer outro lugar. Cheguei ao aeroporto de Detroit três horas e meia antes do meu voo. O check-in da tripulação nem tinha aberto ainda, então fui para o Sky Lounge a fim de tomar café da manhã enquanto aguardava. Havia acabado de pedir um omelete de peru e queijo suíço e me sentei para ler o jornal quando uma voz familiar chamou meu nome.

— Ei, Trip.

Alexa Purdy definitivamente não estava vestida com seu uniforme padrão de Capitão. Parecia mais que ela iria para a praia em vez de estar prestes a comandar um voo comercial. Suas pernas tonificadas eram longas, para começar, mas o short curto com sandálias de salto alto a faziam parecer que poderia ser uma Rockette da cidade de Nova York.

— Alexa. — Assenti.

— Para onde está indo hoje?

— Nova York. E você?

Ela me deu um sorriso vou-te-comer-no-jantar e ronronou:

— Nova York.

— O plano de voo listou Ken Myers como meu copiloto.

— Oh. Sou só uma passageira. Era para encontrar minha amiga na cidade por alguns dias. Mas ela cancelou no último minuto. — Ela fez beicinho e se balançou para a frente e para trás em uma forma de flerte. — Agora, estou totalmente sozinha.

Pigarreei.

— É uma cidade movimentada. Aposto que vai encontrar bastante coisa para fazer.

Sem ser convidada, ela se sentou à minha frente e inclinou a cabeça para o lado.

— Ainda está namorando aquela loirinha? Qual era o nome dela? Kylie?

Não me incomodei em corrigi-la porque dizer seu nome doía demais.

— Terminei.

Alexa nem tentou esconder que minha resposta a deixava feliz.

— E por quanto tempo *você* vai ficar em Nova York, Trip?

— Só uma noite. Tenho um voo para Copenhagen amanhã à noite.

— Uma noite, hein?

Fiquei feliz quando o garçom chegou com meu omelete. Embora não estivesse com tanta fome, tratei de ocupar a boca para não precisar continuar falando.

Alexa optou por um iogurte e café preto. Com sua estrutura alta e magra, cabelo comprido escuro e grandes olhos castanhos, ela era realmente uma mulher bonita. Apesar de tudo nela ser praticamente o extremo oposto da aparência de Kendall. Se me lembrava corretamente, ela também era o extremo oposto de Kendall na cama. Enquanto Kendall tinha um apetite sexual saudável, ela gostava que eu guiasse e brincasse de ser o parceiro dominante na cama. Alexa, por outro lado, era agressiva e gostava de acabar com o mistério do que a fazia gozar falando para seu amante bem especificamente o que ela queria. Na época, aquilo dera certo comigo. Garantia que tinha um final feliz rápido e fácil para nós dois. Já que meu tempo com ela era limitado a algumas brincadeirinhas na folga, eu só ficava ansioso por um alívio e depois dormir.

Pensar em Alexa daquela forma me deixou bravo comigo mesmo. Mas também me deixou bravo com Kendall. Nos últimos cinco dias, tinha percebido que ela estar grávida do filho de outro homem não era suficiente para me fazer fugir. Agora sabia que permaneceria com ela independente de ela estar grávida. Seria uma confusão, mas, na minha cabeça, qualquer coisa valia a pena por ela. Ainda assim, ela havia me deixado antes até de saber com certeza se eu *teria* um filho. Fui de triste para bravo e de novo triste algumas vezes nos últimos dias. E meu humor, atualmente, estava na zona de raiva.

Durante a hora seguinte, Alexa e eu conversamos sobre alguns dos lugares a que fomos e falamos sobre quem tinha se aposentado. Qualquer coisa relacionada a trabalho me trazia uma sensação de conforto.

Porque era tudo que eu ainda tinha, caralho.

— Já tem uma reserva para ficar à noite? — ela perguntou.

Na verdade, eu não tinha reservado nada porque não verificara qual seria meu voo até acordar naquela manhã.

— Provavelmente, vou simplesmente ficar no JFK Radisson. Acho que é onde eles ainda nos colocam.

— Vou ficar em um quarto no Plaza. O que me diz de vir para a cidade comigo e passar a noite? Podemos sair para dançar. Ou, se não estiver no clima, podemos pular a dança e só ir direto para a cama. — Ela arqueou uma sobrancelha. Alexa era bem direta.

Embora eu não quisesse de verdade, pensei que poderia ser bom voltar à minha vida. Seria isso para mim. Eu não estivera com outra mulher em mais de onze meses. Se fosse voltar à ação, poderia ser com uma mulher que eu sabia que era compatível comigo e que também não tinha expectativas de nada mais do que apenas foder. E daí? Era melhor do que ficar sozinho de novo.

— Claro... por que não?

Quando pousamos, tive que esperar um dos mecânicos locais da International Airlines chegar. Uma das bitolas do avião tinha parado de funcionar no meio do voo. Não era crítico para a segurança, mas nossa política exigia que ficássemos até nos encontrarmos com o técnico para que pudéssemos explicar o problema pessoalmente. Disse para meu segundo oficial ir embora, e eu ficaria e aguardaria. Diferente de mim, *ele* tinha uma família aguardando-o em casa. E eu tinha Alexa para me fazer companhia enquanto esperava. Aparentemente, tinha um substituto de serviço, e eu iria esperar por mais de uma hora. Alexa se juntou a mim na cabine para esperar.

— Lembra daquela vez que quase fomos pegos em Berlim enquanto esperávamos o tempo melhorar? Eu estava sentada no seu colo, montada, e a porta da cabine estava aberta, e não escutamos o anúncio de que iriam finalmente começar a embarcar. — Ela estava sentada na cadeira ao meu lado e passava os dedos para cima e para baixo no meu braço conforme falava.

Assenti, incapaz de responder vocalmente porque sabia que minha voz sairia cheia de desprezo. Eu me lembrava do dia que ela estava falando, embora só de pensar nisso ficasse enojado. *Foda sem amor*. O que tinha acontecido comigo que não estava mais realmente interessado? Eu tinha certeza de que, se lhe pedisse para se ajoelhar naquele momento, enquanto esperávamos o mecânico, ela o teria feito feliz. Houve uma época em que ser chupado na cabine era melhor do que qualquer droga. Será que um dia eu voltaria àqueles dias em que me sentia assim? Certamente, não me sentia assim no momento.

— Temos uma hora sem nada para fazer. Poderíamos erguer o protetor do sol e seguir para as preliminares?

— Prefiro só cuidar disso e ir para o hotel.

Ela ficou quieta por um instante.

— O que está havendo com você, Trip? Não está parecendo normal.

— Nada. Só cansado do voo.

Eu não iria insultá-la e dizer a verdade — que eu preferia estar esperando para ficar diante do fuzilamento do que ansioso para estar dentro dela de novo. Não tinha por que magoar seus sentimentos. A merda com que eu estava lidando era problema só meu.

Ela deve ter sentido que minha mente estava em outro lugar.

— O que aconteceu com você e a loirinha, afinal? Houve boatos pela tripulação de que alguém tinha finalmente laçado o Capitão Pau Grande.

Franzi o cenho.

— Capitão Pau Grande?

— Não finja que não sabe do que as aeromoças te chamam. Não é segredo que você gosta de foder, e é bem equipado.

Balancei a cabeça, desgostoso comigo mesmo. *Deus, eu realmente era um babaca antes de conhecer Kendall.*

Quando não respondi, ela pressionou de novo.

— O que foi? Estava apaixonado por ela ou algo assim?

Loucamente apaixonado.

— Não quero falar sobre isso com você, Alexa.

— Por quê? Fui casada uma vez. Me apaixonei. Poderia ser uma amiga também, sabe. Há mais em mim do que apenas um lugar para enfiar seu pau de vez em quando. Você só nunca teve interesse em me conhecer antes.

Eu a encarei. Ela estava absolutamente certa. Antes de Kendall, eu não teria concordado com ela, mas agora eu sabia como era se envolver com alguém — me abrir para mais do que apenas sexo —, então conseguia ver as coisas claramente. Nunca tinha lhe dado uma chance.

— Desculpe por isso, Alexa.

Ela baixou sua guarda firme e, por um segundo, vi um lado vulnerável nela que nunca tinha visto.

— Tudo bem. Peguei o que conseguia de você.

Felizmente, o mecânico apareceu mais rápido do que o esperado e acabou com nossa conversinha sincera. Depois que lhe mostrei a bitola quebrada e fiz um checklist de outros assuntos, terminei e acabou meu trabalho. Alexa e eu desembarcamos, fomos para o terminal e começamos a caminhar para a saída do aeroporto.

Enquanto andávamos pela multidão, minha mente estava agitada. Será que essa era a maneira certa de agir para me sentir como o antigo eu de novo? Transar irracionalmente com uma colega de trabalho? Por que parecia errado agora? Kendall sumira há mais de onze meses, e não tinha motivo para eu me manter fiel a um fantasma.

Quando passamos por uma banca Hudson News, pensei que realmente tinha visto um fantasma. Havia uma mulher folheando revistas, suas costas para mim, mas de trás parecia exatamente com Kendall. Minha pulsação começou a acelerar mais naquele rápido instante do que tinha feito em um bom tempo. Ver o fantasma de Kendall me deixou mais excitado do que pensar no que estava prestes a fazer com Alexa. Encarei a mulher conforme passamos. Percebendo que ela estava usando um uniforme de aeromoça de uma companhia aérea parceira, a National Elite, me senti vazio e me obriguei a desviar o olhar. Estava mesmo começando a enlouquecer.

Uma consciência que não percebi que tinha começara a cutucar quando chegamos à saída. Não tinha como eu conseguir fazer isso com Alexa. Por mais que eu me odiasse por não conseguir seguir em frente, simplesmente não estava pronto. A fila de táxi tinha apenas uma pessoa à espera. Entramos na fila, e um táxi rapidamente estacionou. Quando o motorista saiu e abriu o porta-malas, esperei até ele pegar a mala de Alexa.

— Alexa. Desculpe. Agradeço o convite, mas não posso fazer isso.

— Fazer o quê? — Ela pareceu sinceramente perplexa.

— Ir com você. Para seu hotel. Não estou pronto.

— Não está pronto? Está falando de...

— Não, não disso. Não é um problema físico. Só estou... minha mente está em outro lugar, e não é justo fazer isso com você.

Ela se aproximou e segurou as lapelas do meu uniforme.

— Não me importo.

Forcei um sorriso triste.

— Desculpe. Mas eu me importo.

Ela suspirou alto.

— Tem alguma coisa que eu possa oferecer para te convencer?

Pode fazer um fantasma virar realidade?

— Não. Desculpe. — Abri a porta de trás do carro e esperei que ela entrasse.

Ela entrou e parecia genuinamente triste, mais do que brava.

— Se mudar de ideia, sabe onde me encontrar.

— Obrigado. Cuide-se, Alexa.

Fechei a porta e bati os nós dos dedos em cima do carro amarelo para avisar ao motorista que poderia partir. Então fiquei ali por inteiros dez minutos encarando o nada além da calçada. Não sabia o que fazer comigo mesmo. Poderia fazer check-in em um hotel, mas aquele pensamento me deixava ainda mais depressivo do que o incidente com Alexa. Então, fiz a única coisa que parecia me fazer sentir melhor ultimamente: voltei para o aeroporto.

A comida do Sky Lounge não era tão ruim, e mataria um tempo antes de ir para meu hotel deprimente sozinho. Passei pela segurança pela qual tinha acabado de sair e voltei pela Nacional Elite. Conforme passei pelo portão trinta e dois, tive um deslumbre do que pensei ser o fantasma loiro de Kendall andando pelo corredor a fim de embarcar para seu voo. Realmente parecia com ela de costas. Até o balançar dos quadris era similar. Parei para observá-la caminhar por toda a passagem, sem me mexer até ela ter desaparecido de vista. De novo, meu coração estava batendo descontrolado só de ver uma mulher *similar* a Kendall.

Que *porra* estava acontecendo comigo?

Balancei a cabeça, pisquei algumas vezes e me obriguei a continuar andando. Andei por mais dois ou três portões quando, de repente, me virei.

— *Estou ficando louco, caralho* — resmunguei para mim mesmo.

Era ridículo, eu sabia. Mas meu coração ainda estava acelerado, e nunca conseguiria dormir à noite se ao menos não perguntasse.

Esperei na fila atrás de uma mulher que queria trocar o assento. Quando chegou minha vez, me certifiquei de estar com o quepe de capitão na cabeça.

— Oi, sou Carter Clynes, da International. Poderia jurar que vi uma velha amiga com quem costumava trabalhar passar pelo corredor.

— Está falando da Capitã Reisher?

— Não. Uma aeromoça. Costumávamos trabalhar juntos.

— Deixe-me ver. Temos Melissa Hansen, Nat Ditmar e... — A mulher se virou para sua colega de trabalho. — Qual é o nome mesmo da nova aeromoça? A loira?

Meu coração começou a acelerar com ansiedade.

— Aquela que acabou o treinamento na semana passada?

— É, essa. Ela embarcou agora no voo de hoje.

— Oh. O nome dela... é Kendall.

Congelei. Não poderia ser.

— Você disse Kendall?

— Isso. Era quem você pensava?

Tinha que ser uma coincidência gigante.

— Kendall... o sobrenome dela é Sparks?

— É, isso mesmo. Ela trabalha no trecho de Nova York a Boston agora.

Será que estou imaginando o que estou ouvindo? Perdi o resto dos meus parafusos? Ou será que é realmente possível que Kendall tenha se tornado aeromoça e estivesse no fim do corredor?

O pensamento parecia insano.

Olhei para a informação de voo. Mostrava Boston, mas estava brilhando como atrasado.

— Que horas é para vocês saírem?

— É para fecharmos a porta em quinze minutos, mas eles nos disseram para esperar pelo menos uma hora devido aos ventos fortes.

— O voo está cheio?

Ela apertou algumas teclas.

— Há alguns assentos vazios neste momento.

— Já volto.

Saí o mais rápido que consegui, correndo para o balcão, onde poderia comprar uma passagem.

Já que não era minha companhia aérea, tive que esperar na fila com todo mundo, e estava começando a ficar impaciente. Havia olhado a hora no celular uma dúzia de vezes nos quinze minutos que estava esperando. O cara na minha frente percebeu.

— Parece que está preocupado em perder o voo, amigo. — Ele tinha um sotaque que eu achava ser da Austrália.

— Estou tentando pegar um voo atrasado. Mas não tem muitos assentos sobrando.

— Você é piloto, não é?

Assenti.

— Eles não dão preferência para o garotão à frente do avião? Por que está esperando na fila como o resto de nós?

— Não é a companhia aérea para a qual trabalho.

— Ah. Bom, pode ir na minha frente, se ajudar alguma coisa. Estou três horas adiantado para o meu voo. — O cara estava com uma caixa de transporte de cachorro enorme diante dele.

— Chegou cedo para fazer check-in do seu cachorro ou algo assim?

— Ou algo assim. — Ele deu risada. — Minha esposa e eu estávamos aqui visitando Nova York. Ela não quer deixar o carneiro em casa sozinho. O maldito vai aonde vamos.

— Carneiro?

Ele se inclinou e sussurrou:

— É uma cabra que tem aí dentro. — Então ele colocou um dedo sobre a boca, fazendo o sinal universal de shhh. — Não conte para as pessoas da companhia aérea. Minha esposa acha que eles não vão perceber.

Me inclinei e dei uma olhada na caixa. Com certeza, o cara tinha um cabritinho ali dentro.

— Não acha que eles vão saber que é uma cabra?

— Você não conhece minha esposa, Aubrey. Ela foi ao banheiro. Mas, quando acabarmos aqui no balcão, eles vão oferecer ao Pixy aqui biscoitinhos. Ela consegue vender madeira para uma floresta. Pensando nisso, é melhor você ir na minha frente. Porque, se eles tentarem fazer esta coisa voar com animais de fazenda, vamos ficar aqui por um bom tempo.

Balancei a cabeça, me divertindo. O cara era tão carismático e bonito, que algo me dizia que ele conseguiria vender às moças atrás do balcão que a cabra era um gatinho, se ele tentasse. Conversamos por uns minutos, avançando na fila um pouco de cada vez.

— Então, para onde está indo? Se aventurando?

— Espero que sim — eu disse.

Quando a aeromoça chamou "próximo", o australiano me disse para ir na frente dele. Estendi a mão.

— Obrigado. Boa sorte com seu... animal.

— Obrigado. Espero que encontre essa aventura.

Também espero.

CAPÍTULO 25

Carter

Era ela.

Deu um aperto no meu peito.

Puta merda. Eu não estava imaginando tudo aquilo.

Quando me sentei no assento no fundo do avião, estreitei os olhos para ver cada movimento que Kendall fazia conforme trabalhava à frente do Boeing 737. Era surreal vê-la naquele papel. Era como se meus mundos colidissem do jeito mais estranho.

De alguma forma, ela não tinha me visto embarcar. Era uma bênção porque eu precisava de tempo para processar. Ela estivera ajudando um idoso a arrumar algo no compartimento de bagagens quando eu me encolhi para passar por ela, desacreditado.

Pensei em confrontá-la ali mesmo, mas não era a hora nem o lugar para lidar com tudo que precisávamos conversar. Minha maior esperança era que ela não pirasse quando inevitavelmente me visse.

Fazê-la ser demitida também era algo que eu realmente queria evitar. Eu conhecia o esquema. Havia muitas pessoas esperando na fila para assumir o cargo de aeromoça. A maioria que faz o treinamento acaba nem sendo contratada pela companhia aérea. Embora eu não entendesse como ela conseguiu aparecer ali, claramente era algo que ela queria. Eu não iria arriscar tirar isso dela.

A confusão na minha cabeça estava bagunçando minha mente.

Ela teve o filho ou não?

O treinamento para aeromoça durava uns dois meses. Tecnicamente, ela poderia ter feito enquanto estava grávida, depois voou até um certo ponto quando eles começaram a impedi-la. O que realmente aconteceu a ela esse tempo todo era um completo mistério.

O voo para Boston seria de apenas uma hora. Graças a Deus. Não tinha como eu ter durado muito mais preso naquele lugar e sem poder obter respostas.

Estavam se formando gotas de suor em minha testa. Meu coração batia tão rápido que, pela primeira vez na vida em uma aeronave, realmente comecei a entrar um pouco em pânico. Particularmente, nunca gostei de voar a menos que estivesse controlando as coisas da cabine.

Kendall assumiu sua posição lá na frente para a decolagem. Assim que estivéssemos no ar, provavelmente ela cruzaria o corredor para a cozinha em algum momento. Não havia como eu conseguir me esconder e passar despercebido até o fim do voo. Pensar em ficar cara a cara com ela diante de todas aquelas pessoas me deixava enjoado.

Trabalhar como piloto tinha me preparado para lidar com dúzias de cenários potencialmente catastróficos. Apesar disso, eu não me sentia nada preparado para encarar Kendall.

Eu a analisei o máximo que consegui de longe. Ela estava usando uma saia lápis cinza e uma blusa azul-clara com mangas três quartos. Havia uma faixa azul mais escura que passava pelo meio. Seu cabelo normalmente bagunçado estava arrumado perfeitamente em um coque baixo.

Ela parecia cautelosa e mecânica ao interagir com os passageiros. O sorriso que eu me lembrava de costumar iluminar o ambiente, agora, parecia falso com um toque de escuridão por trás. Kendall me lembrou de mim mesmo antes de conhecê-la. Não havia profissão melhor do que voar para pessoas que queriam fugir de seus problemas.

Me assustava pensar *do que* ela poderia estar fugindo naquele instante.

Será que ela teve o bebê e se sentia culpada por dá-lo?

Porra.

A necessidade urgente de saber o que aconteceu estava rastejando por minha pele.

Kendall estivera conversando com um dos passageiros, quando, de repente, começou a caminhar pelo corredor para o fundo do avião.

Ela falou com uma das outras aeromoças.

— Preciso de bandagem para o passageiro na 6C. Onde elas ficam guardadas mesmo?

— Vou pegar — sua colega de trabalho disse.

Aconteceu de ela olhar na minha direção enquanto aguardava sua colega pegar o Band-Aid.

Nossos olhares se cruzaram, e não havia como voltar atrás.

Parecendo que tinha visto um fantasma, Kendall segurou no encosto de um dos assentos para se equilibrar. Nós simplesmente nos encaramos por um bom tempo. O olhar em seu rosto me deu a impressão de que, se não estivéssemos a milhares de quilômetros no ar, ela teria corrido para longe de mim, não na minha direção. Na verdade, parecia mais que ela estava pensando em pular ou não.

Embora estivesse bem na minha frente, parecia a quilômetros de distância, longe de estar pronta para me encarar. Talvez, ela realmente pensasse que nunca mais me veria. Eu mesmo tinha pensado se seria esse o caso.

— Precisamos conversar — falei em voz baixa antes de apenas gesticular com a boca, dizendo: — Depois.

Antes de ela conseguir responder, a outra aeromoça retornou.

— Peguei a bandagem.

Kendall não se mexeu. Ela ainda estava me olhando, piscando, afobada.

A mulher acenou com a bandagem para chamar sua atenção.

— Kendall...

Parando de me encarar, Kendall pigarreou e a pegou.

— Oh, obrigada.

Sua caminhada de volta para a frente foi lenta e quase cambaleante. Ela segurava no encosto de cada assento conforme cruzava o corredor. Eu sabia que minha aparição seria um choque, mas, claramente, a tinha realmente afetado. Suando abundantemente, eu não estava em melhor forma.

Até o avião pousar, eu não interagi mais com Kendall.

A voz dela soou no intercomunicador.

— Por favor, lembrem-se de pegar todos os seus pertences antes de desembarcar.

Esperei os passageiros saírem da aeronave para, lentamente, andar na direção de onde ela estava começando a limpar. Parei de repente com o som do Capitão se direcionando a ela.

— Kendall, está a fim de tomar um drinque com a gente no centro?

Meus punhos instintivamente cerraram. Eu sabia muito bem o que ele estava querendo. Ele era uma cobra do caralho. Era o sujo falando do mal-lavado, claro; eu mesmo era uma víbora.

— Não. Obrigada. Estou meio cansada. Vou para casa.

Casa?

Ela estava morando em Boston?

Ela não estava me olhando quando passei por eles para sair. Com todos olhando para ela, eu não poderia arriscar fazê-la desmoronar ali no avião. Em vez disso, simplesmente andei com um nó na garganta pela passagem até o terminal e esperei.

Dez minutos depois, Kendall saiu, ao lado dos dois pilotos e do resto da tripulação. Ela estava puxando uma malinha preta. Quando ela parou, o Capitão se virou.

— Tem certeza de que não consigo te convencer a vir junto?

— Tenho. Te vejo na semana que vem.

— Certo.

Eu lhe lancei um olhar petrificante. Quando eles estavam longe para eu conseguir ouvir, Kendall finalmente se virou para mim.

Cerrando a mandíbula, fiquei ali parando encarando-a, ainda mal conseguindo respirar, que dirá falar.

Consegui dizer:

— Oi, Ousada.

Seus olhos lentamente se encheram de lágrimas que não caíram.

— O que está fazendo aqui?

— O que acha? Precisava te ver.

— Deveria ter deixado quieto.

Dei alguns passos para mais perto.

— Precisava saber que você está bem.

Ela recuou um pouco.

— Estou bem.

— Não está, não.

— Como me encontrou?

— Tinha parado de procurar e, então, aconteceu.

Compreensivelmente, ela pareceu confusa. As pessoas estavam passando por nós, mas simplesmente ficamos ali no mesmo lugar sem nos mexer.

— Eu precisava saber o que está havendo com você, Kendall.

Balançando a cabeça, ela choramingou:

— Bom, eu não quero saber o que está havendo com *você*. Porque não consigo suportar.

Ergui a voz.

— Não consegue suportar pensar que sou pai de uma criança com outra mulher porque ainda me ama. — A centímetros do seu rosto agora, eu disse: — Detesto estragar isso para você, mas você foi embora por nada.

— Como assim?

— O bebê não é meu. Ele não é meu, Kendall! Um teste de DNA confirmou. Ela estava tentando armar para mim.

— De quem é?

— Sei lá.

Pensar em toda a situação estava me deixando incrivelmente bravo de repente.

Ela ergueu a mão até a boca.

— Ah, meu Deus.

Ficamos quietos por um minuto inteiro quando a voz de uma mulher soou pelo intercomunicador para anunciar que alguém estava perdido.

Quando o barulho parou, eu continuei:

— Poderíamos ter ficado juntos todo esse tempo. Eu poderia ter estado ao seu lado. Onde está?

— Onde está o quê?

— O bebê! Você conseguiu? Foi em frente com tudo?

Ela balançou a cabeça devagar e sussurrou:

— Não.

Minha cabeça começou a doer.

— Não?

— Não.

— Está me dizendo que tudo isso... — Parei para me recompor. — Aconteceu... por nada? — Massageando as têmporas, eu disse: — Nem sei o que te falar. Estou entorpecido. — Olhei para o chão, incrédulo, depois encontrei seu olhar de novo. — Você não conseguiu engravidar ou não conseguiu seguir em frente?

— Podemos ir a algum lugar para conversar sobre isso, longe de todas essas pessoas?

— Aonde quer ir?

— Meu carro está no estacionamento.

— Certo.

Pegando minha mala, segui Kendall para o lugar em que seu SUV Ford Explorer velho estava estacionado. Entramos e nos sentamos em silêncio até ela começar a falar.

— Fui para a Alemanha, passei um tempo com Hans e Stephen depois que te deixei no lounge do aeroporto. Era para eu ir para casa, pegar minhas coisas e voltar. Acabei voltando para Dallas e pegando umas coisas. Tinha uma passagem de volta para a Alemanha, mas, enquanto estava no aeroporto, simplesmente resolvi que não poderia fazer isso, não poderia trazer um bebê ao mundo pelos motivos errados. Mais ainda, não poderia trazer um bebê a este mundo e abrir mão dele. O dinheiro parou de importar bem antes daquele momento, eu acho. A herança não significava mais nada.

— Por que não foi até mim nesse momento?

— Eu estava com medo. Não achava que poderia aguentar o que pensava estar acontecendo com você e aquela mulher. Era simplesmente devastador demais.

Eu tinha escolhido não contar a ela que fui ao rancho no Texas. Não queria desviar do assunto em questão, que era descobrir o que ela estivera fazendo nos últimos onze meses.

— Então, não foi para a Alemanha. Para onde foi?

— Eu estava me sentindo muito perdida. Parecia que era o fundo do poço da minha vida toda. O único lugar para o qual sentia vontade de voltar era a praia no Rio.

Meu coração começou a bater mais rápido.

— Você foi para o Rio?

— Fui. Fiquei com Maria Rosa.

O quê?

— O quê?

— É.

— Ela não me contou.

— Eu sei. Eu a fiz jurar nunca te contar que estive lá. Havia um hóspede que falava inglês e ficou traduzindo para mim o tempo todo. Embora tivesse medo pra caralho, pedi para Maria ver meu futuro, me contar o que deveria fazer com o resto da minha vida.

— O que ela disse?

— Ele traduziu como *a resposta está no céu.*

Puta merda.

Boquiaberto, deixei-a continuar.

— Pensei bastante sobre o que isso poderia significar. A primeira coisa que presumi foi que ela estava me dizendo para voltar para você. Mas não consegui fazer isso. No meu voo de volta aos Estados Unidos, pensei como realmente não sentia que pertencia mais a lugar nenhum. Fiquei com inveja de você, porque, na maior parte, seu trabalho não exigia que você ficasse em um lugar. Era exatamente do que eu precisava naquele momento da minha vida. Precisava voar, viajar, viver... me encontrar. Mas também precisava de dinheiro para sobreviver. Então, veio um clique. *A resposta está no céu.* Alguns dias depois, em um quarto de hotel no Texas, comecei a procurar escolas de aeromoça, entrando no treinamento um mês depois. Após seis semanas, estava contratada, e porque era mais nova, eles me colocaram na rota de Nova York a Boston. Tenho um apartamento aqui em Everett, mas não passo muito tempo nele. Voo de *standby* quando posso para visitar outros lugares. Eu basicamente vagueio.

Uau.

— Me perdoe, Kendall, mas isso é difícil de engolir. Você me abandonou em um lounge de aeroporto, com meu coração estraçalhado, para que pudesse voar por aí o dia todo, como uma pessoa superficial fugindo da vida. Jesus... isso é terrivelmente familiar para mim.

— Basicamente me *tornei* você.

— Transou com aquele piloto?

— Não!

Pensar nela com alguém me fez querer matar um. Algo no ar mudou quando nos encaramos e, naquele instante, eu só precisava tocá-la, para sentir seus lábios contra os meus antes de falar mais alguma coisa. Sem pensar, coloquei a mão em seu joelho e apertei. Ela fechou os olhos e jogou a cabeça para trás com o simples toque. Sua respiração acelerou, e pus a mão em sua nuca, puxando-a para mim e devorando sua boca.

O beijo foi fervente e desesperado, diferente de todos os outros que demos antes. Aquele estava compensando quase um ano de emoções reprimidas e apetite sexual — para mim, pelo menos. Rezava que fosse igual para ela; que ela não tivesse ficado com ninguém.

Apesar de eu ainda estar muito bravo, precisava dela como se minha vida dependesse disso. Reclinei meu assento o máximo que dava e a coloquei no colo. Muito excitado para até falar, disse a mim mesmo que deixaria sua respiração e corpo continuarem a me guiar, para me avisar se estava tudo bem fazer isso.

Quando Kendall começou a pressionar com desespero meu pau dolorosamente duro, eu sabia que não tinha volta. Quando ela, de repente, ergueu a saia até a cintura, abri minha calça e, em segundos, ela sentou em mim. A sensação de ser inundado por sua boceta molhada e quente depois de todo aquele tempo não era nada igual ao que tinha sentido antes. Nunca ficara tanto tempo sem sexo, e nunca ficara separado de alguém que realmente amava. Essas duas coisas combinadas diferenciavam aquilo de qualquer coisa que eu já tinha vivenciado.

Foi frenético.

Foi urgente.

Foi completamente inapropriado em um estacionamento de aeroporto.

Foi mais do que gostoso.

Durou menos de um minuto.

Quando senti seu espasmo em volta de mim, gozei dentro dela, esperando que ela estivesse tomando pílula, mas não me importando muito com o risco a ponto de parar. Foi bom demais. Ela ficou em cima de mim por um tempo e só depois voltou ao banco do motorista. Ainda arfando e exaustos, nós dois jogamos a cabeça para trás e nos olhamos com expressões que gritavam *Que porra acabou de acontecer?*

Ela foi a primeira a falar enquanto ajeitava sua roupa.

— Eu precisava descobrir quem eu era, Carter, além da riquinha Kendall Sparks de Dallas, Texas. Não estava pronta para um filho. Não estava pronta para nada. Precisava crescer. Quando me conheceu, eu ainda era uma pessoa confusa. O tempo sozinha me ajudou a crescer. Fiquei miserável. E isso me ensinou que esse *não é* o tipo de vida que realmente quero a longo prazo. Mas, por enquanto, serviu ao propósito. O que também sei é que não houve um instante em que me arrependi de não ter dinheiro. Aquela herança toda foi para a caridade, como meu avô prometeu que faria. E sabe de uma coisa? Eu não poderia estar mais feliz com isso. O dinheiro não teria me feito feliz. Não teria mudado nada. A única coisa que teria feito era manter minha mãe em casa quando ela deveria estar trabalhando, como todo mundo.

Eu precisava saber.

— Você ficou com alguém nesse tempo todo?

— Não. Não fiquei, não. — Ela engoliu em seco. — Você ficou?

— Não. Não consegui. Mesmo pensando que você tinha sumido para sempre, não consegui. Mas estou bravo pra caralho, Kendall. Estou bravo por ter me abandonado, por não ter acreditado o suficiente em mim para ficar. Estou bravo porque os últimos onze meses foram um inferno basicamente por nada. Mas o que me deixa mais irritado é que, apesar de tudo isso... eu entendo. E ainda amo muito você, pra cacete. — Segurando seu rosto, finalmente admiti. — Fui na Maria Rosa também. Assim como você, eu estava desesperado. Sabe qual mensagem ela me deu?

— Não.

— A resposta está no céu.

Kendall arregalou os olhos.

— Está brincando?

— Não. Entendi isso como tendo algo a ver com *Lucy no céu com diamantes*. Por causa dessa mensagem, fui até o túmulo de Lucy, e chorei pra caramba. Nunca a tinha visitado. Por mais doloroso que tenha sido, me deu um pouco da tranquilidade que eu precisava tão desesperadamente. A hora daquela viagem, que quebrou minha rotina, me fez estar em Nova York no exato instante em que te vi no aeroporto. Do contrário, nunca teria te visto.

— Nós dois recebemos a mesma mensagem.

— Nenhum de nós estaria aqui agora se não fosse por aquelas palavras. Maria nos deu um mapa de volta um para o outro. Interpretamos do nosso jeito, tomamos caminhos diferentes, mas acabamos aqui. Agora é só escolhermos descobrir a próxima parte da jornada, se será juntos ou separados.

CAPÍTULO 26

Kendall

Nós dois ficamos em silêncio o tempo todo até meu apartamento. Eram apenas dezesseis quilômetros, mas o trânsito me deu mais de meia hora para pensar. Carter estava olhando pela janela, parecendo perdido em seus pensamentos. Depois do nosso frenesi no estacionamento, eu lhe perguntara se queria ir para casa comigo. Fiquei surpresa com sua resposta imediata não ser sim. Na verdade, ele tinha sugerido que, talvez, fosse melhor ele ficar em um hotel para nos dar um tempo, mas eu o convenci a passar a noite na minha casa. E agora... estava começando a perceber que não foi a melhor coisa a fazer. Minha cabeça estava zonza de pensar em tudo que havia acontecido nas últimas duas horas. Principalmente o que significava para nós dois a partir de então.

Estacionei o SUV em minha vaga e quebrei o silêncio.

— Não é tão aconchegante quando Silver Shores, mas é onde moro.

Carter olhou a placa no gramado.

— Charleston Chew Lofts, hein? Quase certeza que ninguém do Silver Shores pode comer no Charleston Chews. Aquelas coisas eram sempre assassinas para os dentes. Quebrei um dente de leite comendo um congelado uma vez. Provavelmente é pior para dentaduras.

— O prédio, na verdade, é da antiga fábrica de doce Charleston Chew. Foi transformado em apartamentos, mas ainda tem muitos dos detalhes originais da fábrica, como tijolos expostos e vigas de madeira. Meu apartamento é pequeno, somente um estúdio que mal consigo pagar, agora que sou uma mulher trabalhadora, mas o edifício tem um deque ótimo no terraço, no qual passo bastante tempo. — Apontei para o topo do prédio. — Passei horas encarando o céu ali e pensando nos últimos meses.

Eu estava olhando para o meu prédio e, quando me virei para Carter, percebi que ele estava me encarando.

— O que foi? — perguntei.

Ele balançou a cabeça.

— Nada.

Carter pegou nossas malas, e eu guiei o caminho até meu apartamento. No elevador, parecia quase surreal estar ao seu lado de novo. No último ano, sonhei com frequência com ele estando ali comigo. Então, não foi surpreendente eu estar me sentindo como se estivesse no meio de uma fantasia nebulosa em vez de na realidade. Que é provavelmente por isso que, quando as portas do elevador se abriram no terceiro andar, eu não me mexi.

— Esse é o seu andar? Você apertou três quando entramos.

— Oh. É. Desculpe.

Me atrapalhei com as chaves ao abrir a porta de casa. Assim que entrei, girei, estendendo as mãos.

— Este é seu tour. Consegue praticamente ver a maior parte daqui mesmo.

Carter colocou nossas malas no chão e olhou em volta.

— Muito bom. É moderno, mas aconchegante. Combina com você.

— Obrigada. Meus vizinhos de ambos os lados também trabalham em companhias aéreas. Gabby, do 310, é aeromoça na Delta. Max, do 314, é piloto na American. Nós fazemos um churrasco juntos de vez em quando, nas raras ocasiões em que nossas agendas batem.

Vi a mandíbula tensa de Carter.

— Você tem um vizinho piloto?

— Tenho.

Ele assentiu.

O fato de ele estar se contendo para não comentar me fez falar mais.

— Ele acabou de fazer cinquenta e três anos e está pensando em se aposentar na Flórida. Talvez, quando ficar um pouco mais velho, pode ser o *seu* vizinho.

— Espertinha.

Tirei os sapatos e fui até a geladeira, pegando bebidas para nós.

— Falando em Flórida, como está sua equipe? Muriel, Bertha, Gordon?

A expressão de Carter murchou.

— Gordon não está nada bem, na verdade. Teve um AVC há uns quatro meses, e a fisioterapia não está indo tão bem como eu esperava. Ele perdeu a mobilidade total de um braço, e sua fala ainda está bem difícil.

— Que horrível. Sinto muito. Ele tem família perto de você?

— Não. Tirei algumas semanas de folga depois do que aconteceu para ajudá-lo. Mas, quando fico fora por quatro ou cinco dias, ele não sai muito. Muriel e Bertha se revezam para cuidar dele, mas não conseguem levantá-lo. A fisioterapeuta vai à casa dele para fazer os exercícios, mas, além disso, está sendo difícil para ele.

— Ele tem sorte em ter você.

— Quer dizer Brucey. — Carter sorriu.

— É, seu filho maravilhoso, Brucey. — Hesitei antes de continuar, incerta se deveria avançar tanto. No fim, resolvi que o que queria dizer era sobre Carter, e não nós, então eu disse. — Sabe... naquela primeira vez que visitamos Gordon, e eu percebi que você não só estava cuidando de um homem que antes era desconhecido, mas também permitindo que ele te chamasse de Brucey e preenchesse o vazio do filho morto, foi que admiti para mim mesma que estava apaixonada por você. Porque você não era só um homem lindo por fora e divertido como companhia, era também lindo por dentro.

Carter me encarou. Quando ele falou, sua voz estava rouca.

— Se realmente me amava, como pôde me abandonar, Kendall?

Envergonhada, desviei o olhar.

— Não sei.

— Se arrepende agora?

— Me arrependi todos os dias desde que te abandonei no bar do aeroporto.

— Então por que não fez algo sobre isso? Sabia onde me encontrar. Sabia onde eu trabalhava, onde eu vivia... sabia tudo que tinha para saber sobre mim, pelo amor de Deus. — Ele passou os dedos pelo cabelo.

Embora eu tivesse me feito a mesma pergunta repetidamente no último ano, *ainda* não tinha a resposta.

— Não sei. Desculpe, Carter.

Depois de alguns minutos tensos, Carter falou.

— Está com fome? Quer pedir alguma coisa? Ou quer dormir um pouco? Deve ter acordado cedo para trabalhar.

— Na verdade, estou bem cansada.

— Ok. Vamos dormir um pouco.

Olhei em volta no apartamento, estranhamente incerta de qual seria nossa arrumação para dormir, apesar de termos acabado de ter intimidade no carro.

— Posso dormir no sofá, se quiser. Você fica com a cama.

Carter foi até mim e ergueu meu queixo para nossos olhos se encontrarem.

— Estou confuso com várias coisas que têm a ver conosco, mas querer compartilhar uma cama com você definitivamente não é uma delas. Se estiver tudo bem para você, não há nada mais que eu gostaria de fazer do que dormir com você de novo.

— Adoraria.

Sua mão em meu queixo subiu para segurar meu rosto, e ele se inclinou para que nossos narizes quase se tocassem.

— E outra coisa. Quando acordarmos, quero te foder naquela cama que compartilharemos. Só que, desta vez, não vou durar dois minutos como aconteceu no estacionamento.

Engoli em seco.

— Também adoraria isso.

— Que bom. Agora vamos fazer você dormir. Porque vai precisar.

Carter e eu estávamos sentados no deque do terraço ao lado de um aquecedor elétrico que funcionava também como poste de luz. Era um pouco depois da meia-noite, e eu estava encolhida nele no sofá de vime com um cobertor em cima de nós. Ele não estava brincando quando disse que a segunda vez que transássemos duraria mais de dois minutos. Depois de uma hora e meia de soneca, passamos três horas transando na minha cama. Eu estava saciada e satisfeita enquanto ele acariciava meu cabelo, e nós dois encarávamos as estrelas.

— Conheci sua mãe.

Bom, *isso* chamou minha atenção. Com certeza, nunca esperei que aquelas palavras saíssem da boca de Carter. Joguei a cabeça para trás a fim de olhar para ele.

— Você acabou de falar que...

— Conheci Annabelle.

— Onde? Como?

— Fui para Dallas depois de descobrir que o bebê não era meu. Precisava te ver.

— Como conseguiu o endereço?

— Não é difícil encontrar as pessoas na internet, Kendall. Mandei uma carta, mas ela nunca respondeu. Minha terapeuta disse que eu precisava de um desfecho para o caso, então resolvi arriscar e ir para o endereço para o qual mandara a carta.

Tive ainda mais perguntas depois daquela resposta. Terapeuta? Desfecho? Mas minha curiosidade sobre minha querida velha mãe venceu.

— O que ela te disse?

Ele deu de ombros.

— Não muita coisa. Basicamente que não sabia onde você estava e insinuou que você a deixou pobre.

— Meio que deixei. Meu estilo de vida não foi o único a mudar drasticamente com as decisões que tomei. Fui egoísta ao fazer minhas escolhas.

Carter ficou bravo.

— Foda-se isso. Não foi egoísta. Ela não tinha direito de esperar que você cumprisse aquela cláusula maluca que seu avô colocou no testamento. Quando pensei que havia uma chance de eu poder ser pai, primeiro pensei muito no que significaria para *mim*. Então, um dia, estava à frente do avião cumprimentando passageiros e um casal embarcou com um bebê. Eu não os conhecia, mas olhei para o monstrinho gritante de olhos azuis e percebi que não importava mais como isso me afetava. Não tinha muito para dar ao meu filho, mas lhe daria o melhor de mim, independente de qualquer coisa. Qualquer um pode ser pai de uma criança, mas bons pais colocam as necessidades do filho antes da própria. Um pai deveria ser altruísta, não egoísta. O que sua mãe esperava que você fizesse era egoísmo. Ela nunca deveria ter te pressionado.

— Uau. Parece que você estava mesmo preparado para aquele filho ser seu.

— Isso eu não sei. Mas decidi que, se acontecesse, eu iria dar tudo a ele.

— Ele? Ela teve um menino?

— Teve.

Estava escuro, mas vi a dor nos olhos de Carter.

— Você ficou magoado quando descobriu que não era seu filho, não ficou?

Ele assentiu.

— Eu não esperava por isso. Mas, é, fiquei. Por mais que não quisesse ter um filho com ela, de alguma forma, comecei a me importar com a criança antes de ela nascer.

Fiquei de joelhos para olhar diretamente nos olhos dele.

— Você é um homem maravilhoso, Carter Clynes. Algum dia, vai ser um pai incrível.

A manhã seguinte chegou muito rápido. Embora eu não precisasse trabalhar até o dia seguinte, Carter tinha um voo à tarde, e ainda precisava voltar para Nova York antes disso. Percebi que ficava olhando a hora a cada minuto enquanto ele estava no banho. Quando ele saiu com sua camisa de piloto e calça já vestida, em vez de ser de toalha, como eu esperava vê-lo, fiquei decepcionada.

— Estava ansiosa para ver seu corpo todo molhado depois do banho.

Ele se sentou na cama e colocou as meias.

— Não posso andar seminu perto de você. Eu acabaria seminu dentro de você. E preciso ir para o aeroporto se vou pegar o voo das dez para Nova York e trabalhar depois.

Ainda não tínhamos conversado sobre o que aconteceria depois que ele fosse embora. Havíamos voltado? Era só físico para ele? Eu sabia que ele ainda me amava, mas, mesmo assim, eu tinha a sensação estranha de que ele não tinha tanta certeza se queria ficar comigo como eu tinha em relação a ele. Seria doloroso se ele não quisesse tentar de novo, apesar de que poderia ser o que eu merecia depois de fugir dele quando ele mais precisou.

Abordei o assunto hesitantemente.

— Vai voltar para Boston em breve?

Ele olhou para mim e balançou a cabeça sem dizer nada. Meu coração afundou.

— E para Nova York? Deve ter uma folga em Nova York na sua programação.

Ele colocou o pé grande no sapato.

— Não olhei. — Quando ele estava terminando de se vestir, levantou-se e fechou a mala. — Seria bom já pegarmos a estrada no caso de ter trânsito.

Assenti e, de alguma forma, consegui manter as lágrimas controladas. Engoli-las enquanto me vestia deixou um nó de emoções em meu peito.

Exatamente igual à viagem de carro do aeroporto no dia anterior, a ida foi em silêncio. A cada minuto estava sendo cada vez mais difícil me concentrar. Havíamos acabado de nos reencontrar, e eu não estava pronta para perdê-lo de novo. Não precisava de um compromisso, mas tinha que saber se era o começo de *alguma coisa*. Que tentaríamos fazer dar certo. Ainda assim, quando saí da rodovia em direção ao movimentado aeroporto de Boston, estava começando a sentir que era mais o fim do que o começo.

Oh, meu Deus.

Seria o fim? Será que era esse o desfecho sobre o qual ele conversou com a terapeuta? Ainda bem que estávamos quase no terminal porque eu estava lutando contra as palpitações no peito e começando a sentir um ataque de pânico por hiperventilação.

Estacionei na guia e fiquei olhando para a frente. Sabia que, se olhasse para o rosto dele, iria desabar. Carter estava me observando intensamente; pude sentir.

— Ousada...

As lágrimas começaram a encher meus olhos, e eu me recusava a deixá-las cair. Minhas mãos agarraram tão forte o volante que os nós dos meus dedos ficaram brancos.

Ele continuou:

— Me diverti bastante.

Ao ouvir o início do seu desabafo, minha tristeza de repente se transformou em raiva.

— Não se atreva, Carter. Eu sei que estraguei tudo. Mas não se atreva a passar a noite comigo e, depois, me dar o fora especial de aeromoça do Capitão Carter Clynes. — Finalmente me virei para encará-lo. — Eu te amo. Nunca deixei de te amar. E sei que lá, no fundo, você também ainda me ama. Então, não banalize o que temos me tratando como uma do seu harém... uma de suas aeromoças de foda. Me diga que acabou, se quiser, mas me trate com respeito, pelo menos.

Carter baixou a cabeça. Sua voz era um sussurro estrangulado quando falou de novo.

— Desculpe. Não foi isso que eu quis fazer.

Então, uma batida alta na janela do passageiro me assustou. Era a segurança do aeroporto nos dizendo que precisávamos desembarcar e seguir em frente. Carter disse a ele que acabaríamos em um minuto, depois pegou minha mão.

— Vou te ligar. Ok, linda?

— Quando?

De novo, ele desviou o olhar.

— Não sei.

Eu queria muito saborear o último beijo que ele me deu. Mas não consegui. Tudo estava adormecido. Ele roçou os lábios suavemente nos meus e, então, segurou meu rosto com ambas as mãos.

— *Yesterday* — ele sussurrou.

Sorri e assenti. Os Beatles resumiam perfeitamente nosso momento. O amor de volta tornava o *ontem* muito mais fácil. Mas o que o amanhã traria?

CAPÍTULO 27

Carter

— Esta é sua segunda visita em uma semana. Aconteceu alguma coisa para voltar aqui hoje? — Dra. Lemmon perguntou.

— Não consigo dormir.

— O problema é pegar no sono ou ficar dormindo?

— Ambos. Tenho essa energia incrível dentro de mim, e simplesmente parece que não consigo me livrar dela.

— Como você normalmente queima o excesso de energia?

— Não é uma opção.

Dra. Lemmon assentiu como se eu tivesse lhe dado a resposta, mas não tivesse dito merda nenhuma.

— Então vamos falar sobre isso. Estou errada em pensar que, no passado, você usava o sexo para relaxar o suficiente e descansar?

— Não está errada ao pensar isso.

— E, quando diz que *não é uma opção*, presumo que não seja literalmente. Você é um piloto apresentável. As opções devem ser inúmeras.

— Não, não quis dizer que não havia opção. Quis dizer que não queria nenhuma das opções disponíveis.

— Então, faz o quê, uma semana desde que você e Kendall passaram a noite juntos?

— Uma semana hoje.

— E faz três dias que você veio aqui.

— Quer que eu coloque essa merda em um calendário para você?

Dra. Lemmon sorriu.

— Não, acho que agora entendi. Falou com Kendall recentemente?

— Só aquela vez que te contei. Quando ela me ligou.

— Quando foi mesmo que falou com ela?

O que há com essa mulher e as datas hoje? Pensei para responder. Tinha acabado de pousar na Flórida do voo de Dubai quando ela ligou, então deve ter sido na terça.

— Terça.

— E conversaram por uma hora, se me lembro corretamente.

— Mais ou menos, isso.

— E como dormiu naquela noite?

Vamos ver. Kendall e eu havíamos conversado o caminho todo até em casa e, então, enquanto eu fazia meu sanduíche no apartamento. Acordara na manhã seguinte ainda de uniforme quase às dez horas.

— Foi minha última boa noite de sono. Mas estava cansado do voo longo.

— Voou ontem?

— Voei.

— Por quantas horas?

— Nove.

— E de quantas horas foi o voo que te deixou cansado quando falou com Kendall na noite em que dormiu bem?

— Quase igual.

Dra. Lemmon simplesmente me encarou.

— Então está dizendo que agora não consigo dormir sem falar com Kendall?

— Estou dizendo que vocês dois provavelmente estão muito conectados. Você está com ansiedade. Agitado. Nervoso. Tudo isso te impede de dormir. Há algum outro motivo para estar se sentindo assim, além de como deixou as coisas depois do encontro com Kendall?

Fiquei puto da vida por ela estar certa.

— Não.

— Bom, aí está.

— Então o que é para eu fazer? Ligar para ela toda noite para cantar uma canção de ninar para mim?

— Já sabe o que precisa fazer.

— Então por que estou te pagando se eu já sei todas as respostas? — Soltei um suspiro frustrado.

— Você precisa tomar a decisão de seguir em frente com Kendall ou cortar relações. Conversamos sobre isso outro dia. Posso te ajudar a organizar seus pensamentos e descobrir seus próximos passos, mas só você pode tomar a decisão de ficar ou não com a mulher que ama. Você tem problemas de confiança com Kendall. É compreensivo. Ela te abandonou uma vez, e você tem medo de que faça isso de novo quando as coisas ficarem difíceis. — Dra. Lemmon tirou os óculos e esfregou os olhos. — Carter, Lucy tinha uma doença.

— Lucy? Estamos falando sobre Kendall, doutora.

— As duas estão muito interligadas. Em nossas sessões anteriores, você admitiu ter sentido que Lucy escolheu a saída mais fácil com o suicídio. Esse é um equívoco comum dos entes queridos deixados para trás. A verdade é que as pessoas que cometem suicídio acreditam que não há outra escolha. Depressão é uma doença, não diferente de asma, sarampo ou praga. Se não for tratada, todas elas pioram e, em certo momento, a doença toma a vida.

Passei os dedos no cabelo.

— Ok. Mas não entendi o que tudo isso tem a ver com Kendall.

— Você teve duas mulheres especiais na vida. Lucy, que você entendeu ter te abandonado quando as coisas ficaram difíceis. E Kendall, que fez a mesma coisa. Você tem medo de isso acontecer de novo.

Eu não sabia se ela tinha razão, mas me sentia exausto e queria que a conversa avançasse.

— Então, resumindo, preciso tomar uma decisão se consigo confiar em Kendall de novo ou se nunca mais vou dormir?

Dra. Lemmon deu risada.

— Posso te prescrever algo para ajudar a dormir à noite a curto prazo. Mas, além disso... cague ou saia da moita.

Cagar ou sair da moita? Eu estava pagando duzentos e cinquenta dólares por hora para um conselho que meu pai me deu no terceiro ano.

Eu tinha medo de tomar pílulas para dormir. Embora tivesse a receita, o rótulo alertava que precisava evitar dirigir maquinário pesado por vinte e quatro horas depois de tomar o remédio. Diria que meu Boeing 747 é qualificado como uma máquina bem pesada e, já que eu tinha um voo na tarde do dia seguinte, precisava encontrar outro jeito de ficar exausto para dormir um pouco.

Após correr oito quilômetros pelas redondezas do meu condomínio, resolvi parar e ver como Gordon estava. Infelizmente, a visita só me fez sentir pior. Não era um expert de jeito nenhum, mas ele parecia estar se deteriorando um pouquinho mais a cada dia. Seus tornozelos estavam constantemente inchados e, naquela noite, ele estava com dificuldade para mexer os dedos de um pé. Apesar de ser bem tarde, tinha ligado para o médico dele e o atualizado. Ele basicamente me disse que eu deveria apenas tentar garantir que ele estivesse confortável, que não havia muito mais que eles poderiam fazer por um homem da idade e com a saúde de Gordon.

Era tarde quando voltei ao meu apartamento. Sentindo uma tristeza intensa com como as coisas estavam progredindo com Gordon, só queria pegar o celular e ligar para Kendall. Além da Dra. Lemmon, ela era a única pessoa com quem eu realmente tinha me aberto na vida. Sabia que ela entenderia como estava me sentindo. Mas não era justo para ela. Eu precisava descobrir que conseguia ver um futuro para nós antes de descarregar minha merda depressiva nela.

O problema era que eu não sabia como ver um futuro para nós. Ainda assim, não conseguia enxergar um futuro para mim *sem ela*. Estava preso no purgatório. *Como sempre.*

À meia-noite, resolvi fazer minha mala para o voo na manhã seguinte. Muriel tinha lavado e passado todos os meus uniformes, apesar de eu ter lhe dito um milhão de vezes que não era necessário. O que eu adorava nas pessoas ali em Silver Shores era que elas sabiam que precisavam de ajuda às vezes e, ainda assim, nunca queriam de graça. Fazia com que se sentissem bem trocar as coisas que eu poderia usar em contrapartida. Eram boas pessoas.

Meu armário estava cheio de camisas bem passadas. Peguei três e as dobrei na mala. Havia perdido um pouco de peso nos últimos meses, então deixei de lado minhas jaquetas extragrandes e me estiquei para pegar uma grande que estava guardada atrás.

O cabide que eu pegara tinha uma jaqueta menor nele. Só que era uns quarenta números menor. Em minha mão, estava o uniformezinho de piloto que encontrara no armário de Kendall quando fui procurar pistas em seu quarto. Eu havia guardado debaixo da minha camisa e levado comigo por algum motivo naquele dia. Depois de voltar para casa, ficava bravo de vê-lo todos os dias, então, certo dia, guardei-o no fundo, onde não poderia ver. Ainda assim, nunca joguei fora.

Encarei o uniformezinho por um bom tempo. Imagens de um menininho cabeludo vestindo aquilo enquanto corria em círculos em volta da mãe e ria eram claras como o dia. O menino tinha olhos azuis brilhantes iguais aos da mãe. E Kendall estava mais linda do que nunca. Na verdade, fechei os olhos e sorri, assistindo à cena se passar em minha mente.

Naquela noite, dormi como um bebê. Sonhei com o menininho e sua mãe. Era tão nítido, tão real, que fiquei confuso quando acordei. Por um instante, esperei que eles entrassem correndo no quarto.

Mas não entraram.

O que provocou uma dor torturante no meu peito.

E era tudo culpa minha.

Enquanto me apressava para me preparar para o voo, a roupinha de piloto ainda estava em cima da minha cômoda. Passei o dedo nas asinhas da lapela e me lembrei do rosto do menininho do meu sonho. Tirando as asinhas da jaqueta de criança, troquei pelas asas do meu uniforme. Não eram tão diferentes, mas faziam toda a diferença para mim.

Eu conseguia *enxergar* meu futuro.

Eu conseguia *enxergar* minha família.

Eu conseguia *enxergar* a mulher que amava.

Agora só precisava descobrir como fazer as coisas darem certo de novo.

Resolvi ver rapidamente como Gordon estava antes de sair para o aeroporto, já que demoraria alguns dias para voltar para casa de novo.

Uma das mulheres geralmente ia à casa dele no fim da manhã e ficava até a fisioterapeuta aparecer, mas ainda não tinha ninguém lá.

Sabendo que ele poderia estar dormindo, abri a porta lentamente e com cuidado.

— Pai? — chamei baixinho.

Não houve resposta. Gordon sempre roncava dormindo, então era estranho não vir nenhum barulho do quarto.

Ele estava deitado de costas, totalmente parado.

— Pai?

Ele não respondeu.

Sentando-me na beirada da cama, repeti mais alto enquanto balancei seu ombro.

— Pai, é Brucey. Acorde.

Coloquei dois dedos em seu pescoço e verifiquei o pulso.

Nada.

Baixando a cabeça, prestei atenção para tentar escutar uma pulsação que não soou.

Mantive a face apoiada em seu peito e chorei. Ele pode ter sido um pai falso, mas não tinha nada de falso nas lágrimas que estavam caindo dos meus olhos.

CAPÍTULO 28

Kendall

Uma simples mensagem estava prestes a mudar tudo.

Puxando minha mala pelo Logan Airport, percebi que tinha perdido uma ligação de Carter. O celular deve ter tocado enquanto eu estava dirigindo para o trabalho com a música alta.

Escutei a mensagem.

— *Ei, Kendall. Estou quase embarcando. Queria ouvir sua voz antes de decolar, mas acho que não será possível. Tem sido uma manhã de merda. Hum...*

Houve uma longa pausa.

— *Gordon morreu. Encontrei-o na cama. Ele não estava respirando. Deve ter falecido dormindo. Estava totalmente sozinho.*

Meu coração se partiu.

Oh, não.

Um suspirou escapou dele.

— *Morreu totalmente sozinho sem ninguém segurando sua mão. É triste pra caralho. Ninguém deveria morrer sozinho.*

Uma lágrima escorreu por minha face conforme a mensagem continuou.

— *Enfim, me fez perceber o que realmente importa. Estou com saudade. Vou precisar ouvir sua voz esta noite para conseguir dormir. Só estou te avisando.*

Houve um pouco de silêncio, então ele disse:

— *Merda. Tenho que ir. Te ligo quando pousar no Rio.*

Ali, paralisada no meio do terminal, de repente, me senti um peixe totalmente fora d'água naquele aeroporto. Suando em meu uniforme, eu sabia que não poderia continuar com isso.

O que eu estava fazendo?

Precisava estar com ele.

A culpa era toda minha, e não era nada engraçado. Eu que tinha ido embora; eu que precisava nos unir de volta.

O tempo separado desde o reencontro fora bom para nós, havia dado tempo para pensarmos, mas já era hora. Não haveria como dar certo algo entre nós dois se eu mantivesse o emprego. Com a agenda dele, já era bem difícil ter um relacionamento. Multiplique por duas pessoas trabalhando em companhias aéreas diferentes, e era praticamente impossível. Daquele jeito, eu nunca o veria. Alguém tinha que ceder.

Era minha vez de ceder.

Maria Rosa me deixou entrar com a mínima inquisição. Não que eu fosse entender suas perguntas, de qualquer forma. Acho que ela sabia muito bem por que eu estava lá.

Assenti.

— Obrigada. — Tinha finalmente aprendido como agradecer apropriadamente em português.

Pedro subiu em meu ombro e, para minha surpresa, não urinou em mim antes de sair. Talvez, depois de três visitas, eu enfim tivesse entrado para o círculo de amizades do macaco.

Maria apontou o quarto correto, sinalizando com o dedo indicador para fazer silêncio, já que Carter estava dormindo. Abrindo a porta devagar, me deparei com uma bela visão para a minha dor.

Não sabia com o que Carter estava sonhando, mas claramente era... quente. Seu pau estava duro como uma pedra e brilhando, enrijecido no ar. Ele estava total e gloriosamente nu. Exausta da viagem, eu só queria deitar na cama com ele. Tirando toda a roupa, apoiei as mãos e os joelhos no colchão.

Carter abriu os olhos, e estremeceu antes de perceber que era eu.

— Ousada?

— Sim.

— Ah, meu Deus. Pensei que estivesse sonhando.

— Não está.

— O que está fazendo aqui?

— Shh — disse ao baixar a boca até seu pau.

Suas palavras desapareceram quando ele perdeu a capacidade de falar. Jogando a cabeça para trás, ele desistiu de todo o controle conforme desci nele. Segurando meu cabelo, ele guiou o movimento da minha boca.

Amava escutar os gemidos baixos de êxtase escapando dele. Em certo momento, se afastou e ergueu meu corpo no dele.

A cama balançou quando continuamos. Era bem cedo, e eu sabia que estávamos atrapalhando os outros hóspedes, que estavam dormindo ou tomando café da manhã, mas não me importava. Precisávamos daquilo. Nós dois gozamos em poucos minutos. Fazia bastante tempo.

Ensopada com o êxtase pós-coito, respondi sua pergunta anterior.

— Recebi sua mensagem. Disse a eles que era uma emergência familiar. Assim que pousei em Nova York, comprei uma passagem para o voo seguinte para o Rio.

— Mentiu por mim?

— Não. Não foi mentira. Você é a única família de verdade que tenho agora. E realmente precisava te ver como se minha vida dependesse disso. Então, para mim, isso é uma emergência.

Ainda estávamos deitados nus um em cima do outro quando ele perguntou:

— Quanto tempo pode ficar?

— O tempo que precisar de mim.

— Para sempre, então?

— Ok.

Ele se afastou para analisar meu rosto.

— Ok?

— É.

— Não vai voltar a trabalhar?

— Voar nunca foi para mim, Carter. Era só um meio para fugir enquanto, ao mesmo tempo, de alguma forma, me conectava em vão com você. Foi uma boa experiência, serviu ao propósito, mas preciso conseguir te ver quando estiver em casa.

— Vai trabalhar com o quê?

— Com você. — Dei risada. — Vou trabalhar com *você*... até me dizer para fazer outra coisa.

Passando os dedos no meu cabelo, ele sorriu.

— Acaba de abrir uma vaga de período integral para isso.

— Sinceramente, vou encontrar alguma coisa... alguma coisa que ame. Por enquanto, só amo *você*. Te devo muita coisa, por me procurar e não desistir de mim, embora tenha te abandonado. Parei de fugir. E não há lugar melhor para parar do que onde tudo começou.

— Temos dois dias aqui. Depois, vou voltar para a Flórida para o funeral de Gordon.

— *Nós* vamos voltar para a Flórida.

— Irá comigo?

— Se Silver Shores não se importar com mais uma residente abaixo da idade normal.

— Isso está mesmo acontecendo?

— Está. Se me quiser, sou sua. Quero cantar para você dormir pessoalmente quando estiver em casa.

— Esse é realmente o dia mais feliz da minha vida, Ousada. Quero que saiba disso.

Mais tarde, Carter e eu estávamos na praia bebendo caipirinha, assim como tínhamos feito no início da nossa jornada. Pensei em como aquela época foi assustadora para mim comparada à paz que estava vivenciando agora.

— Na última vez que estávamos fazendo isso, não sabia quem eu era. Era só uma menina sentada com um piloto gostoso, bebendo drinques na praia do Rio. Era uma pessoa confusa, pronta para vender a alma dela e do futuro filho.

— E agora?

— Agora, só sou... amada. Não quero nada além de ser a menina sentada na praia com o piloto que a ama. Tudo que sempre precisei, na verdade, tive naquele dia. Só não sabia ainda. E meus futuros filhos não terão só a mim, mas, sim, muita sorte de ter você como pai.

— Quer ter filhos comigo, Ousada?

— Algum dia, sim. Mas quero aproveitar você por um período primeiro.

Ele me olhou por um bom tempo, depois disse:

— Eu guardei.

Inclinei a cabeça.

— Guardou o quê?

— A roupinha que você comprou na Carter's que parecia um uniforme de piloto.

— Como soube disso?

— Estava pendurada no seu armário no Texas. Quando vi, eu soube.

— Então, você sabia que eu ia te falar que queria ter um filho com você, que menti no lounge do aeroporto quando disse que tinha decidido seguir com a inseminação.

— Aquela roupinha foi o que me deu esperança todo esse tempo.

— Eu tive certeza de que foi um sinal quando a vi na loja com seu nome.

— Foi. Só tivemos alguns contratempos no meio-tempo.

— Há sinais em todo lugar, não há?

Ouvi um aviãozinho voar acima das nossas cabeças.

Carter apontou para ele.

— Tem um agora mesmo.

Nós dois olhamos para o céu ao mesmo tempo. Havia uma faixa com uma mensagem atrás da aeronave.

Carter bufou.

— Porra! Os babacas arruinaram tudo. Era para estar escrito *A resposta está no céu: Kendall ama Carter.* Eu sabia que aquele cara não tinha me entendido!

Em vez disso, estava escrito: *A resposta está disfarçada: Ken Doll ama peidar.*

Carter e eu estávamos de volta a Silver Shores seguindo o serviço memorial de Gordon. Era um dia chuvoso, adequado para o evento. Estávamos limpando o apartamento dele, escolhendo quais itens doar e quais Carter guardaria.

— Nunca que vou jogar fora essas fotos dele e do filho. Vou guardá-las comigo enquanto viver. É o mínimo que posso fazer por ele.

Gordon não tinha família, até onde sabíamos, então, se Carter não tivesse guardado as coisas dele, todas as lembranças provavelmente teriam sido destruídas.

Enquanto limpava o armário do quarto, dei risada quando vi a calça que Carter pegou emprestada na noite do incidente em que nossa roupas sumiram à beira do lago.

— Lembra dela, Capitão?

— Como poderia esquecer? Isso me fez lembrar... percebeu que o velho George apareceu no funeral com um dos meus uniformes? Só não consigo descobrir como ele entra na minha casa e rouba minha camisa. No fim, ele engana todas aquelas mulheres, dizendo que costumava *ser* piloto. Ele manda ajustar e tudo. Tem sorte de eu não acabar com seu disfarce.

— Deixe-o se divertir. É um velho tarado inocente.

Então, uma batida na porta interrompeu nosso riso.

Quando a abri, um homem de terno cinza estava ali parado, segurando uma pasta.

— Posso ajudá-lo?

— Sim, estou procurando Carter Clynes.

Carter colocou no chão a caixa em que estava mexendo.

— Sou eu. Como posso te ajudar?

— Gary Steinberg. Sou o advogado de Gordon Reitman.

— Advogado? Ele tinha advogado? Ele nem tinha celular.

— É. Trabalho com Gordy há anos.

— O que posso fazer por você?

— Ele me instruiu a te dar este recado depois que falecesse. Talvez, devesse ler primeiro, e depois podemos verificar o testamento dele.

— Testamento?

— É. O sr. Reitman tinha uma quantia significativa de dinheiro. Ele colocou você como único beneficiário.

— Não, você não entendeu. Ele ficou ruim da cabeça há alguns anos. Pensava que eu era filho dele. Quis deixar tudo para Brucey. Não posso aceitar nada dele, sabendo que pretendia deixar para o filho.

— Você é Carter Clynes?

— Sou.

— Ele nomeou especificamente você, não Bruce Reitman.

— Não entendo.

— Talvez a carta do testamento explique.

O advogado lhe deu o envelopezinho branco. Carter o abriu e, com cuidado, desdobrou o papel de dentro. Depois de ler, pareceu atordoado. Então, entregou para mim.

Eu sei.

Obrigado por me deixar fingir que era verdade.

Nunca poderei te recompensar, mas vou tentar.

Sinceramente,

Gordon C. Reitman, III

Uau.

Só uau.

Carter balançou a cabeça, desacreditado.

— Não entendo. Todo esse tempo ele sabia que eu *não era* o filho dele?

O advogado assentiu.

— Aparentemente, sim.

Ajoelhando onde Carter estava sentado, coloquei a mão em seu ombro.

— Oh, meu Deus.

O advogado continuou:

— Como mencionei, o sr. Reitman acumulou uma quantia considerável de ativos ao longo da vida. Sem família próxima, ele nomeou você como único herdeiro de sua herança, que é avaliada em mais de vinte milhões de dólares.

Senti que ia desmaiar.

O que ele acabou de falar?

Os olhos de Carter saltaram.

— O que disse?

— Gordon investiu consideravelmente em bens imobiliários quando era mais jovem e vendeu suas propriedades gradativamente ao longo dos últimos quinze anos. Guardou bastante de dinheiro, como resultado. No entanto, escolheu viver modestamente.

Carter ficou boquiaberto.

— O qu... quando ele colocou meu nome aí?

— Há um ano, mais ou menos, ele foi até mim e mudou o beneficiário. Antes, tinha deixado tudo para um sobrinho, que é o padrão. Eu lembro especificamente de ele enfatizando que, nas palavras dele, o "filho da puta inútil" nunca o visitou. Ele sabia que você não fazia ideia de sua riqueza. Porque tinha certeza de que você o ajudava por bondade no coração, quis fazer isso por você.

— O que isso significa?

— Significa que vinte milhões de dólares serão passados para seu nome em breve. Vamos marcar outra reunião em meu escritório para garantir que todos os fundos das variadas contas sejam transferidos adequadamente.

Simplesmente fiquei ali, muda.

Carter olhou para mim, depois para o advogado.

— Não sei o que dizer. Não sinto que mereço.

— Bom, se merece ou não, é irrelevante, sr. Clynes. O dinheiro é seu.

Demorou alguns meses para cair a ficha.

Carter acabou doando um pouco do dinheiro para a caridade e criando uma bolsa de estudos com o nome de Bruce Reitman. Certamente, sobrou muito, o suficiente para nos manter a vida toda. Não nos sentimos culpados por guardar o resto do dinheiro, já que era o que Gordon pretendia.

Não deixamos de perceber a ironia de que, assim que paramos de pensar em dinheiro e o deixar impactar nossas vidas, acabamos nos deparando com mais do que conseguiríamos gastar.

Carter continuou trabalhando como piloto enquanto eu me mudei para o apartamento dele na Flórida permanentemente. Ele disse que saberia quando fosse a hora de parar de trabalhar. Mas era uma boa sensação para ele não *ter* que trabalhar, e só voar porque gostava. Foi só quando pôde escolher parar que Carter percebeu que realmente amava ser piloto. Chegaria uma hora em que as crianças entrariam em cena, quando ele provavelmente diminuiria ou pararia. Lidaríamos com isso quando o momento chegasse.

Quanto a mim, eu estava dando trabalho para as velhinhas de Silver Shores. Tinha avisado às Anjas de Carter — como eu as apelidara — que elas poderiam diminuir o preparo de refeições para o meu homem. Na verdade, me dava imenso prazer aprender a cozinhar as coisas que ele amava.

A Flórida era minha casa agora. Até Matilda, a gata, tinha desistido de me assustar assim que percebeu que eu estava lá para ficar.

Sentindo-me eternamente grata pela vida confortável que Carter me providenciara, também tinha descoberto uma forma de retribuir. Minha avó sempre dizia que, se você quer mudar o mundo ou fazer a diferença, não precisa ir muito longe. É só olhar em seu próprio quintal, para as pessoas que precisam de você.

Carter era o melhor exemplo disso. Um dia, eu estava refletindo sobre o que ele costumava fazer para Gordon, e percebi que havia muitas coisas básicas que idosos não conseguiam mais fazer sozinhos. Coisas que não damos valor, como a capacidade de se curvar e cortar as unhas do pé, eram impossíveis para eles.

Depois de fazer um curso rápido de cosmetologia, comecei a oferecer meus serviços de graça pelo condomínio de Silver Shores. Passando algumas horas do dia de apartamento em apartamento, eu marcava com algumas mulheres para fazer o pé e a mão delas. Eu lhes dava meu tempo e, em troca, elas me contavam histórias e davam bons conselhos. Algumas se tornaram figuras maternas para mim. Afastada da minha mãe, eu gostava disso mais do que elas imaginavam.

Os melhores dias, claro, eram os que traziam Carter para casa e para mim. Não era incomum eu o receber totalmente nua em nossa cozinha, segurando uma caipirinha fresquinha quando ele retornava de uma longa viagem.

Mas, em um dia em particular, ele tinha me pedido para encontrá-lo no aeroporto. Me instruiu a fazer uma mala e levar o passaporte. Nos encontraríamos no mesmo lounge em que nos conhecemos.

Quando cheguei, Carter estava na mesma mesa em que nos sentamos naquele primeiro dia. Também estava usando a mesma jaqueta de couro marrom com o broche de asas. Me deu uma sensação verdadeira de *déjà vu*. Em cima da mesa, havia palitos de queijo muçarela, asinhas e ovo — os mesmos petiscos que ele pedira na época.

Fez um gesto para eu me sentar.

— Sabe que dia é hoje, Ousada?

Busquei em meu cérebro.

— Não.

— Não sabe?

— Não.

— Dois anos hoje, Kendall.

— Faz dois anos que nos conhecemos? Como eu não sabia disso?

— Bom, eu nunca vou esquecer. Vinte e oito de julho.

— Pode acontecer muita coisa em dois anos, hein?

— É. Mas algumas coisas ficam iguais. Eu ainda sou um homem desesperadamente apaixonado por uma loira linda sem sutiã.

— Então, me conte, para onde vamos?

— Mantendo a tradição, é *você* quem decide.

Pegando os cronogramas de voo no celular, ele disse:

— O mundo está na ponta dos seus dedos, baby.

— Está falando sério? Vai me deixar escolher?

— Vou. Vamos para onde você quiser. Mas escolha com cuidado. Será uma viagem importante e que se lembrará para o resto da vida.

Meu corpo se encheu de adrenalina.

Oh, meu Deus.

Será que ele iria me pedir em casamento lá?

— É mesmo?

— É. Acredite.

— Não sei, Capitão. Da última vez que fiz isso acabei sendo mijada por um macaco, fui presa em Dubai e me transformei em uma prostituta de Amsterdã.

Ele fechou os olhos.

— Aquela noite no Bairro da Luz Vermelha foi gostosa pra caralho. Foi a primeira vez que você realmente me chocou. — Balançando a cabeça, ele disse: — Ok, para onde?

Descendo a tela de opções de voo, eu disse:

— Que tal Austrália?

Ele deu um sorrisinho.

— Me lembra uma garota que conheci. O nome dela era Sydney. Sydney Opera House. Tinha peitos maravilhosos e macios.

Brincando, bati nele.

— Então, será Sydney?

Ele pegou o celular.

— Sim. Qantas Flight 853, partindo em duas horas. Vamos.

Eu deveria saber que nada com o Capitão Carter Clynes era previsível.

Estávamos acomodados em nossos assentos da primeira classe enquanto a aeronave taxiava. Era noite, e o avião estava escuro. Eu tinha dormido e acordado com Carter me olhando.

— Estava me olhando dormir?

— Sim.

— E no que estava pensando?

— Em como foi fácil colocar esse anel em seu dedo enquanto dormia.

Meu coração pareceu saltar. Me endireitei no assento e, quando olhei para baixo, havia uma pedra com corte almofada em meu dedo anelar.

Cobrindo a boca com a outra mão, eu disse:

— Oh, meu Deus.

— Kendall Sparks, me dá a honra de se tornar minha esposa durante nossa viagem à Austrália? — ele sussurrou, querendo manter isso um momento particular entre nós dois.

— Sim. Sim! — Balancei a cabeça repetidamente. — Não era o que eu esperava.

— Eu sei. — Ele ergueu minha mão para a boca dele e a beijou. — Gostou do anel?

— É fenomenal.

— É Carter com "I" no meio. — Ele deu uma piscadinha.

Demorei um pouco.

Oh!

Cartier.

Nos abraçamos por longos minutos.

— Eu te amo tanto, Carter.

— Também te amo, sra. Clynes. — Ele sorriu. — Ei, posso te perguntar uma coisa?

— Pode. Qualquer coisa.

— Ainda vai me amar quando eu tiver sessenta e quatro anos?

— Que idade estranha. Por que escolheu esse número?

Ele deu uma piscadinha.

— A música dos Beatles, baby. *When I'm Sixty-Four.*

— Eu deveria saber. Nunca mude, seu maluco. — Puxando-o para um beijo, falei em seus lábios: — Eu te amo muito! Mal posso esperar para me casar com você lá embaixo.

Nos beijamos por muito tempo. As pessoas à nossa volta pareciam alheias ao nosso momento especial.

Carter parou de me beijar.

— Sabe... falando em lá embaixo... eu adoraria ir lá agora. De repente, tenho que usar o banheiro. Quer vir junto?

— Depois de todo esse tempo, como só *agora* vamos entrar para o clube *mile-high* juntos? Você é piloto, e eu era comissária de bordo, pelo amor de Deus!

Carter sorriu.

— Nunca é tarde para começar.

EPÍLOGO
Cinco anos depois

Carter

— Venha, pegue! Não quer que eu vença a corrida, quer?

Olhei para meu filho, que vinha atrás de mim, nós dois usando capacetes combinando enquanto andávamos de patinete pela rua vazia. Eu estava no meu Segway, e ele em um patinete infantil tradicional.

Nunca me arrependia de ter me aposentado da companhia aérea em dias como aquele. Não conseguia imaginar perder esses preciosos momentos com Brucey.

Naquele dia, eu o levei para visitar a antiga vizinhança em Silver Shores. Tínhamos nos mudado para uma casa maior a uns três quilômetros quando ele tinha um ano, mas ainda voltávamos para visitar os residentes o tempo todo.

Apontei para meu antigo apartamento.

— Nós te trouxemos da maternidade para aquela casa ali.

— Foi onde fui feito?

Incerto de como responder, eu disse:

— Tecnicamente, você foi feito na Austrália, mas nasceu aqui.

— Austrália?

— É.

— Sou como um urso coala?

— Acho que sim. — Dei risada.

Kendall tinha descoberto que estava grávida de Brucey pouco depois de voltarmos do nosso casamento privado australiano. Tínhamos nos casado ao pôr do sol do lado de fora da Sydney Opera House.

Vivíamos modestamente em uma típica casa térrea de três quartos em Boca. Kendall foi firme em não querer que nosso filho crescesse como ela. Não queria que ele desse muito valor a coisas materiais.

Kendall estava amando ser uma mãe que ficava em casa. Enquanto isso, eu assumi um cargo de piloto em uma empresa particular que me permitia escolher quando queria trabalhar. Era o melhor dos dois mundos: ainda voava, mas do jeito que eu queria.

Conforme continuamos pela rua, tomei cuidado para olhar se não vinha carro.

Apontei para a antiga casa de Gordon.

— Está vendo aquela casa?

— Estou.

— Era ali que seu avô Gordon vivia.

— Gordon? Igual Trash Gordon, de Vila Sésamo?

— Sim, mesmo nome. Seu avô era um grande homem, bem mais legal do que Trash Gordon. Um dia, quando for um pouco mais velho, vou te contar uma história bem legal sobre ele e como você recebeu esse nome.

— Ok.

Indo mais devagar, perguntei:

— Está cansado? Quer dar um intervalo para lanche?

Ele assentiu.

Acabamos parando na sombra de uma árvore. Peguei as caixas de suco e os salgadinhos variados que Kendall tinha embrulhado.

Brucey olhou para mim. Ele tinha meu cabelo escuro e os olhos azuis de Kendall.

— Papai, me conte uma de suas histórias.

— Qual delas?

— Da Lucy.

Sorri e baguncei o cabelo dele. Quando ele tinha uns dois anos, comecei a inventar histórias para contar na hora de dormir. Às vezes, ele me pedia aleatoriamente para contar uma durante o dia. "Lucy no céu com diamantes" era sua preferida, em parte porque — como ele sempre enfatizava — Lucy rimava com Brucey.

— Ok. Então será "Lucy no céu com diamantes".

Suspirando, coloquei um braço em volta dele e comecei.

— Era uma vez, uma menina chamada Lucy, que morava no céu...

FIM

AGRADECIMENTOS

Primeiro e acima de tudo, obrigada a todos os blogueiros que falam sobre nossos livros juntas. Vocês são nossa corda salva-vidas, conectando-nos aos leitores todos os dias. Somos eternamente gratas por todo o seu trabalho árduo.

Julie, este ano, você trouxe um novo significado ao que representa ser durona. Não só é uma escritora maravilhosa, mas uma pessoa e amiga maravilhosa.

Elaine, obrigada por sua atenção aos detalhes na revisão e formatação e também por seu conselho em transformar essa história na melhor que poderia ser.

Luna, o que faríamos sem sua mágica? Obrigada por dedicar tanto tempo para dar vida aos nossos livros.

Cleida, nosso português teria ficado completamente errado se não fosse por você. Obrigada!

Lisa, obrigada por organizar nossa turnê de lançamento e por sempre nos atender quando precisamos.

Letitia, mais uma capa maravilhosa para adicionar à lista. Obrigada por fazer nossos Cocky Bastards parecidos, mas diferentes.

A nossos agentes, Kimberly Brower e Mark Gottlieb, obrigada por trabalharem para levar esses livros a muitas pessoas em todo o mundo.

Por último, mas não menos importante, a nossos leitores. Sua empolgação nos faz continuar. Enquanto quiserem que continuemos a escrever, nós continuaremos. Obrigada pela abundância de apoio que nos dão. Vocês são um tesouro.

Com muito amor,

Vi & Penelope

Editora
Charme

Entre em nosso site e viaje no nosso mundo literário.
Lá você vai encontrar todos os nossos
títulos, autores, lançamentos e novidades.
Acesse www.editoracharme.com.br

Você pode adquirir os nossos livros na loja virtual:
loja.editoracharme.com.br

Além do site, você pode nos encontrar em nossas redes sociais.

 https://www.facebook.com/editoracharme

 https://twitter.com/editoracharme

 http://instagram.com/editoracharme